"Castillo trae una consciencia cálida y a veces feminista y mordaz a las vidas asombrosas, trágicas y encantadoras de una madre de Nuevo México y sus cuatro hijas providenciales ... El humor y su gran capacidad de cuentista permiten que Castillo integre folclor y material político con destreza sosegada y un encanto deslumbrador." —*Kirkus Reviews*

"Al leer *Tan lejos de Dios* podrías acordarte cómo se siente tener 12 años y estar otra vez en la cocina de tu abuela oliendo todos esos maravillosos olores y escuchando todas sus historias ... [Es] desgarrador ... no dejarás el libro hasta que lo termines." —*Hispanic News*

"Realista, estridente y mística a la vez ... [contiene] personajes inolvidables, política radical y destreza de cuentista que brillan en cada página." —*Ms.*

"Ana Castillo es inmensamente perspicaz e intuitiva ... Una escritora de gran integridad, con sentido común y sentido lírico que a la vez recorre mundos síquicos ... destila lo que ha visto y sentido de una manera bella, hábil e intensa."
—Clarissa Pinkola Estés, Ph.D.,
autora de *Las mujeres que corren con los lobos*

ANA CASTILLO

TAN LEJOS DE DIOS

Traducido del inglés por
La Compañía Flavia

℗

UN LIBRO PLUME

PLUME
Publicado por el Grupo Penguin
Penguin Putnam Inc., 375 Hudson Street, NewYork, NewYork 10014, U.S.A.
Penguin Books Ltd, 27 Wrights Lane, London W8 5TZ, England
Penguin Books Australia Ltd, Ringwood,Victoria, Australia
Penguin Books Canada Ltd, 10 Alcorn Avenue, Toronto, Ontario,
Canada M4V 3B2
Penguin Books (N.Z.) Ltd, 182–190 Wairau Road, Auckland 10, New Zealand

Penguin Books Ltd, Oficinas registrada: Harmondsworth, Middlesex, England

Publicado por Plume, un miembro de Penguin Putnam Incorporado.
Publicado por acuerdo con El Aleph Editores S.A., Barcelona.

Primera publicación Americano, Septiembre, 1999
10 9 8 7 6 5

Información de catalogar-en-publicaci6n de la Biblioteca del Congreso estas disponible.

ISBN 0-452-28004-4

NOTA DE PUBLICADOR

Este es una obra de ficción. Nombres, personajes, sitios y incidente unos y otros son
productos de la imaginación del autor o son usados ficticiomente y cualquier seme-
janza a personas actuales vivio o muerto, eventos, o local es completamente una coin-
cidencia.

A todos los árboles que dieron su vida al relato de estas historias

y

A m'jito, Marcel, y a las siguientes siete generaciones.

Agradecimientos

Estoy en deuda con los miembros del Southwest Organizing Project, quienes colaboraron con mi investigación; sobre todo, por la inspiración que recibí de su conocimiento, su continuo compromiso y su confianza.

Muchas gracias a mi apreciado editor, Gerald Howard y, como siempre, ¡gracias a Susan B.!

«Tan lejos de Dios. Tan cerca de Estados Unidos.»

PORFIRIO DÍAZ,
Dictador de México durante la Guerra civil mexicana.

TAN LEJOS DE DIOS

1. *Relación del primer suceso asombroso en las vidas de una mujer llamada Sofía y de sus cuatro malhadadas hijas; y del igualmente asombroso retorno de su descarriado marido.*

La Loca sólo tenía tres años cuando murió. Su madre, Sofi, despertó a las doce de la noche a causa de los aullidos y relinchos de los cinco perros, seis gatos y cuatro caballos que tenían por costumbre entrar y salir de la casa con absoluta libertad. Sofi se levantó y abandonó de puntillas la habitación. Los animales coceaban, lloraban y corrían de un lado a otro con las orejas tiesas y el pelaje totalmente erizado, pero Sofi no consiguió averiguar el motivo de tanta agitación.

Revisó la habitación de las tres niñas mayores: Esperanza, la primogénita, rodeaba con sus brazos a las dos más pequeñas, Fe y Caridad. Dormían, extrañamente ajenas a la excitación de los animales.

Regresó a su habitación donde, desde la desaparición del marido de Sofi, también dormía la niñita de tres años. Metió bajo la cama el bate de béisbol que había llevado consigo para inspeccionar la casa, sólo por si se daba el caso de que topara con algún tonto que hubiera planeado algo respecto a la mujer que vivía sola con sus cuatro hijitas junto a la acequia al final del camino.

Fue en ese momento cuando advirtió que la criatura,

aunque aparentemente estaba dormida, no hacía más que temblar. Temblaba y temblaba, hasta que su cuerpecito, dominado por algo desconocido que la obligaba a dar violentas sacudidas, finalmente cayó de la cama. Sofi corrió a socorrerla, pero fue tal el temor que sintió frente al ataque que sufría su hijita, que quedó inmóvil.

La niña proseguía con las convulsiones, golpeaba con furia los bracitos y las piernecitas contra el duro suelo de piedra, y por las comisuras de los labios le salía una espuma blanca mezclada con un hilillo de sangre; y lo peor de todo, tenía los ojos abiertos, pero totalmente en blanco.

Sofi gritó, profirió unos «Ave María Purísima», hasta que por fin sus otras tres adorables hijas irrumpieron a la carrera.

—Mami, mami, ¿qué ha ocurrido?

Entonces todo el mundo se puso a chillar y gimotear, ya que la niñita había dejado de moverse y permanecía completamente inmóvil, por lo que supieron que estaba muerta.

Fue el velorio más triste de Tome en muchos años, porque era verdaderamente triste enterrar a un niño. Por suerte, y si la memoria no falla, no había muerto ninguno desde el último hijo de doña Dolores. Pobre mujer. Once hijos, y uno tras otro toditos se le habían muerto hasta que no le quedó nadie, excepto su marido, borracho y malhablado. Al parecer, los niños fueron víctimas de una extraña enfermedad de los huesos, que habían heredado de la familia del padre. Qué desgracia tan terrible para doña Dolores tener que sufrir por once veces los agudos dolores del parto y que todos sus hijos estuvieran predestinados a morir en la infancia. Doce años de matrimonio, once bebés que no sobrevivieron, y, para acabar de empeorarlo, el marido se bebió todo cuanto poseían.

Era una historia muy, muy triste.

El día después del velatorio, todos los vecinos acompañaron a Sofi y a las niñas hasta la iglesia de Tome, donde ella quería que se celebrase una misa por la muerta, antes de entregarla a la frialdad de la tierra. Todos los conocidos de Sofi estaban allí: los padrinos de la pequeña, los compadres y comadres de Sofi, su hermana de Phoenix, todos menos, por supuesto, el padre de la criatura, puesto que nadie le había visto el pelo desde que abandonara a Sofi y a las niñas.

Ese casamiento tuvo la negra desde el principio. El abuelo de Sofi se había negado a dar su bendición a los jóvenes amantes, el padre había prohibido al querido de su hija que pusiera los pies en su casa durante los tres años del galanteo, y el cura de la parroquia local se unió a aquella oposición cuando rehusó casar a la pareja en la iglesia.

Nadie creía que Domingo fuera lo bastante bueno para la pequeña Sofi, ni su hermana, ni su madre, ni siquiera su maestra favorita del instituto, la señorita Hill, que siempre alababa el sentido común y la inteligencia de Sofi. Nadie pensaba que el Domingo fuera a ser un buen marido, puesto que le gustaba jugar.

El juego estaba en la sangre de aquel hombre. Y jugar fue lo que hizo Sofi cuando escapó con él al amparo de una noche oscura de luna nueva, y regresó hecha una señora. Entonces ya nadie pudo decir nada al respecto; todo lo que quedaba por hacer era esperar el inevitable fracaso del matrimonio de Sofi.

Un mes después de que se marchara, Sofi tuvo noticias de su marido: una carta desde El Paso con cinco billetes de diez dólares y la promesa de enviar más en cuanto pudiera. No había señas del remitente. Nunca volvió a saber de Domingo. Un año más tarde, Sofía se sentía tan furiosa que prohibió que se mencionase siquiera su nombre en presencia de ella.

17

El día del funeral de la hijita de Sofi estaban a cuarenta y tres grados y los dos portaféretros, guiados por las órdenes del padre Jerome, colocaron el pequeño ataúd en el suelo, justo delante de la iglesia. Nadie estaba demasiado seguro del motivo por el que el padre Jerome había decidido detenerse allí, bajo el sol ardiente. Tal vez unos últimos minutos de oración o bien algunas instrucciones para los miembros de la comitiva fúnebre antes de que ésta entrara en la Casa de Dios. Se enjugó la frente con un pañuelo.

En realidad, estaba algo preocupado por aquella madre apesadumbrada que en esos momentos daba señales de extravío, ya que temblaba y parecía estar a punto de desplomarse entre otras dos. El padre Jerome pensó que quizá fuese buena idea recomendar a todos que conservaran el decoro funerario.

—Como devotos seguidores de Cristo —empezó—, en momentos así no debemos mostrar nuestra falta de fe en Él y en Su justo juicio, el de nuestro Padre, el único que sabe por qué todos estamos aquí en la tierra y por qué Él elige llamarnos de vuelta a casa cuando lo hace.

¿Por qué? ¿Por qué? Eso era exactamente lo que Sofi quería saber en ese momento, ella, que todo lo que había hecho en la vida era aceptar la voluntad de Dios. Como si no hubiera sido castigo suficiente que su marido la abandonara, ahora, sin razón aparente y sin aviso alguno, excepto la terrible conmoción de los animales aquella noche, ¡la habían despojado de su hijita! ¡Oh! ¿Por qué? ¿Por qué? Eso era todo lo que quería saber.

—¡Ayyyyyy!

En ese instante, Sofi se arrojó al suelo y comenzó a dar golpes violentos con los puños al tiempo que sus compadres gritaban junto a ella y decían: «Por favor, por favor, comadre, levántese, ¡sólo el Señor sabe lo que hace! Escuche al padre». Esperanza dejó escapar un alarido, largo, tan penetrante y agudo que provocó los ladridos de algunos perros en la lejanía. Sofi había dejado de llorar para ver qué causaba la histeria de la muchacha cuando, de pronto, los miembros de la comitiva empezaron a gritar, a desmayarse y a apartarse del cura, quien finalmente se quedó solo al lado del ataúd de la criatura.

La tapa se había movido hasta quedar abierta del todo. La niña estaba sentada, tan fresca como si acabara de despertar de una siesta; se frotaba los ojos y bostezaba.

—¿Mami? —llamó, al tiempo que miraba alrededor y entrecerraba los ojos para protegerse de tanta luz. El padre Jerome se dominó y asperjó agua bendita en dirección a la niña, pero por el momento seguía demasiado aturdido para intentar siquiera rezar una plegaria. Entonces, como si todo aquello no fuera lo bastante asombroso, en el momento en que el padre Jerome se acercaba a la criatura, ésta se elevó por los aires y aterrizó en el tejado de la iglesia.

—¡No me toques, no me toques! —advirtió.

Este fue sólo el comienzo de la aversión que la niña sentiría por la gente a lo largo de su vida. No era uno de esos seres afectados por un miedo exagerado a los gérmenes o el contagio. Sin embargo, durante el resto de su vida iba a sentir repulsión por el olor de los humanos. Afirmaba que todos despedían un olor parecido al de los lugares por los que había pasado cuando estaba muerta. Aquel día, desde el tejado, y con el vocabulario limitado de una niña de tres años, reveló, en español e inglés, dónde había estado. Entretanto, todo el mundo allí abajo permanecía de rodillas o paralizado, y se santiguaba una y otra vez mientras ella hablaba.

—¡Hija, hija! —la llamó el padre Jerome, con las manos juntas y en alto—. ¿Es la obra de Dios o la de Satán la que te ha devuelto a nosotros, la que te ha permitido subir al techo como un pájaro? ¿Eres el mensajero del diablo o un ángel alado?

En ese instante, Sofi, a pesar de su conmoción, se levantó del suelo, incapaz de tolerar que el padre Jerome sugiriese que su hija, su bendita y dulce hijita, tuviera algo que ver, con el diablo.

—¡No se atreva! —exclamó, al tiempo que se arrojaba sobre él y lo golpeaba con los puños—. ¡No se atreva a afirmar algo así de mi niña! ¡Mi niña! Si nuestro Señor en Su cielo me ha devuelto a mi hija, no se atreva a utilizar este regreso contra ella. ¡El diablo no hace milagros! Y eso es exactamente lo que ha ocurrido aquí: un milagro, la respuesta a las oraciones de una madre acongojada, ¡hombre necio, pendejo...!

—¡Ay, cuidadito con lo que dices, comadre! —susurró una de las amigas de Sofi, mientras la apartaba del cura, quien había frenado el ataque protegiéndose la cabeza con los brazos.

—¡Oh, santo Dios! —exclamaron los demás, y se persignaron tras oír que Sofi llamaba pendejo al cura, lo cual era una blasfemia, y no dejaron de persignarse porque, aunque el veredicto estuviese todavía por hacerse y no se supiera aún si se hallaban en presencia de un verdadero milagro o de un espejismo del diablo, el comportamiento de Sofi daba pábulo a lo segundo, ¡por haber llamado pendejo al santo cura y por haberlo golpeado!

El gentío acabó por calmarse. Algunos seguían de rodillas, con las palmas juntas. Todos miraban a la niñita como si se tratase del ángel brillante colocado en lo alto del árbol de Navidad. Parecía serena, aunque algo acalorada, y en cualquier caso tal y como estaba cuando vivía. Bueno, el hecho es que estaba viva, viva, aunque nadie se mostraba demasiado seguro de ello en esos momentos.

—Oídme —anunció con calma ante la multitud—, en

mi largo viaje he estado en tres lugares: en el infierno...
—Alguien dejó escapar un fuerte grito—. En el purgatorio,
y en el cielo. Dios me ha enviado de nuevo para ayudaros a
todos, para rezar por todos vosotros, o si no, o si no...

—O si no, ¿qué hija? —dijo el padre Jerome con
tono de súplica.

—O si no, tú, y aquellos que dudan como tú, ¡jamás
veréis a nuestro Padre en el cielo!

La audiencia resolló al unísono. Alguien cuchicheó:
«Es el diablo», pero guardó silencio cuando Sofi se volvió
para ver de quién se trataba.

—Baja, baja de ahí —dijo el cura a la niña—. Entra-
remos todos y rezaremos por ti. Sí, sí, tal vez todo esto
sea verdad. Tal vez hayas muerto, tal vez hayas visto a
nuestro Señor en Su cielo, tal vez Él te haya enviado de
vuelta para que nos sirvas de guía. Entremos todos juntos, vamos a rezar por ti.

Con el movimiento delicado y natural de una mariposa monarca, la niña volvió al suelo y se posó con suavidad sobre los pies descalzos. El camisón con volantes
de gasa que habían comprado expresamente para el
entierro ondeaba, ligero, en el aire.

—No, padre —lo corrigió—. Recuerda que soy yo,
precisamente yo, quien está aquí para rezar por todos
vosotros.

Tras esta sentencia, entró en la iglesia, y todos aquellos que tenían fe, la siguieron.

En cuanto la niña pudo recibir atención médica (en
esta ocasión Sofi llevó a su hija a un hospital de Albuquerque, en lugar de confiar en el joven doctor de la clínica del condado de Valencia, que de manera tan preci-
pitada había dado a la niña por muerta), se le diagnosticó una más que probable epilepsia.

Pero a pesar de la epilepsia muchas cosas quedaron
sin explicación y, por este motivo, la hija de Sofi se crió

en casa, lejos de extraños que pudiesen ser testigos de su asombroso comportamiento. Con el tiempo, en la región de Río Abajo y más lejos aún, comenzó a conocérsela con el nombre de la Loca Santa.

Durante un breve período después de su resurrección, la gente acudía de todas partes del estado con la esperanza de recibir su bendición o de que obrara un milagro. Pero, dada su aversión a estar cerca de cualquiera, lo máximo que los extraños podían esperar era una visión fugaz desde la puerta. Así que lo de Santa se suprimió del nombre y la gente no tardó en olvidarla.

La llamaban sencillamente la Loca. Lo verdaderamente curioso (aunque tal vez no fuese tan curioso, porque la gente la llamaba la Loca del mismo modo que llama al pan, pan, y al vino, vino) era que incluso la madre de la Loca y sus hermanas se referían a ella con ese apodo, ya que su comportamiento era extraordinariamente peculiar. Es más, la Loca misma respondía a ese apelativo, y cuando cumplió los veintiuno ya nadie recordaba su nombre verdadero.

Sus hermanas, nacidas con tres años exactos de diferencia entre sí, se habían marchado a ver mundo y, tarde o temprano, todas habían vuelto a la casa materna. Esperanza era la única que había estudiado en la universidad. Había obtenido un título en Estudios Chicanos. Durante aquella época estuvo viviendo con su novio, Rubén (quien, en pleno apogeo de su conciencia cósmica chicana, decidió rebautizarse con el nombre de Cuauhtemoc), y ello a pesar de la oposición de la madre, que al referirse a la unión pecaminosa de la mayor de sus hijas, decía:

—¿Por qué iba un hombre a comprarse la vaca, si puede obtener la leche gratis?

—Yo no soy una vaca —replicaba Esperanza. Pero aún así, justo después de la graduación, Cuauhtemoc la dejó plantada por una gabacha burguesa que conducía un coche deportivo, y con quien inmediatamente después de la boda compró una casa en las Northeast Heights de Albuquerque.

Esperanza siempre había sido muy corajuda, como decían ellos, pero pasó un mal año después de lo de Cuauhtemoc, que ya era de nuevo Rubén, hasta que se recuperó y decidió regresar a la universidad para obtener el título de posgrado en Comunicaciones. Nada más recibir el diploma, consiguió un trabajo en la televisión local como locutora de informativos. Fueron años de transición en los que se preguntaba de qué servía ser una mujer inteligente para lo que obtenía en el terreno amoroso.

Caridad intentó lo de la universidad durante un año, pero los estudios nunca habían sido lo suyo. Entre las hermanas, ella era la de tez de porcelana, no por su blancura, sino porque era tan tersa como la arcilla pulida y brillante. Tenía los dientes perfectos y unos senos redondos con forma de manzana. A diferencia del resto de las mujeres de la familia, quienes a pesar de la insistencia de la abuela en afirmar que eran descendientes de pura raza española tenían las nalgas planas propias de la sangre Pueblo, que innegablemente corría por sus venas, Caridad tenía un trasero bastante pronunciado que los hombres solían elogiar allí donde ella fuera.

Se enamoró de Memo, su novio del instituto, quedó embarazada, y se casaron el día después de la graduación. Pero no habían pasado dos semanas cuando Caridad se enteró de que Memo se veía con su ex novia, Domitila, que vivía en Belén; y Caridad regresó a casa.

En total, Caridad tuvo tres abortos. La Loca fue quien se los provocó. Su madre sólo se enteró del primero. No se lo contaron a nadie a excepción de Memo y su familia, a quienes dijeron que Caridad había perdido el niño a causa del disgusto que aquél le había causado al engañarla. Todos estuvieron de acuerdo en anular el matrimonio. Habría sido terrible el que alguien se enterase de que la Loca había interrumpido el embarazo de su hermana, no sólo porque seguramente habría terminado en la cárcel, sino porque ambas habrían sido excomulgadas. Se trataba de un crimen contra el hombre, si no de un pecado contra Dios.

Eran pocas las ocasiones en que la Loca permitía que la gente se acercara a ella o en que admitía cualquier contacto humano. Sólo su madre y los animales tenían permiso incondicional para tocarla. Pero el curar a sus hermanas de los traumas e injusticias que les había infligido la sociedad —una sociedad que ella nunca había sufrido en carne propia— jamás era puesto en cuestión.

Caridad siguió pendiente de Memo durante varios años, hasta que él por fin tomó una decisión. No fue Domitila, de Belén, ni Caridad, de Tome. Fueron los *marines*. Partió entonces para ser todo lo que nunca había sabido que era. Durante un tiempo se había dicho que el ejército formaba hombres, pero el lema de los *marines*, según le informaron, era que sólo admitían a hombres.

Tres abortos más tarde y aficionada a beber whisky Royal Crown acompañado de cerveza a la salida del hospital donde trabajaba de auxiliar, Caridad ya no distinguía entre dar su amor a Memo y sólo a Memo, todas las veces que él lo deseara, o entregárselo a cualquiera con quien se encontrara en los bares y que se pareciera un poco a Memo. Podía apostarse lo que fuera a que, aproximadamente cuando su hermana, que desde luego no era más guapa que ella pero que sin duda tenía más cerebro, aparecía en las noticias de las diez de la noche, Caridad estaba haciéndolo en una furgoneta cerca de algún camino oscuro, con algún muchacho cuyo nombre sería, al día siguiente, tan insignificante para ella como lo eran los titulares del día anterior para Esperanza la locutora.

Fe, la tercera de las hijas de Sofi, estaba de maravilla. Es decir, tenía veinticuatro años, un trabajo fijo en el banco y un novio trabajador con quien iba a estar para siempre; acababa de anunciar su compromiso. Desde que había finalizado el instituto tenía el mismo empleo, y era una amiga digna de confianza para las chicas del trabajo. Fe era absolutamente irreprochable. Mantenía su imagen por encima de todo, desde el escritorio perfectamente en orden hasta la manicura semanal o su peinado, siempre impecable.

Ella y Thomas Torres, conocido como Tom, eran la pareja ideal de su círculo social, si es que puede llamarse círculo social a un grupo de tres o cuatro parejas que se reunían los fines de semana para mirar el partido de fútbol en el televisor de pantalla grande del Sadie's, o para ir al campo universitario a ver jugar a los Lobos, o alquilar vídeos, o, de vez en cuando, de tarde en tarde, acicalarse e ir a cenar al Garduño's.

Tom dirigía uno de esos pequeños supermercados que hay en las gasolineras, y a veces hacía doble turno. No bebía ni fumaba. Ambos estaban ahorrando para la boda, una boda discreta, a la que sólo asistirían familiares y algunos amigos íntimos, puesto que tenían pensado invertir el dinero en su primera casa.

Así las cosas, mientras Fe tenía algunas cosas de que hablar con Esperanza, se mantenía alejada de sus otras hermanas, de su madre y de los animales, porque no conseguía entender cómo podían ser tan negativos, tan poco ambiciosos. Aun así, desde todo punto de vista resultaba injusto decir de su madre que era poco ambiciosa, puesto que Sofi había sacado adelante, sin ayuda de nadie, la carnicería Buena Carne que había heredado de sus padres. Se encargaba de administrarla y dirigirla, e incluso criaba la mayor parte del ganado, que ella misma sacrificaba (con ayuda de la Loca).

Pero en cuanto a su hermana antisocial, Fe, a veces, cuando regresaba a casa de su trabajo en el banco y veía a la Loca junto a los establos con los caballos, siempre con los mismos vaqueros sucios y descalza, aunque fuese invierno, la asaltaba un sentimiento de profunda compasión por lo que ella consideraba una criatura sin alma.

Sólo tenía seis años cuando la Loca había sufrido su primer ataque de epilepsia y su madre y la comunidad (como consecuencia de la ignorancia, estaba convencida) la habían declarado muerta. No se acordaba del Milagro, que era el modo en que su madre se refería a la resurrección de la Loca aquel día delante de la iglesia, y lo cierto es que sospechaba que en realidad su hermanita jamás había volado hasta el tejado del templo.

Por regla general, Fe no sentía compasión por la Loca sino, en todo caso, simple rechazo, una cierta aversión por la evidente enfermedad mental que padecía, algo que su madre había fomentado con sus propias supersticiones, y finalmente, con su temor a que aquello fuera, como su plano trasero indio, hereditario, a pesar de que todo el mundo sostenía lo contrario.

Fe ya no podía esperar más para irse —tanto de casa de su madre como de Tome—, pero se iría como es debido, con algo más de clase y estilo de lo que solían hacerlo las mujeres de su casa. A excepción de Esperanza, claro está, que con su aparición aquellos días en la televisión daba cierto prestigio a Fe en el banco. A pesar de que en los tiempos en que asistía a la universidad Esperanza era una radical y vivía con aquel chicano loco que siempre iba ciego de peyote o lo que se metiese en el cuerpo, Fe no sabía qué pensar de su hermana mayor y, desde luego, no sentía deseo alguno de seguir los pensamientos políticos de ésta respecto a la Raza.

Fe acababa de llegar de Trajes de Boda Bernadette —donde había ido a probarse el vestido y donde las tres gabachas (son mis palabras, no las de Fe) que había escogido en el banco para que fueran sus damas de honor, en lugar de sus hermanas, se habían encontrado ese sábado a fin de probarse también ellas sus vestidos de gasa púrpura y rosada—, y tan pronto como apareció por la puerta, la Loca, que estaba barriendo la sala, señaló con la barbilla la correspondencia.

—¿Qué? ¿Hay carta para mí? —preguntó Fe con entusiasmo al reconocer en el sobre cuadrado la letra de imprenta de Tom, clara y pequeña. Sonrió y se la llevó al cuarto de baño, para disfrutar de cierta intimidad. La Loca la miró como dando a entender que se iba a quedar pegada a ella. A veces lo hacía. Tenía un sexto sentido que le indicaba cuando algo en la casa andaba mal y no cejaba hasta haberlo descubierto.

«Amor mío», empezaba; era una breve nota escrita en un papel amarillo de bloc. Resultaba bastante raro, porque Tom siempre enviaba postales, postales con enamorados que se besaban, con lirios y rosas, con preciosas frases que rimaban, y que él se limitaba a firmar «Tuyo, Tom». «Amor mío.» Fe levantó la vista del papel. Oyó un débil golpe en la puerta.

—Lárgate de ahí, Loca —dijo. Oyó que su hermana se apartaba de la puerta. Fe leyó de nuevo: «He estado pensando sobre todo esto durante mucho tiempo, pero no tengo el valor suficiente para decírtelo en persona. No es que no te quiera. Te amo. Siempre te amaré. Pero ocurre que no creo que esté preparado para el matrimonio. Como ya he dicho, llevo mucho tiempo pensando en esto. Por favor, no me llames con la intención de hacerme cambiar de parecer. Espero que encuentres a alguien que te merezca y que sepa hacerte feliz. Tom».

Cuando la Loca y Sofi —con la ayuda de *Fred* y *Wilma*, los dos setter irlandeses que de inmediato se unieron al escándalo que armaban las dos mujeres al derribar la puerta del cuarto de baño, y los gritos que soltaba Fe mientras lo destrozaba— consiguieron entrar, vieron a Fe envuelta en la cortina de la ducha y metida en la bañera.

—Te vas a asfixiar, 'jita, sal d'ahí —le dijo Sofi y, con la ayuda de la Loca quitaron el plástico de alrededor de Fe, quien en su desvarío, y sin darse cuenta, se había convertido en un tamal humano; en ningún momento dejó de emitir un grito continuo y potente, capaz de despertar a los muertos.

Sofi sacudió con fuerza a su hija, pero en vista de que con eso no conseguía hacerla callar, le propinó una contundente bofetada, tal y como había visto hacer un montón de veces a la gente en la tele cuando alguien se ponía así. Pero Fe no se calmó. De hecho, Fe no dejó de gritar ni siquiera cuando, diez días más tarde, Sofi anunció que iría personalmente en busca de Tom. Decidió hacerlo porque éste no respondía a sus llamadas.

—Tengo una hija que no deja de gritar —le dijo a la madre de Tom, la señora Torres.

—Yo tengo un hijo con susto —replicó la señora Torres.

—¿Susto? ¿Susto? —aulló Sofi—. ¿De verdad cree que ese cobarde hijo suyo, sin pelos en las maracas, tiene susto? ¡Ya le daré yo susto! Mi hija lleva diez días y diez noches gritando sin parar con toda la potencia de sus pulmones. Se ha gastado cientos, incluso miles de dólares por culpa de esa boda. Hay gente en el trabajo a la que nunca más podrá mirar a la cara. Y déjeme decirle algo, señora Torres, no crea que no sé que su hijo ha estado aprovechándose de ella durante mucho tiempo gracias a la pildorita.

—Espere un momento, señora —la interrumpió la señora Torres con la mano levantada. Aunque parezca extraño, ambas madres nunca se habían visto. Fe se sentía demasiado avergonzada de su familia para llevar a la señora Torres a su casa—. Mi hijo... mi hijo es un buen chico. Lleva días sin comer, también está destrozado por esta ruptura. Pero dijo que tenía el deber de hacer lo más noble. Mi hijo no le ha costado a su hija nada que él mismo no haya perdido. ¿Qué importancia tiene el dinero si, a la larga, él la habrá salvado de un matrimonio infeliz? Ignoro el motivo por el que ha cambiado de opinión respecto a la boda. No me meto en sus asuntos. Sólo me alegro de que haya dejado a su hija cuando lo ha hecho. Ya sabe cómo son los hombres...

—¡Ay! —se lamentó Sofi, porque sabía perfectamente bien que aquel último comentario era un golpe bajo que hacía referencia a su propio matrimonio, y como Fe apenas le había hablado de la señora Torres, no tenía nada con que taparle la boca. Pero finalmente Tom salió de su habitación y ella lo convenció de que la acompañara, ya que tal vez consiguiese que Fe dejara de gritar.

—¿Qué es eso? —preguntó, obviamente asustado por los estridentes gritos de Fe, que se oían desde fuera de la casa—. ¿Es la Loca? —Había oído hablar de la hermana retrasada de Fe a quien llamaban de ese modo, pero nunca había topado con ella.

—¿Estás loco? —dijo Sofi, mientras abría la puerta—. ¡Ésa es tu novia! ¿Por qué crees que te he traído? Si no consigues que acabe con eso es que no conozco a Fe. A ver qué pasa.

Pero Tom se detuvo en el umbral.

—No puedo entrar —dijo. Parecía tener náuseas—. Lo siento. Sencillamente, no puedo.

Y antes de que Sofi pudiese siquiera pensar en el modo de detenerlo, Tom subió a su coche y se alejó por el camino levantando una nube de polvo. «Maldita sea —pensó Sofi cuando lo vio alejarse a tanta velocidad—, quizá sea cierto que está asustado.»

Por desgracia, nada ni nadie pudo calmar a Fe. Quería que Tom regresase. Y aun cuando Caridad consiguió algunos tranquilizantes gracias a los amigos del hospital, Fe sólo se sosegaba por una o dos horas, el rato que permanecía dormida. Incluso gritaba mientras le daban de comer (puesto que ahora Sofi y sus hijas se turnaban para alimentar, vestir y lavar a la pobre Fe, que estaba hecha un verdadero asco, y que si de algún modo hubiera sido capaz de darse cuenta de ello, se habría horrorizado sólo de pensarlo).

Entretanto, la Loca hizo cuanto estaba en su mano. Cosió una cinta almohadillada para ponerle a Fe en la cabeza y así, cuando se daba golpes contra la pared, cosa que ocurría cada vez con mayor frecuencia mientras gritaba, no se hacía tanto daño. También rezó por ella, puesto que ésa era la razón primordial de la vida de la Loca, como muy bien sabían ella y su madre.

Sin embargo, rezó sobre todo por Tom, porque, como para muchos hispanos, o mexicanos nuevos, o como quiera que le gustara llamarse a sí mismo, era bastante peor entregarse a una mujer que compartir una comida con el demonio. Sí, padecía de susto. Pero ni las infusiones ni exorcismos de la curandera a la que su madre lo llevó para que lo librara de él, podrían aliviarlo jamás. La sola mención de Fe era suficiente para que lo empapara un sudor frío. De modo que la Loca rezaba por él, porque en unos cuantos años probablemente buscaría una nueva novia con quien casarse, en tanto que nadie, ni la señora Torres, ni siquiera él mismo, sabría que aún padecía de la incapacidad de abrir su corazón.

Fe y su gemido espeluznante se convirtieron en parte de la rutina doméstica, así que los animales dejaron de brincar y aullar cada vez que, después de una breve interrupción para echar una cabezadita, despertaba bruscamente y ponía los pulmones a pleno rendimiento. No obstante, fue Caridad, en general tan abnegada y poco interesada en convertirse en el centro de atención, quien finalmente hizo que todos en la casa, animales incluidos, se olvidaran de Fe, pues una noche, llegó tan destrozada como un gato abandonado, después que la dieran por muerta al costado de la carretera.

Había demasiada sangre para sacar algo en claro, pero después de que una ambulancia se llevara a Caridad al hospital, y que allí la atendiesen y salvaran (a duras penas), a Sofi le dijeron que a su hija le habían arrancado los pezones. También la habían azotado violentamente, y la habían marcado como al ganado. Y lo que aún era peor, tuvieron que practicarle una traqueotomía porque le habían rajado la garganta con un cuchillo.

Para todos aquellos capaces de albergar caridad en su corazón, la mutilación de esa joven mujer constituyó un verdadero martirio. Se celebraron varias misas por su recuperación. En la parroquia local le dedicaron una novena. Y a pesar de que Sofi no sabía quiénes eran, una docena de mujeres vestidas de luto acudieron cada noche al hospital, a la habitación de Caridad, para rezar el rosario, lamentarse y decir algunas oraciones.

Sin embargo, también hubo gente que no albergó en sus corazones ninguna piedad hacia una mujer joven que, por decirlo de algún modo, había gozado de la vida. Entre ellos, los ayudantes del *sheriff* y los del departamento local de policía; por consiguiente, nunca se dio con el agresor o los agresores de Caridad. Ni siquiera se detuvo a nadie como sospechoso. Y, a medida que pasaron los meses, todo el mundo fue olvidando poco a poco el escándalo y la conmoción producidos por la agresión que había sufrido Caridad, tanto los medios de comunicación, como la policía, los vecinos y la gente de la iglesia. La dejaron en manos de su familia, la encarnación de una pesadilla.

Cuando finalmente Esperanza consiguió convencer a su madre de que fuese a casa a ver si podía descansar un poco, encontraron a Fe adormecida en su habitación y descubrieron que la Loca no aparecía por ningún lado. No estaba en los roperos, ni debajo de las camas, ni fuera, en los establos, con los caballos. Tampoco los perros sabían dónde estaba, y miraban desconcertados a Sofi mientras ésta les preguntaba por el paradero de la Loca. Esperanza sugirió que llamaran a la policía. La Loca sólo abandonaba la casa para ir a los establos o caminar hasta la acequia; pero aunque saliera, nunca lo hacía por la noche. Seguramente, pensaron ambas mujeres, la Loca, sin saber qué hacer después de que ellas llevaran ausentes más de doce horas, había salido a dar un paseo.

Pero, justo en el momento en que Esperanza marcaba el número de urgencias, oyó un sonido metálico y sordo que provenía del interior de la estufa de leña de la sala. Sofi y los perros también lo oyeron, y todos acudieron a toda prisa para sacar de allí a la Loca.

—Mamá, ¿ha muerto Caridad? —preguntó la Loca, toda cubierta de hollín y abrazada a su madre. Lloraba.

—No 'jita, tu hermana no está muerta. Gracias a Dios.

Precisamente entonces, Fe despertó y las paredes comenzaron a vibrar a causa de su alarido, y dado que todos, incluidos los perros y los gatos, se hallaban concentrados por un momento en la Loca, se sobresaltaron. La Loca empezó a gritar aún más fuerte y Sofi, que ya no podía soportar por más tiempo la realidad de una hija traumatizada de modo permanente, de otra que parecía más un fantasma que alguien de este mundo, y de una tercera, que era el ser más hermoso que ella había dado a luz y a quien habían mutilado de manera tan cruel, se dejó caer en el sofá y empezó a sollozar.

—Mamá, mamá, por favor, no te rindas —le pidió Esperanza, pero no se acercó a ella para rodear con los brazos sus hombros abatidos—. ¡Ah! —exclamó, al tiempo que se esforzaba por contenerse. No obstante, y a pesar de que aquel momento era el menos apropiado para comunicar sus nuevas noticias a la familia, de pronto se dio cuenta de que las anunciaba, sin más—: Acaban de ofrecerme un trabajo en Houston. No estoy segura de si debería aceptarlo...

Pero nadie la oyó. Como era la mayor, estaba acostumbrada a que su madre se preocupase por sus hermanas pequeñas. Por Caridad, que era demasiado guapa; por Fe, cuyos impulsos la herían de un modo demasiado severo; y por la pequeñaja, la Loca, que era una especie de... bueno, de loca. Esperanza levantó las manos con aspaviento y se marchó a la cama.

Al día siguiente, Esperanza fue a ver a su jefe y le dio la noticia. El equipo directivo opinó que aquella era, desde luego, una gran noticia, puesto que el trabajo en Houston significaba, sin duda, un ascenso, y así las cosas no podían ir mejor para Esperanza en lo que a sus oportunidades profesionales se refería.

Resultó ser que, antes de que aquella semana acabase, Esperanza recibió un mensaje de un tal Rubén, surgido repentinamente de su pasado. «¿Comemos mañana?», rezaba el mensaje. ¡Claro!, ¿por qué no?, pensó ella. Había pasado tiempo suficiente y ya casi podía asegurar que no guardaba malos sentimientos hacia su amor universitario. Ella vivía bien, y estaba segura de que él la habría visto en las noticias de la noche, y que, por consiguiente, también lo sabía. Muy pronto se marcharía de

Nuevo México, ampliaría sus horizontes, se libraría de su educación provinciana, y, por lo que a ella se refería, Rubén podía vivir feliz y para siempre con su rubia esposa y su casa de tres dormitorios, su hijito, el perro y la furgoneta.

Pero, al parecer, ya no existía casa alguna en las Northeast Heights, ni ninguna furgoneta. Rubén conducía un trasto viejo y Donna se había largado con el niño precisamente a Houston. (Al parecer, también intentaba empezar una nueva vida, ampliar sus horizontes, liberarse de su educación provinciana, etcétera.)

—Hace mucho tiempo que pienso en llamarte, Esperanza —le dijo Rubén—. He vuelto a la Iglesia de los Indígenas de América y cada vez que voy a un pueblo a rezar por alguna celebración o al sudadero, pienso en nosotros, en cómo podría haber sido todo. —Había engordado un poco, bueno, algo más que un poco, pero para Esperanza aún conservaba esa especie de magnetismo animal que siempre sentía cuando estaba a su lado—. ¿Te acuerdas de nuestros días en la universidad, cuando solíamos ir a esas reuniones en que se tomaba peyote, cuando sudábamos juntos en los sudaderos? —le preguntó y le dio un ligero codazo. Llevaba una jarra de cerveza en la mano. Esperanza advirtió que, a pesar de que movía permanentemente los brazos, no volcó una sola gota; por el contrario, se bebió toda la cerveza y sonrió. No, no estaba borracho, sino sólo a gusto. Era agradable volver a verlo, estar juntos otra vez, y ella también pidió otra cerveza.

Aquel día Esperanza no volvió al trabajo, sino que acabaron por continuar exactamente por donde lo habían dejado, y acortaron así una larga historia. Tampoco ella iba a ir ese año a Houston. Cada dos semanas estaba de nuevo allí, con Rubén, en las congregaciones de tipis de la Iglesia de los Indígenas de América, y Rubén cantaba y tocaba el tambor, mantenía el fuego encendido, vigilaba la entrada, le enseñaba el código, según su propia interpretación, de la etiqueta estricta del pabellón, y el papel de las mujeres y el papel de los hombres y el motivo por el que no podían cuestionarse. Y ella acabó por estar tal y como había estado en el pasado. ¿Por qué no?

Después de todo, Rubén estaba con sus amigos chicanos e indígenas, que siempre bromeaban entre ellos, se apoyaban y se secundaban, se ponían de acuerdo acerca del orden y la razón del universo, y dado que Esperanza no tenía ninguna amiga india para constatar lo que Rubén le decía sobre el papel de la mujer en todo cuanto hacían, no se atrevía a llevarle la contraria.

En quella época ocurrió en casa de Esperanza un milagro que, finalmente, la decidió a tomar alguna clase de resolución respecto a su relación con Rubén. Bueno, en realidad había reflexionado mucho acerca de ese asunto. Cada vez que iban a un encuentro, lo cual solía ocurrir cada dos o tres semanas, todo estaba bien entre ellos. Iban al encuentro. En ocasiones se metían en el sudadero. Y después se marchaban a casa y se pasaban el día haciendo el amor. El problema era que no volvía a saber nada de Rubén hasta el siguiente encuentro. Empezaba a sentirse parte de un ritual en el que ella misma participaba, sin recelo, como si se tratara de un símbolo, de un bastón, un cascabel o un fetiche.

A medida que pasaban los meses, la separación entre encuentro y encuentro comenzó a resultar inquietante. Aquello la distanciaba completamente de su otra vida, la vida a que Rubén se refería despectivamente cuando le decía que no era más que una profesional ambiciosa. Se sentía, simple y llanamente, sola. Deseaba compartir con él esa parte de su vida. Necesitaba unirlo todo, fusionar la parte espiritual con la parte práctica de las cosas. Pero siempre que sugería a Rubén que volvieran a comer juntos, como habían hecho aquella primera vez, o que se vieran un día cualquiera entre un encuentro y el siguiente, él se limitaba a negarse sin dar ninguna clase de explicaciones, excusas o disculpas.

Lo que quedaba de Caridad fue devuelto a casa después de pasar tres meses en el hospital. Además de atender a Fe la Gritona (así es como su madre había empezado a referirse a ella, aunque nunca se lo decía a la cara), el trabajo principal de Sofi consistía en cuidar de Caridad, o, para ser más exactos, de los despojos de lo que alguna vez había sido su hija más guapa.

La Loca se encargaba de los caballos y del resto de los animales, así como de ayudar a su madre a preparar la comida para sus hermanas. Una tarde, después de uno de los ocasionales ataques de la Loca, Esperanza fue testigo de un milagro. Sofi atendía a la Loca, que estaba en el suelo de la sala, cubierta de la carne adobada con chile verde que llevaba en una bandeja para dársela a Fe, Esperanza se hallaba de pie, cerca de ellas, y, por supuesto, todos los animales que habían dado sus rutinarios avisos con anticipación también andaban por allí, exaltados. Entonces, un movimiento en el comedor contiguo captó las miradas de todos. Perros, gatos y mujeres, veintiocho ojos en total, vieron a Caridad cruzar la sala en silencio, aparentemente ajena a la presencia de ellos. Antes de que nadie atinase a reaccionar, ya la habían perdido de vista. Por otra parte, no era la Caridad que habían traído del hospital, sino una Caridad íntegra y otra vez hermosa, que, además, llevaba lo que parecía ser el vestido de novia de Fe.

—¿Mamá? —dijo Esperanza, vacilante, pero con la mirada fija en el espacio vacío que su hermana acababa de dejar.

—Dios mío —jadeó Sofi—. Caridad.

—Mamá —susurró la Loca, todavía en el suelo—, yo he rezado por ella.

—Sé que lo has hecho, 'jita, lo sé —dijo Sofi, temblorosa, con miedo de moverse, de ir a la habitación donde sospechaba que el cadáver de Caridad estaría esperándola para que se encargara de él.

—He rezado mucho, mucho —añadió la Loca, y empezó a llorar.

Los perros y los gatos gimotearon.

Las tres mujeres se apretujaron y fueron juntas a la habitación donde estaba Caridad. Sofi dio un paso atrás en cuanto vio a su hija tal y como era antes, no lo que había quedado de ella, medio recompuesta gracias a la moderna tecnología médica, con tubos en la garganta, vendajes sobre una piel que ya no existía, intervenciones quirúrgicas para unir los pedazos de lo que una vez habían sido los pechos de su hija.

Y por si fuera poco, una Fe tranquila abrazaba a su hermana y la acunaba, le acariciaba la frente, le canturreaba con suavidad. Caridad estaba entera. A la vista no había en ella nada, absolutamente nada que estuviera estropeado, a excepción de que parecía tener un poco de fiebre. Permanecía con los ojos cerrados y mientras tanto movía la cabeza de un lado a otro sin violencia alguna, con delicadeza, como era propio de ella, y todo el rato murmuraba algo ininteligible.

—¿Fe? —dijo Esperanza, que estaba igualmente desconcertada por la transformación que se había operado en ella. Ya no gritaba.

Sofi, sin contener sus sollozos, corrió a abrazar a sus dos hijas.

—He rezado por vosotras —le dijo la Loca a Fe.

—Gracias, Loca —contestó Fe, casi con una sonrisa.

—Loca. —Esperanza tendió el brazo hacia su hermana.

—¡No me toques! —exclamó la Loca, y se apartó de Esperanza, como solía hacer con todo el mundo siempre que no era ella quien iniciaba el contacto.

Esperanza inspiró con fuerza y luego dejó salir el aire lentamente. Llevaba toda la vida intentando averiguar por qué era como era. En el instituto, a pesar de ser una rebelde, se sentía católica en cuerpo y alma. En la universidad, había tenido una aventura romántica con el marxismo, pero no dejó de ser católica. En la escuela de graduados universitarios se había convertido en una atea y, en general, en una cínica. Más tarde, elevó sus oraciones a la Madre Tierra y al Padre Cielo. Para completar la cosa, no obstante, había leído unos cuantos libros de autoayuda. Leyó todo lo que encontró sobre familias desestructuradas, convencida de que parte de su sentimiento personal de desplazamiento en el mundo tenía que ver con su educación.

Pero en ninguna parte encontró nada que describiese ni remotamente a una familia como la suya. Y ahora, eso, la recuperación espontánea de Caridad y de Fe, sin ton ni son, sin explicación posible para nadie, ni siquiera para una excelente reportera como Esperanza, quien decidió que había llegado el momento de marcharse lejos, lejos de verdad.

—Voy a llamar a Rubén —anunció, pero en ese instante su madre estaba demasiado trastornada por el retorno de sus dos hijas a la vida, de modo que ni la oyó.

Cuando Rubén se puso al teléfono, Esperanza dijo:

—Rubén.

—¡Eh! ¿Cómo va eso, pequeña? —contestó él con su habitual tono condescendiente, y se oyó una risilla entre dientes.

Esperanza hizo una pausa. Él le hablaba como si sólo se tratara de una amiga ocasional. Una amiga ocasional con la que a veces rezaba y hacía el amor, pero a quien no se le ocurría llamar un día cualquiera para ver cómo se encontraba. Cuando ella estaba con el período se separaban todavía más, porque le prohibía acudir a los encuentros o al sudadero, por no mencionar que él no le hacía el amor. Un amigo casual que aceptaba los regalos y las comidas de ella, los paseos en el coche de ella, con gasolina de ella, de un lado a otro del Southwest para acudir a las congregaciones, que le pidió dinero el mes en que hizo un viaje de peregrinación por el sur de México, visitando las ruinas mayas —viaje al que ella no había sido invitada—, y que siempre la dejaba pagar la cuenta donde fuera que se parasen a tomar unas cuantas cervezas y unos burritos justo antes que ella, después del encuentro, del sudadero, de hacer el amor, se marchase a casa a preparar su trabajo, que según sospechaba él, era su modo de venderse a la sociedad blanca, pero gracias al cual pagaba toda la comida, la gasolina, las llamadas telefónicas y también, porque al fin y al cabo hay que decirlo, los billetes de diez y de veinte que le dejaba de modo discreto en el tocador siempre que lo hacían, pues sabía que él podía necesitarlo y que lo cogería, aunque nunca se lo había pedido directamente.

—Se trata de mis hermanas —empezó a decir, pero su cabeza estaba ocupada por algo más importante que la reciente recuperación de Fe y Caridad.

—Ya, tus hermanas... —dijo Rubén—. Estás ocupadita, ocupadita, ¿eh?

—No —respondió Esperanza con una indiferencia súbita—. De hecho, ya pueden cuidarse muy bien por sí mismas. Sólo quería decirte que voy a aceptar una oferta en Washington. Y creo que será mejor que no volvamos a vernos, Rubén.

—Bueno, eh... —Rubén buscaba una respuesta que restableciera la dignidad que Esperanza acababa de mancillar con su brusco rechazo, cuando de repente oyó

39

un clic que cortaba la comunicación. Esperanza no tenía la intención de colgarle, sino que, sencillamente, vio de pronto a un hombre asomarse por la ventana de la cocina. Lo que resultaba realmente extraño era que los perros movían la cola en lugar de ladrar. En ese momento el hombre abrió la puerta y entró. Lo reconoció de inmediato, puesto que cuando se había marchado ella ya tenía doce años.

—¿Papá?

Sí. Era su padre, el marido de Sofi, que había regresado después de tantos años, como dirían en todo Tome durante mucho tiempo. Había quien sostenía que el verdadero milagro de aquella noche había sido precisamente aquél. Circularon toda clase de rumores respecto a lo que había sucedido durante los años de ausencia. La mayor parte de las habladurías las había iniciado él mismo y cuando empezaba a estar cansado de oírlas una y otra vez con pequeñas variaciones, nuevos detalles o exageraciones añadidas que no acababan de gustarle, fingía enfadarse por lo que se decía, las cortaba por lo sano e inventaba una historia distinta.

Por ejemplo, el chisme favorito que se divulgó sobre él, era que había estado viviendo en Silver City, donde había montado un garito y se daba la gran vida. Más tarde, cuando la historia se había difundido lo suficiente, el garito se convirtió en una casa de mala reputación. Domingo consideró que aquel añadido a la historia resultaba divertido, y que incluso era como para jactarse de ello ante los amigos, en el Toby's Package Liquors, o después de misa, en el patio de la iglesia. Pero cuando la gente empezó a decir que Domingo se había casado con la mujer que regentaba el prostíbulo, Domingo se enfadó. Él sería muchas cosas, pero bígamo, jamás.

Con respecto a sus propias aventuras, no tardó en darse cuenta de que tenía una rival considerable en la

Loca. No era ella quien iba por ahí contando su propia historia, pero se había enterado de todo gracias a la gente. Cuando intentaba que volase hasta el tejado o se metiese en la estufa de leña, la Loca se limitaba a mirarlo como si sus ideas fueran totalmente absurdas. No obstante, lo que sí confirmó, cada vez que se le acercaba, fue su aversión a cualquier contacto humano, a menos que fuese ella quien iniciaba el acercamiento, algo que con él, por raro que parezca, hacía de vez en cuando.

Se acercaba a él cuando estaba comiendo o mirando la televisión, y lo olfateaba. Puesto que no quería asustarla, Domingo se quedaba quieto y fingía no darse cuenta de lo que ella hacía.

—'Jita —le preguntó Sofi un día cuando estaban solas—, ¿qué es lo que hueles cuando olfateas a tu padre?

—Mamá —dijo la Loca—, lo huelo a él, a mi padre. También estuvo en el infierno.

—¿En el infierno? —exclamó Sofi, y pensó que su hija, que carecía por completo de sentido del humor, intentaba hacer una broma.

Sin embargo, la Loca repitió con tono solemne:

—Mamá, yo he estado en el infierno. Ese olor jamás se olvida. Y mi padre... él también ha estado allí.

—Entonces, ¿crees que debería perdonarle el que me dejara, el que nos dejara, durante tantos años? —dijo Sofi.

—En este mundo no hay perdón, mamá —contestó la Loca. Y en ese instante, para Sofi quedó absolutamente claro que su hija no tenía sentido del humor—. Sólo aprendemos a perdonar en el infierno, y, para eso, antes hay que morir —dijo la Loca—. Sólo entonces podemos por fin arrancar de nuestro corazón los demonios que habitaban allí cuando nosotros estábamos aquí. Y allí es donde conseguimos desembarazarnos de las mentiras que nos dijeron. Allí es adonde vamos y lloramos como la lluvia. Mamá, el infierno es el lugar adonde vas para encontrarte a ti misma. Y ese padre, ése de ahí, el que está sentado frente al televisor, ha estado en el infierno durante mucho tiempo. Ese hombre es como una cebolla, tiene tantas capas que nunca podremos saberlo todo acerca de él... pero ya no tiene miedo.

2. *Del Sagrado Restablecimiento de Caridad, de la clarividencia que le siguió, y de cómo los incrédulos habitantes de Tome pusieron en duda ambos prodigios.*

Tras el Sagrado Restablecimiento, que era como Sofi se refería a la prodigiosa recuperación de su hija, Caridad se mudó con su *Corazón*. Todo fue muy repentino y nadie podía explicarlo, ni siquiera Caridad, pero desde su Sagrado Restablecimiento había empezado a decir y hacer un montón de cosas que resultaban incomprensibles, de modo que Sofía no protestó demasiado cuando se marchó.

Caridad se empeñó en buscar una vivienda propia sin ayuda de nadie, de modo que el que se quedara con el primer lugar que encontró, sin tener en cuenta que no había cuadra para guardar a su yegua, no fue ninguna sorpresa. Su nueva vivienda se hallaba en un cámping de caravanas situado en el centro del South Valley, en Albuquerque. Algunos de sus vecinos tenían caballos y otros diversos animales de granja, así es que las idas y venidas del *Corazón* de Caridad, no constituían nada destacable. Cuando se soltaba, erraba sola por ahí. No había ningún cercado para encerrarla por la noche, de manera que sencillamente se acercaba a la cocina de Caridad y metía la cabeza por la ventana abierta.

La propietaria, doña Felicia, parecía tener por lo

menos noventa años. Sofía desde luego sospechaba que aquella anciana debía de ser aún mucho mayor aunque, a juzgar por la agilidad y la autosuficiencia que mostraba, resultaba difícil de creer y es que sus vívidos recuerdos de la Guerra civil mexicana, que había vivido con su primer marido, Juan, demostraban que a la fuerza debía de tener ¡más de cien años! Finalmente Sofía acabó por pensar que doña Felicia seguramente se había apropiado de los recuerdos de su madre y los había incorporado a su propia historia.

¿Cómo era posible que tuviera cien años y todavía se pintara los labios de rojo para ir a misa cada mañana, y que caminara más de un kilómetro hasta el mercado para comprarse la comida? Cuando alguien la sorprendía en su propia caravana, o bien estaba ocupada en bordar un precioso mantel para una novia, lo cual indicaba que aún tenía una vista excelente, o bien entre paciente y paciente, miraba sus telenovelas favoritas en el canal español, y siempre tenía a punto una taza de café y un plato de habichuelas que hacían que uno se sintiese como en su propia casa.

Sofía encomendó su hija, a quien se refería como a «una inocente» a pesar de su agitada vida en todos y cada uno de los bares de vaqueros de Río Abajo, a la mujer centenaria, y doña Felicia aseguró a aquella mujer preocupada que vigilaría a la muchacha, y añadió que no veía nada raro en que Caridad insistiera en conservar su yegua, con o sin establo.

Corazón se había convertido en la única compañía de Caridad.

—A veces, los animales entienden más que la gente —dijo doña Felicia a Sofía.

Sofía estaba más preocupada por *Corazón* de Caridad, que nunca había salido de su casa en Tome, que por su propia hija, quien había mostrado una habilidad extraordinaria para sobrevivir a cualquier cosa. *Corazón de Caridad*, sin embargo, se asustaba con facilidad de los extraños, del motor de un coche que aceleraba y de otros ruidos fuertes y repentinos, incluso de los gritos de los niños cuando jugaban.

—Asegúrese de que se acuerda de atar a su *Corazón,* así no podrá escaparse —le pidió Sofía a doña Felicia, quien asintió y con las manos, cubiertas de manchas seniles, hizo ademanes de que podía contar con ella.

Tras su recuperación física, Caridad había padecido de fiebre durante bastantes semanas. Loca y Sofía le dieron de comer en la boca y atendieron todas sus necesidades hasta que estuvo lo bastante fuerte para levantarse y valerse por sí misma. Durante su convalecencia, apenas hablaba, pero sabían que entendía perfectamente cuanto le decían porque respondía asintiendo ligeramente con la cabeza.

No obstante, también advirtieron que en ella había cambiado algo muy importante, pues antes de marcharse de casa entró por cuatro veces en una especie de estado de trance durante el cual adoptó una expresión espiritual. Sofía y la Loca estuvieron presentes en las cuatro ocasiones.

La primera vez tuvo lugar cuando Sofía daba a Caridad su desayuno habitual de cereales con huevo tibio. De pronto, Caridad quedó como paralizada, con la boca todavía abierta. Loca estaba sentada a su lado, peinándola; había aplicado aceite para el cabello, pues éste se había vuelto quebradizo después de un año de estar postrada en la cama. No podía ver la expresión hipotética de Caridad, pero enseguida sospechó que algo no iba bien.

—¿Mamá? —dijo la Loca cuando, bruscamente, Caridad se ausentó (según lo calificó más tarde la Loca), y Sofía empezó a sacudir con suavidad a Caridad por los hombros, sin obtener respuesta.

—¡Domingo! ¡Domingo! —Sofía llamó a su marido, que estaba en la sala atento a un partido de fútbol que daban por la televisión. Acudió medio asustado porque, por el tono de Sofía, comprendió que algo la había espantado.

Ninguno de los intentos que hicieron por reanimar a Caridad sirvió de nada. Más bien fue ella quien, poco a poco, salió por sí misma del trance. Y cuando miró alrededor, como si se preguntara por qué aquella gente la miraba con el entrecejo fruncido y cara de preocupación, anunció:

—Esperanza está aquí...

Esperanza había dejado el trabajo que le ofrecieron en Houston en cuanto se reunió con Rubén. Quizás había sido lo mejor, puesto que, al parecer, ése era precisamente el lugar donde su ex esposa y su hijo iban a empezar una nueva vida. Y Esperanza era de esa clase de mujeres que pensaba que ninguna ciudad era lo bastante grande para que vivieran en ella las dos ex de un mismo hombre. Pero, pensándolo bien, Esperanza era de esa clase de mujeres para la cuales ninguna ciudad era lo suficientemente grande, al margen de la categoría que ocupara.

Ésa es la razón por la cual, no mucho después, cuando llegó otra oportunidad de importancia para Esperanza, reportera estrella local, no dudó en aceptar. Para entonces aparte de que iba a constituir un gran salto en su carrera, tenía bastante claro que no hacía ninguna falta en el frente familiar. Sus hermanas se habían recuperado, y con la reaparición de su padre parecía próxima una idéntica resurrección del matrimonio de sus progenitores, que constituía otro de los motivos por los cuales pensaba que su madre ya no la necesitaría a su lado. Por fin, después de dar por acabada su renovada aventura romántica con su ex amante llegó a la conclusión de que, como pareja, ella y Rubén estaba marcados por un destino fatal e inevitable. Fueron por última vez al sudadero, en Taos Pueblo y al amanecer se despidieron como amigos. Como era poco lo que la ataba a aquel lugar, Esperanza se había marchado a Washington, D.C. un mes antes de ocupar su puesto como directora de noticiarios en una de las cadenas principales, y desde entonces no había vuelto.

—Esperanza va a marcharse lejos... y está asustada... —prosiguió Caridad—. Deberíamos retenerla en casa, mamá... —concluyó; la voz se le debilitaba como si entrara en un sueño profundo.

Don Domingo se rascó la cabeza de grueso cabello entrecano, aliviado por la vuelta de su hija a la normalidad, y sin hacer comentario alguno regresó a su tumbona en la sala. Sin embargo, Sofía y la Loca se miraron y esperaron.

Al cabo de un momento escucharon a don Domingo exclamar:

—¡Por todos los santos!

La mampara se abrió y se cerró con un ligero chirrido. La madre y la hermana de Esperanza salieron a la puerta para recibirla y ella, con una despreocupación artificial, les dijo que había decidido ir a verlos porque sentía nostalgia.

—Me he puesto a pensar en lo mucho que echaba de menos a todo el mundo, de modo que cogí un avión... ¡y aquí estoy!

—¿Quién te recogió en el aeropuerto, 'jita? ¿Rubén? —preguntó Sofía.

—No, tampoco a él le he dicho que venía. Pero voy a telefonearle... —la voz de Esperanza vaciló. No veía a Rubén desde que habían roto, pero no le sorprendió la pregunta de Sofi, porque madre e hija siempre habían sido así, siempre habían anticipado las palabras de la

47

otra. Lo cierto era que no había vuelto a casa sólo porque los echara mucho de menos, y todo el vuelo hasta Albuquerque se lo había pasado pensando en llamar a Rubén, porque ninguno de los libros de autoayuda para la mujer blanca ni el sinfín de rosarios que había rezado habían dado a su espíritu el valor que había sentido en el sudadero y que ahora seguramente necesitaría más que nunca.

—¿Adónde van a enviarte? —preguntó Sofía. Don Domingo dejó de mirar la tele y volvió la vista hacia su esposa, que al parecer se había tomado muy en serio los murmullos de Caridad.

—Arabia Saudí... —contestó Esperanza. Sonrió nerviosamente, como si quisiera que sonara igual que París o Londres o incluso Los Ángeles, pero no había manera posible de hacer que un lugar tan lejano y aterrador resultara atractivo. Miró a su madre, luego a su padre, después a la Loca, y vio en sus ojos que, a pesar de su ingenuidad respecto a las cosas que ocurrían en el mundo, eran perfectamente conscientes de lo que significaba aquel puesto. A causa de la crisis mundial, muchos hombres y mujeres del estado habían sido embarcados en los últimos meses.

Don Domingo, que apenas si tendría acabado el instituto, se sentía orgulloso de los estudios universitarios de su hija, de su brillante carrera, pero ¿en qué se había convertido el mundo, cuando también una hija tenía que partir hacia el frente de guerra como parte de su carrera? ¿Qué se le había perdido a ella allí? ¿Qué derecho tenían sus jefes de enviar a alguien tan claramente poco preparado para defenderse a sí mismo?

Mientras Domingo vivió separado de su familia e imaginaba a sus cuatro hijas crecer lejos de él, se sentía realmente feliz por no haber tenido hijos varones. Cuando lo reclutaron para Corea, alegó perturbación mental y lo declararon exento. En su juventud había formado parte de una compañía de teatro y no le resultó difícil improvisar una representación ante la junta de reclutamiento, que lo envió a casa en lugar de a la guerra, si bien antes tuvo que soportar una revisión de una semana en el hospital. Podían llamarlo pacifista o gallina, pero lo cierto es que Domingo no creía en la guerra y estaba convencido de que sólo beneficiaba a los ricos.

Nunca se le había ocurrido que una hija pudiera sentirse atraída por la idea del servicio militar igual que un hijo. En cualquier caso, al regresar a casa se sintió feliz de encontrarlas allí a todas, bastante preocupadas por su vida privada. Así pues, ¿qué clase de treta del destino era aquélla de ver marchar a la guerra a su única hija con estudios universitarios?

—Bueno, seguro que no envían reporteros a los sitios donde se combate o hay un peligro real, ¿verdad, cariño? —preguntó don Domingo.

—A veces sí, papá. Pero un periodista tiene que contar con eso —dijo Esperanza con calma.

—Bueno, ¿por qué tienen que mandarte a ti? Tú acabas de empezar. ¿Por qué no envían a alguien con más experiencia, como la Diana Sawyer...?

—Papi, forma parte de mi trabajo... Me voy el martes.

Y eso fue todo.

Aquel fin de semana, Sofi preparó los platos preferidos de Esperanza, como el pozole, la sopa y montañas de chile, porque aunque una madre no sepa qué decir, lo que siempre sabe hacer por sus hijos es darles de comer. Esperanza salió y pasó la noche con Rubén, pero nadie le preguntó qué tal les habían ido las cosas, y ella tampoco dijo nada. El lunes por la mañana regresó a Washington.

El segundo presagio de Caridad tenía que ver con don Domingo; bueno, no es que tuviera que ver de una forma muy directa con él, pero tras el éxito de su primer vaticinio, don Domingo hizo lo posible por prestar toda la atención del mundo al don de Caridad, esa facultad profética que él no habría imaginado poseer ni siquiera en sus sueños más delirantes. Una vez que se hubo repuesto de su segundo estado de trance, Caridad contó el sueño espectacular que había tenido. Vio a su yegua *Corazón* a la cabeza de una manada de ciento trece caballos que avanzaban junto a un riachuelo. Había un poco de nieve en el suelo, y los caballos iban al galope, felices y en libertad.

—Era algo espléndido —dijo, mientras acariciaba la oscura crin de *Corazón*—. Me sentía como uno más de la manada.

Don Domingo, que no era de los que dejan pasar una señal cuando ven la oportunidad de sacar provecho de ella, llamó a su hermano a Chicago para que jugara a la lotería por él.

—Apuesta un dólar al ciento trece hoy mismo. ¿Lo harás?

Aquella noche, el hermano de don Domingo le telefoneó para decirle que el número había salido premiado y que había ganado ochenta dólares.

No hace falta decir que los días siguientes don Domingo insistió en dar de comer a su hija y permanecer a su lado, con la esperanza de que volviera a revelar el número ganador a través de un estado de trance o un sueño. Pero en vista de que no le venía a la cabeza ningún otro número, en una semana dejó nuevamente la tarea de cuidar de Caridad en manos de su esposa y su hija menor.

La tercera ocasión en que tuvo uno de sus presagios, Caridad salió del estado de trance con una sonrisa en los labios.

—*Wilma* va a volver a casa —dijo—. Y nos va a dar muchísimo quehacer...

A la Loca le alegró oír aquellas noticias, porque hacía meses que se habían resignado a la desaparición del setter irlandés.

A la mañana siguiente encontraron a *Wilma* en el establo, justo cuando acababa de parir a una camada de seis cachorros mestizos.

—No sé cómo va a tomarse *Fred* lo de estos cachorritos... —dijo Sofía, y rió—. Aquí tiene a una verdadera esposa, ¡primero lo deja y luego vuelve con toda una familia!

Pero resultó ser que *Fred*, que era un animal tierno y benévolo, aceptó sin problemas a *Wilma* y sus cachorros y no mostró señal alguna de resentimiento por haber sido abandonado.

Finalmente, tuvo lugar la última profecía doméstica de Caridad, que si bien resultaba muy significativa para su propia familia, tal vez no tuviese ninguna relevancia para el mundo en general. Eso fue lo que Sofi pensó, y decidió no mencionar el suceso a ninguno de los vecinos ni a su confesor. Especialmente porque este último vaticinio anticipaba la marcha de casa de la propia Caridad y, por lo tanto, era una cuestión de opinión personal el considerarlo una predicción o sencillamente un anuncio. En cualquier caso, Caridad, como en las otras ocasiones, cayó previamente en estado de trance.

—*Corazón* y yo vamos a marcharnos —dijo a Sofi y a la Loca cuando volvió en sí—. Pero no pasaremos demasiado tiempo juntas... —Y entonces, fuera lo que fuese lo que vio pero no pudo expresar con palabras, se echó a llorar desconsoladamente.

Sofi no olvidó los detalles de esta profecía, y pidió a doña Felicia que se asegurara de que *Corazón* permanecía atada, porque esa hija suya, que podía entrar en trance en cualquier momento no era de fiar en esa clase de responsabilidades, especialmente si se tenía en cuenta que acababa de asumir la más básica, que era la de cuidar de sí misma.

Tan pronto como estuvo restablecida, Caridad volvió a su trabajo en el hospital, porque al fin y al cabo, lo necesitaba para mantenerse, y, además, Domingo y Sofía sólo habían sido capaces de proporcionarle un techo sobre la cabeza y comida que llevarse a la boca. Ése era todo el trabajo que había desempeñado desde que acabara el instituto: cambiar la ropa blanca almidonada, limpiar orinales, ayudar a los pacientes a ponerse cómodos, ahuecarles las almohadas y, cuando no podían dormir porque los asediaba el dolor y el sufrimiento, conseguir que los médicos les prescribieran dosis más altas de medicación. Tal como antes, trabajaba en el segundo turno y, si se lo pedían, se quedaba también para el tercero, en cuyo caso no llegaba a casa hasta las siete de la mañana.

Durante esa época se mostró más bien distante, aunque realizaba su trabajo con regularidad y era tan eficiente como antes, e incluso se mostraba más concienzuda, tal como observó su supervisor. A los compañeros les resultaba difícil determinar con precisión en qué consistía el cambio. No era que se mostrara huraña o hubiese experimentado un cambio general en su manera de ser. Caridad era todavía la mujer de dulzura cautivadora que siempre había sido. La única diferencia notable en la que todos coincidían y que, por supuesto, consideraron perfectamente comprensible, era que había dejado de beber y conceder citas.

Todos se sentían bastante aliviados por ello, puesto que había quedado suficientemente claro que aquel camino conducía de alguna manera a la propia destrucción o a la de otros y que, seguramente, lo sucedido había servido de advertencia, si es que podía llamárselo de ese modo en lugar de hablar de un segundo nacimiento.

Por otra parte, Caridad parecía bastante satisfecha, tanto con su trabajo como con su nueva casa en el cámping de caravanas, que había empezado a decorar. Compraba los muebles en el mercado de baratijas y cosas de segunda mano de la calle Cuatro, se hacía las cortinas y se tapizaba las sillas. Y a pesar de que *Corazón* nunca había sido una yegua de monta ni daba la sensación de estar preparada para tal cosa, Caridad pasaba muchísimo tiempo con ella, que metía la cabeza por cualquier ventana que Caridad hubiese dejado abierta y procuraba seguirla de habitación en habitación mientras ella iba de un lado para otro y le contaba todo lo que nunca le habría contado a nadie. Lo cual ya era considerable, porque *Corazón* se había convertido en su mejor amiga.

Caridad confiaba en su madre de una manera tácita, e incluso en la Loca, pero tenía ciertas reservas respecto a su padre, con quien no se había criado y que siempre estaba ansioso por sacar provecho de algo que ella era propensa a revelar sin pensarlo. De todos modos, tras marcharse de casa apenas si había vuelto a ver a su familia. La Loca no iba a visitarla porque quién sabía con qué terribles olores personales se vería obligada a entrar en contacto, de modo que ni Caridad ni Sofi insistieron en que lo hiciese. Don Domingo sólo acudía si Caridad lo necesitaba para trasladar a casa algún mueble demasiado grande o pesado para ella.

Una mañana, en cuanto Caridad regresó a casa, la suave retahíla de doña Felicia la siguió de inmediato.

—¡Ay, m'jita! —le dijo, en español, como solía hacer casi siempre—. ¡Vaya nochecita he pasado por culpa de ese animal tuyo!

Caridad no dijo nada. Por el contrario, se hizo a un lado y dejó que aquella mujercita menuda entrase y prosiguiera con su historia, que, a juzgar por su expresión, había causado en ella una considerable crisis de ansiedad.

—¿Quiere una tacita de té, doña Felicia? —la interrumpió Caridad, que recientemente había empezado a interesarse por las hierbas y sabía qué podía darle a la pobre anciana para ayudarla a combatir su angustia. Caridad no estaba preocupada, porque *Corazón* comía tranquilamente allí fuera y, por lo tanto, aunque ignoraba qué había ocurrido, sabía que no había acabado mal.

—Cerca de la una de la madrugada —dijo doña Felicia mientras Caridad ponía la tetera al fuego—, me di cuenta de que tu caballito se había escapado. ¡Ay Dios mío!, estaba tan preocupada que llamé a la oficina del *sheriff*. ¿Sabes dónde la encontraron? ¡A medio camino de casa de tu madre! Afortunadamente, no había ido por la autopista sino por una carretera secundaria.

—Bueno, ahora ya está en casa, sana y salva —dijo Caridad con una sonrisa al tiempo que añadía salvia a la infusión de demiana que preparaba para doña Felicia—. Va a hacer un día realmente precioso, ¿no le parece? —preguntó, mientras acariciaba el hocico de *Corazón*, que había metido la cabeza por la ventana de la cocina. Doña Felicia se bebió el té y regresó a su caravana sacudiendo suavemente la cabeza, alrededor de la cual lucía una larga y delgada trenza plateada.

La anciana consideraba a Caridad una inquilina respetable, y también su madre le gustaba bastante, pero estaba claro que Caridad no era en absoluto realista en lo que a la yegua se refería. Aquel animal necesitaba mejores cuidados, pensaba. No podía pasarse otra noche preocupada y en vela si *Corazón* decidía escapar de nuevo. Ni siquiera podía acercarse a ella, porque la yegua sólo estaba acostumbrada a la presencia de Caridad, y se excitaba muchísimo cada vez que doña Felicia o cualquier persona se le aproximaba. Llamó a Sofi para hablarle del asunto, y Sofi, al tiempo que mostraba su conformidad, dudaba si llevarse o no a casa el caballo, pues al parecer era la única fuente de consuelo y amistad para su hija.

Las dos mujeres decidieron que, efectivamente, quitarle a su *Corazón* sería para Caridad quizá más malo que bueno, de modo que dejaron todo como estaba.

—Si vuelve a escaparse, doña Felicia —la tranquilizó Sofi—, llámeme. Haré que mi marido la busque. Usted no debe preocuparse por ello.

Y eso fue todo.

Sin embargo, ocho días más tarde *Corazón* había muerto. Y nada de lo que doña Felicia y Sofi se dijesen mutuamente podía disuadirlas de que se habían equivocado al decidir que la joven yegua quedara al cuidado de Caridad. Tampoco era culpa de ella, en realidad, puesto que no había hecho más que alimentarla con la mejor avena, cepillarle el pelaje marrón oscuro y darle todo su amor.

Al parecer, aquella noche aciaga, después que doña Felicia cayera dormida mientras miraba una de las primeras películas de Cantinflas, *Corazón* se zafó del poste al que permanecía atada. Probablemente no era la mejor de las ideas que Caridad hiciera dos turnos seguidos. Quizá, para un caballo que espera todo ese tiempo pasa con una lentitud cruelmente dolorosa. Se celebraba una fiesta al final del camino. Chirriaban los neumáticos de los coches y los hombres, borrachos, hablaban a voz en cuello. Finalmente, *Corazón* partió hacia su casa en Tome.

A la mañana siguiente, cuando Caridad regresó del trabajo vio que el ayudante del *sheriff* estaba esperándola. Le informó de que él y su compañero habían encontrado el caballo tendido en el camino; al parecer se había roto una pata al intentar saltar una cerca. Hicieron lo que creyeron que debían hacer: le pegaron un tiro. Un solo disparo, justo a la derecha del ollar izquierdo.

—¿Mi *Corazón* ha muerto? —preguntó Caridad con expresión de incredulidad. Justo entonces doña Felicia salió a ver qué pasaba. Acababa de despertar en la misma poltrona en que había permanecido durante toda la noche. Había tenido un montón de sueños verdaderamente extraños. Como de costumbre, lo primero que hizo fue asomarse a la ventana a ver qué tal iban las cosas en el mundo, y cuál no fue su susto al ver que el caballo había desaparecido otra vez. Pero apenas se había percatado de ello, advirtió que frente a la puerta de Caridad estaba aparcado el coche del ayudante del *sheriff*.

El ayudante se marchó tras prometer que haría llegar el cadáver del animal a la casa de la madre de Caridad. Caridad estaba sentada en un banco.

—Han matado a mi *Corazón* —dijo al tiempo que elevaba la vista hacia doña Felicia. Resultaba obvio que la noticia había supuesto un golpe muy duro y que ni siquiera tenía fuerzas para levantarse.

Doña Felicia dejó escapar un grito sofocado y se llevó la mano a la boca:

—¡Ay, *chéri*! —fue todo lo que dijo a modo de consuelo. Pero no estaba sorprendida. Tarde o temprano tenía que suceder algo así.

Desde que la pobre chica, según le había contado Sofi, había sufrido aquella terrible mutilación, ni siquiera sabía cómo cuidar de sí misma. ¿Cómo podía nadie esperar que se ocupara de algo tan delicado y exigente como una yegua? Su madre no debería haber dejado que ninguna de las dos se marchase, y doña Felicia pensaba decírselo tal cual a Sofi en cuanto volviera a su casa y la llamase para contarle lo sucedido.

Por el momento, no obstante, ayudó a Caridad a ponerse de pie y la acompañó hasta su caravana.

—*Ma chéri* —dijo doña Felicia, que procuraba ser

todo lo delicada posible con Caridad—, tu madre me ha contado que has desarrollado el don de ver el futuro, ¿cómo entonces no has previsto esta tragedia?

—Sí, lo hice —respondió Caridad. Doña Felicia fue hasta la cocina a preparar té para la dos—. Pero prever y prevenir son dos cosas muy distintas, ¿no, doña Felicia?

—Sí —asintió la anciana, feliz de advertir que, al margen de lo inocente, cándida o sencillamente loca que Caridad pudiera ser, sabía distinguir entre esos dos importantes aspectos de las leyes del universo. Ésa era la señal del verdadero curador, tal y como ella había supuesto—. Esos salvajes de la oficina del *sheriff* no deberían haber matado a tu caballo. Yo podría haberle colocado bien los huesos. Si es verdad que, como dicen, tenía la pata rota, podría haberse arreglado.

A Caridad se le iluminó el rostro.

—¿Usted sabe arreglar los huesos? —preguntó.

Doña Felicia soltó una carcajada y puso ante Caridad una infusión de raíz de valeriana para que se la bebiera.

—¡Por supuesto que sí! ¡Eso fue lo que hice durante la Revolución! Reconstruí y devolví a los campos a trabajar a más soldados de los que puedo recordar. Les arreglaba los huesos, les extraía las balas y, lo más importante de todo, ¡les daba coraje!

»Las mujeres soportan los dolores del parto y los hombres se envían a sí mismos a la guerra. Yo he parido ocho criaturas y ni una sola vez me he lamentado, como he visto hacer a algunos hombres antes incluso de disparar el primer tiro. Creo que tiene algo que ver con que matar es antinatural, en tanto que parir es lo más natural del mundo. ¿Qué opinas tú, *chéri*? ¡Bueno, además tú aún no has dado a luz! No importa. No hay más que mirarte para saber que has librado una batalla terrible. Por la gracia de Dios, ¡estás como nueva! Lo que me lleva a comentarte algo acerca de lo que he estado pensando desde que viniste a vivir aquí. ¿Cómo podría decirlo? Creo que estás destinada a ayudar a la gente, de manera mucho más importante que limpiar traseros, tal y como te piden que hagas en el hospital. No pienses que menosprecio tu trabajo. Es un trabajo honesto y necesario, *ma chéri*, y yo más que nadie sé lo que es trabajar duro. Pero tú estas destinada a ayudar a la gente exactamente igual que esos médicos y enfermeras de allí. ¡Mira lo que has conseguido hacer por ti misma! Todo lo que hicieron por ti en el hospital fue ponerte parches y enviarte de vuelta a casa, más muerta que viva. Fue con la ayuda de Dios (el cielo sabe cómo se preocupa Él por la casa de donde provienes), pero tú te curaste a ti misma mediante la voluntad más pura. Y sí, voy a enseñarte todo lo que sé. Para mí será un gran placer, y es el deseo del Señor.

—¿Cómo lo sabe? —preguntó Caridad.

—¡Mira! ¡Mira cómo se me han puesto los pelillos de los brazos! —contestó doña Felicia, y mostró la piel erizada como prueba de que Dios aprobaba su proyecto—. ¡Ésta es la señal que recibo siempre que Él quiere que yo haga algo!

Caridad miró con asombro a la mujer que iba a convertirse en su tutora. Deseaba con todas sus fuerzas ser capaz de escuchar al Señor, que Él le enviase sus señales, y conocer incluso algunos de los prodigiosos secretos sanadores que doña Felicia poseía en las yemas de los dedos. Caridad siempre había sido caritativa. Tenía fe y esperanza. Pronto poseería la sabiduría de la que había brotado, y poco después se rebelarían sus propios dones curativos.

Así pues, aquella trágica mañana en la vida de Caridad se transformó como el cielo que amanece totalmente encapotado y de pronto da lugar a un sol radiante. Así fue como aceptó el ofrecimiento que doña Felicia le hizo de enseñarle a curar.

—Pero, voy a echar mucho de menos a mi *Corazón* ...
—le dijo a doña Felicia—. No tenía más amigos que
ella...

—También yo soy tu *amie*, tu amiga —le aseguró
doña Felicia al tiempo que le daba unas palmaditas en el
brazo con una de sus manos arrugadas. Caridad intentó
dedicarle la mejor de las sonrisas, porque cualquiera que
mirara a doña Felicia podía darse cuenta de que no vivi-
ría muchos años más. Por otra parte, ¿cuántos había
soportado ya, y cuántas guerras había presenciado, y
cuántos hijos había traído al mundo y cuántos había
ayudado a traer? Era muy posible que doña Felicia no
tuviera la menor intención de abandonar la tierra hasta
que ella misma dijese que estaba totalmente preparada.

—Estoy cansada, doña Felicia —dijo Caridad.

—Sí, lo sé, *ma petite*, vete a la cama, duerme un
poco...

—No, quiero decir... estoy realmente cansada, doña
Felicia —insistió Caridad.

—Sí, lo sé, *chéri* —repitió doña Felicia—. Ahora
vete a la cama, y descansa.

Caridad dejó que la anciana la condujese hasta su
habitación y la ayudara a meterse en la cama. Ni siquiera
se había quitado el uniforme de auxiliar, ni tampoco las
«calzonas» (que era como llamaba doña Felicia a las medias), y apenas su cabeza tocó la almohada, cayó profundamente dormida.

Mientras tanto, doña Felicia llamó a Sofi y le dijo
que podía estar segura de que los ayudantes del *sheriff*
irían a entregarle los restos de *Corazón*. Y así fue. La
Loca quería ir a ver a su hermana, pero no se sentía
capaz de cruzar la ciudad, que para ella era terreno desconocido, de modo que se puso a rezar, como tan a
menudo había hecho por las mujeres de su familia. Don
Domingo se limitó a decir que jamás deberían haber

permitido que Caridad se llevara la yegua. Además, resultaba evidente que desde que sufriera el trauma, y a pesar de su inexplicable recuperación, Caridad no se ocupaba ni siquiera de sus propios asuntos. Y dicho sea de paso, ¿se había fijado alguien en el número de matrícula del ayudante del *sheriff* que había ido a ver a Caridad?

—¿Cómo demonios puedes pensar en esas cosas cuando a tu hija acaba de ocurrirle una tragedia? —replicó Sofi a su marido.

—La muerte de un animal siempre presagia alguna cosa —dijo él, y se encogió de hombros—. Esa yegua era un animal hermoso. No veo por qué tiene que haber nada malo en pensar que, de algún modo, su muerte podría traernos algo bueno. Y de paso, lo digo por Caridad, por si pudiera recuperar algo de sus pérdidas...

A Sofi se le agotó la paciencia.

—¡Es imposible reponer ese tipo de pérdidas con dinero!

—M92183 —anunció la Loca entre avemarías mientras cruzaba la sala con un rosario enrollado en los dedos. Sofi y Domingo dejaron de discutir y miraron a su hija, que en ese momento salía por la puerta de atrás. De inmediato don Domingo corrió al teléfono para llamar a su hermano y pedirle que jugara por él en la Super Loto del estado de Illinois. Esta vez quería apostar en la lotería grande.

Por supuesto, y como ya supondréis a estas alturas, Domingo ganó, y es que ahora ése era su destino, dado que no tenía una si no dos hijas con dones inusitados. A la larga, acabaría por demostrarse que todas las mujeres de aquella familia poseían alguna cualidad insólita. Y aun cuando las cartas de Domingo no conocerían la fortuna, ya no iba a sufrir las mismas penurias económicas que había experimentado a lo largo de toda su vida, especialmente durante aquellos años sobre los que no le gustaba hablar, cuando había abandonado a su esposa y a sus 'jitas.

Tal y como la Loca le había dicho a su madre, su padre, efectivamente, había ido al infierno y había regresado, que es algo que puede decirse de la vida de todo jugador compulsivo. Sólo Dios sabe en qué profundidades se sumergió durante los años en que nadie había sabido nada de él; y aunque al principio parecía haberse recuperado de su adicción —algo tan increíble como que aquellas dos hijas suyas habían pasado por la experiencia de estar prácticamente muertas—, él, naturalmente, tenía recaídas, como la de querer jugar a los números relacionados con la muerte de *Corazón*.

El jugador, por su propia naturaleza, es dado a las supersticiones y en una casa como la de Sofi, a Domingo se le hacía cada vez más difícil distinguir lo que constituía una señal definitiva que lo hacía apostar por pura corazonada de lo que sencillamente formaba parte de las actividades diarias. Así pues, con el fin de asegurarse aún más la suerte, y regateando como suelen hacerlo los jugadores, se hizo a sí mismo la generosa promesa de que si un día ganaba —tal y como sucedió—, cuando Caridad despertase (Caridad llevaba casi cuarenta días dormida, sin moverse, desde que doña Felicia la metiera en la cama) con las ganancias obtenidas gracias a la muerte de su *Corazón* le compraría cualquier cosa que deseara.

3. Acerca de la cuestión de los remedios de doña Felicia que, sin una firme fe carecen en sí mismos de todo valor; y una breve muestra de las dolencias más corrientes y de sus curas, que a nuestra curandera le han merecido el respeto y la devoción tanto en tiempos de guerra como de paz.

Lo primero que te dirá doña Felicia es que nada de lo que intentes hacer con respecto a una curación funcionará si previamente no pones toda tu fe en Dios. En efecto, la última aprendiz de su vida asintió cuando le preguntó si creía. Así las cosas, comenzó el aprendizaje.

Cuando doña Felicia era una niña de aproximadamente ocho años, y vivía en México Viejo cerca de Veracruz, justo antes de perder a su madre por culpa de la desnutrición y una enfermedad avanzada y sin tratar, fue con ella a la vivienda de una mujer (de hecho, no era más que una habitación en la vecindad), para que le tiraran las cartas. Desde el momento en que entraron, la mujer, también madre de quién sabe cuántos de los chiquillos que corrían de aquí a allá, miró a la niña de manera suspicaz.

Finalmente dijo:

—Señora, voy a tener que pedirle que deje a su hijita fuera. Con ella aquí no soy capaz de leer absolutamente nada. Su presencia es demasiado poderosa. ¡Estoy segura de que no es creyente, y eso hace que no pueda concentrarme!

La madre de doña Felicia no entendió qué quería decir la adivina con aquello de que su hija no era creyente, pero no quiso ofenderla, de modo que mandó a la cría a jugar fuera.

Aquella mujer —a quien doña Felicia jamás olvidó, porque de regreso a casa su madre le dijo que la adivina le había vaticinado que iba a morir muy pronto, y así fue como sucedió— tenía razón acerca de ella. Felicia no era creyente en absoluto, y así siguió durante mucho tiempo; encontraba sospechosa una religión que no ayudaba a ninguno de los desamparados que la rodeaban, a pesar de su fervor. Entonces, su primer marido, Juan, murió combatiendo al lado de Zapata, ella se quedó sola y tuvo que encontrar la manera de salir adelante con sus tres hijitos. Finalmente la fe anidó en ella, pero no se fundamentó en institución alguna, sino en los pequeños fragmentos de las almas y del conocimiento de los sabios maestros con que se cruzó en el camino.

Sin embargo, con el paso de las décadas, doña Felicia cumplió un ciclo completo y llegó a comprometerse con la religión de su pueblo. Se convirtió en cuidadora de la Casa de Dios en Tome. Y, finalmente, llegó a ver a Dios no sólo como al Señor, sino como a una luz guiadora, con Su séquito de santos, Su ejército y a ella misma como un solitario soldado de a pie. Y se sentía satisfecha de cumplir con Sus órdenes y obedecer Su mandato.

Había sido madre muy joven, analfabeta, la hija huérfana de unos mestizos que habían muerto sin dejarle más que, para decirlo en pocas palabras, una bacinilla donde orinar. Pasarían muchos años, y con el tiempo doña Felicia no sólo aprendería a leer y a escribir en su español nativo, sino también en francés, durante la Segunda Guerra mundial, y en inglés. A menudo mezclaba dos o incluso tres idiomas, y aun así se hacía entender perfectamente por todo el mundo.

Tendría dos hijos más de un segundo marido que justo antes de la Gran Depresión trabajaba en Estados Unidos en el tendido de vías férreas, y ambos disfrutaron entonces de un breve período de abundancia en que se permitieron comprar ropas elegantes y un flamante Studebaker. Luego lo perdieron todo, cuando los deportaron a México en vagones de ganado junto al resto de mexicanos que en los días de prosperidad habían inmigrado como trabajadores. Aquel marido también murió; no de un tiro en la cabeza ante los ojos de su propia mujer, que era lo que había sucedido con Juan, sino de tuberculosis, lo único que Estados Unidos le permitió llevarse con él de regreso a casa.

Durante la Segunda Guerra mundial doña Felicia trabajó como bracera, y por fin se alistó como enfermera en el ejército de Estados Unidos, para evitar que la deportaran de nuevo. Cogió a sus dos hijitos más pequeños (los otros dos ya eran suficientemente mayores para vivir por su cuenta) y se los llevó con ella a Europa, adonde la enviaron para curar a los soldados en el frente.

Se casó con un soldado francés y tuvo dos hijos más. Pero al acabar la guerra descubrió que su marido ya estaba casado con una mujer de Lyon. Él regresó junto a su primera familia, de modo que doña Felicia (ya para entonces podía considerársela una «doña»), volvió a América sola y buscó una casa en Estados Unidos.

Y puesto que oficialmente no había vuelto a casarse, tuvo otro verdadero aunque breve amor y dio a luz sus dos últimos hijos durante la época en que todas las familias de Estados Unidos corrían a comprar sus aparatos de televisión. Si esos dos chiquillos más pequeños hubieran sobrevivido, quizá durante el resto de su existencia doña Felicia no se hubiese visto tan absorbida por su papel como devota servidora de la comunidad. Pero al niño lo secuestraron cuando tenía diez años y lo encontraron muerto meses más tarde, tirado boca abajo a la orilla de un río, y a su hija la violaron y la asesinaron cuando contaba diecinueve años. Desde entonces, doña Felicia vivió sola.

Los otros seis hijos habían hecho su vida, lejos de las tierras donde ella finalmente decidió instalarse; de vez en cuando le escribían y, aunque menos frecuentemente, en ocasiones la visitaban con sus familias e incluso con las familias de sus familias, y a doña Felicia, a quien de pequeña le habían dicho que no tenía fe, no le quedó nada excepto la fe, y se dedicó por completo a curar, con el consentimiento y el poder de Dios, Tatita Dios en Sus Cielos, el único guardián perdurable en su vida.

Caridad se dedicó a observar y ayudar a doña Felicia durante muchos meses, antes de que ésta le pidiese que diagnosticara a un paciente. Al principio, todo era demasiado confuso y alarmante para Caridad. Tendía a dejarse arrastrar por sus propios pensamientos y temía ser incapaz de descifrar los síntomas y quejas del resto de la gente, o no saber determinar cuáles se basaban en dolencias físicas, cuáles se debían a factores espirituales y cuáles eran psicológicos, es decir, que no podían tratarse más que con generosas dosis de compasión.

¿Llegaría Caridad a saber escuchar de manera lo suficientemente adecuada a fin de no equivocarse con el diagnóstico de una enfermedad? Una curandera no sólo tiene en sus manos la salud de su paciente sino también de su espíritu. ¿Qué ocurriría si Caridad recetaba el remedio equivocado y provocaba que el enfermo empeorara, se volviese loco o incluso que muriera?

De modo que durante un tiempo Caridad se limitó a prestar mucha atención y observar a su maestra trabajar.

—Todo lo que necesitamos para curar se encuentra

en nuestro entorno natural —le dijo doña Felicia al tiempo que levantaba y le enseñaba las palmas. Con aquellas manos había arreglado más huesos y músculos y había eliminado más obstrucciones intestinales de las que pudiera imaginar. Sí, aquellos dos arrugados instrumentos de la más antigua técnica médica eran, a fin de cuentas, todo el material con que doña Felicia podía contar.

Entre las dolencias más corrientes, Caridad conoció las del empacho y la bilis; luego, el mal de ojo, la caída de mollera y el susto (que no debía confundirse con el espanto o el corage), que tenían tanto que ver con el cuerpo como con el espíritu; y por fin el mal de aires, que podía deberse a un montón de cosas, pero lo más común era que se tratara simplemente de gases. Desde luego, había otras muchas, y entre éstas una amplia variedad. Dichas enfermedades podían ser el resultado de causas físicas o, como antes se ha explicado, de las malas intenciones de alguien.

—¡Cuidadito con darle a nadie razones para que sienta envidia de ti! —le advirtió doña Felicia.

¡Ah!, la envidia era una fuerza temible, le dijo la anciana, una fuerza que podía provocar en su víctima el peor de los dolores imaginables, e incluso la muerte.

A menudo, esos síntomas no sólo se trataban con hierbas, extractos y fricciones, sino también con «limpias». Según la dolencia, las limpias podían ir desde el empleo de tabaco o un huevo, hasta una gallina negra viva, baños de hierbas o una cobija hecha de ramas e inciensos con la que se cubría el cuerpo del paciente.

El trabajo de curandera era cualquier cosa menos sencillo. No obstante, había algo sobre lo que no cabía la menor duda, y que Caridad pudo comprobar por sí misma: cuando la fe de la curandera era firme, el éxito de los resultados quedaba prácticamente garantizado; lo único que podía impedirlo era la voluntad de Dios.

Cuando no tenían pacientes a los que tratar, para Caridad la vida se convertía en una sucesión de baños perfumados, infusiones medicinales, masajes y una sensación de bienestar general. Su cuerpo, que exteriormente estaba totalmente repuesto de las mutilaciones que había sufrido, ahora se restablecía poco a poco interiormente, gracias a las atenciones psiquiátricas que recibía de su maestra y que aprendía a proporcionarse por sí misma.

Los rituales, además de su poderoso significado simbólico, constituían una energía tranquilizadora. Los martes y viernes se preparaba un baño. Los domingos limpiaba su altar, quitaba el polvo a los cuadros y estatuillas de los santos a los que rezaba, y a las fotografías enmarcadas de sus seres queridos, entre quienes sentía una especial debilidad por Esperanza, que para entonces, y como era bien sabido, se había convertido en una famosa prisionera de guerra. Cada noche, a las diez en punto, en lugar de aparecer Esperanza en persona para dar las noticias, como hacía en los viejos tiempos, mostraban una fotografía suya y ofrecían un informe sobre la situación del momento. La prensa opinaba que Esperanza, a pesar de que aún estaba cautiva, seguía con vida.

Sofía y Domingo escribieron cartas e hicieron llamadas telefónicas a congresistas y senadores, e incluso un pez gordo los invitó a Washington, pero nadie había averiguado nada en concreto sobre lo que le había ocurrido a su hija y al equipo que la acompañaba.

Loca rezó.

Doña Felicia intentó averiguar algo por medio del tarot, de los palitos, y de estrellar un huevo contra un vidrio, pero sólo obtuvo imágenes difusas de Esperanza.

En tres ocasiones Caridad despertó de un sueño

profundo bañada en sudor y con la sensación de que su hermana estaba presente. Todo lo que pudo decir acerca de esto fue que Esperanza deseaba regresar a casa.

Todos los domingos Caridad encendía al menos una vela a fin de empezar la semana con la cabeza despejada, cambiaba la manta del altar y limpiaba el quemador de incienso.

Consiguió que su período se regulara mediante la ingestión de ruda al menos tres días antes de la fecha en que calculaba que debía empezar. Para la ansiedad tomaba té de anís, que también le recetó a su hermana Fe. Además, bebía una taza al día de infusión de romero, la hierba de la mujer.

Seguía una dieta basada principalmente en frutas y verduras; una vez por semana compartía con doña Felicia un bistec sin hormonas y poco hecho, para añadir proteínas. Como refrigerio prefería el yogur de frutas licuadas con un trocito de queso sin cuajo. Trabajaban todo el día y se iban a la cama alrededor de la medianoche. Veían al último de sus clientes (o pacientes, si se prefiere) no más tarde de las diez. A muchos de ellos les resultaba imposible visitar más temprano a doña Felicia y Caridad, puesto que trabajaban y primero tenían que ir a casa a preparar la cena para sus familias y meter a sus hijitos en la cama.

Ambas mujeres solían estar despiertas apenas salía el sol, excepto en aquellas ocasiones en que Caridad entraba en trance, pues, en general, tales estados iban seguidos de ataques de sueño que duraban días y noches sin interrupción. La mayor parte de las mañanas doña Felicia acudía a misa de siete. Sin embargo, ya no se mostraba tan constante al respecto desde que había dejado de ser quien guardaba la llave y vestía a los santos de la iglesia de Tome. Caridad nunca iba a misa. En lugar de eso, y como reciente practicante de yoga que era, se levantaba con un saludo al sol.

UNA BREVE MUESTRA DE LOS REMEDIOS
DE DOÑA FELICIA.

Empacho (obstrucción gastrointestinal): «Bueno, muchas son las causas del empacho: comer demasiado de lo mismo, demasiadas naranjas, por ejemplo, o comida que no es demasiado buena para tu cuerpo, comida que se ha vuelto rancia o cosas así. O puede ser también que alguien te haya dado para comer algo con lo que quiere dañarte y ese algo se te queda pegado en algún lugar de los intestinos...

»En primer lugar, debes determinar que no se trata de bilis, que es algo que tiene que ver con la vesícula y los riñones, sino de empacho, que es cosa de los intestinos. Puedes hacerlo de distintas formas. Dar masaje suavemente en el vientre de la persona suele ser el método más rápido. Tienes que palparlo todo con cuidado, así, usando ambos índices, y, cuando el paciente sienta una ligera molestia, notarás algo parecido a una bolita; ahí es donde está la obstrucción.

»Si no puedes determinarlo mediante las friegas, puedes intentarlo valiéndote de un huevo. El huevo, como muy bien sabes, sirve para adivinar muchas cosas, así como para limpiar a la gente de los malos espíritus. Bien. Entonces haces que el paciente se tienda, con los brazos abiertos en cruz. Descubres la zona del estómago, sin olvidar encomendarte a Dios y repetir el Credo de los Apóstoles al menos tres veces mientras te concentras, deslizas el huevo sobre el vientre del paciente haciendo la señal de la cruz y a continuación, lo rompes. Sí, la persona puede levantar las manos para que no se desparrame, pero allí donde la yema se ha roto es donde se encuentra la obstrucción. Para ser sincera, yo no me fío tanto de este método como de lo que noto a través de mis propios dedos, pero lo cierto es que tengo mucha práctica, de modo que es probable que ahora me resulte más fácil que a ti dilucidar estas cosas.

»Bueno, la parte del tratamiento del empacho que no resulta demasiado agradable es cuando, a veces, hay que explorar el recto para deshacer el atasco. Sin embargo, si es necesario, hay que hacerlo. Si está demasiado arriba para llegar con el dedo, utiliza una vela. Para estos casos tan difíciles, recomiendo hacer luego una buena lavativa, pero hazme caso, excepto cuando se trata de niños pequeños, dejo que sea la persona en cuestión quien se la haga cuando llegue a casa.

»El tomatillo cocido es muy bueno para tratar el empacho. Coges una pequeña raíz triturada mezclada con lardo y frotas el abdomen; cuando la bola empieza a desmenuzarse, significa que el atoramiento se ha deshecho. También puedes recetar algunas raíces para beber durante tres días, antes del desayuno.

»Otras infusiones realmente buenas para tratar el empacho son las de raíz de valeriana y estafiate. Puedes mascar un ramito de salvia, que también es muy sedante. Para los niños empachados, suelo recomendar infusión de canela de manzanilla. ¡Son muy suaves y beneficiosas para curar sus barriguitas doloridas!»

Mal de aires: «Cualquiera, en el momento menos pensado, puede estar expuesto a un aire, que es como decir que puede "darle una corriente de aire", sólo que en esta ocasión va por dentro. ¡Incluso a los muertos puede darles un aire! Pero en su caso no se trata únicamente del viento sino de un mal espíritu que penetra en sus cuerpos, y que a veces causa dolor de cabeza, de oído, de estómago, etcétera. Antes, cuando se velaba a los muertos en la propia casa de uno, para que no les diera el aire teníamos por costumbre ponerles trocitos de algodón empapado en alcohol en todos los orificios, y así los protegíamos de semejantes invasiones. Pero ahora, que a la gente se la llevan a las pompas fúnebres, a saber cómo la tratan y qué le hacen. De todos modos, ya ves lo fácil que podría llegar a ser confundir el aire con algo mucho más complicado como el empacho, cuando una persona acude a ti quejándose de que le duele el estómago.

»Generalmente, se trata de calentar a la persona en cuestión con infusiones; si es un niño, con unas buenas friegas de alcohol y, en el caso de que sea una persona adulta, ¡puedes incluso servirle un traguito!»

La propia doña Felicia no le hacía ningún asco a lo de tomar una copita de vez en cuando, y en esas ocasiones solía brindar con los siguientes versos:

> Un doble y un sencillo
> quitan cualquier resfrío.

> Si es grande la pena,
> copa llena;
> si no se quita
> que se repita.

> Contra todo mal, mezcal.
> Contra todo bien, también.

«Las ventosas constituyen también un fabuloso trata-miento para eliminar el aire de distintos lugares del cuerpo. ¡A veces no sólo se mete en el estómago sino en los hombros y la espalda! Asimismo, utilizo las ventosas con los pacientes que sufren de reumatismo. Las velas, como todos sabemos, sirven de gran ayuda en nuestras oraciones y la ventosa requiere el uso de una vela. En los viejos tiempos, usaba velas traídas de la iglesia, pero ahora me valgo de las que compro en la tienda. Si me acuerdo, las llevo a que el cura las bendiga, y si no puedo hacerlo, las sumerjo en agua bendita y, cuando no puedo llegar a la iglesia para que el cura la bendiga, rezo un Padre Nuestro encima de una jarra de agua y eso es todo. Se pone una velita sobre una moneda de un centavo y se coloca en la zona afectada del cuerpo del paciente. Entonces, enciendes la vela, sin titubeos, y colocas sobre ésta un vaso transparente. Verás cómo aspira el mal. Puedes repetir la operación tantas veces como creas conveniente, hasta que el paciente note algún alivio.»

Mal de ojo: «Esto es algo que sufren, sobre todo, los niños, en particular los de teta, e incluso, a veces, alguno que está todavía en el vientre de su madre. La gente, por lo general, no echa un mal de ojo a propósito. Se produce de la admiración excesiva del bebé, y el modo de prevenirlo, como todos sabemos, es, sencillamente, tocar al chiquillo, una ligera caricia de la manita o una palmadita en la cabeza, y ya. La madre lo comprende y de ese modo tú te libras de la preocupación de haber enfermado al bebé por culpa de haberlo admirado demasiado. En el caso de una mujer embarazada que padece de mal de ojo, le recomiendo que se coma la carne de una gallina negra. Por lo general, no es demasiado bueno comer carne de gallina negra, que se usa más que nada para las limpias y luego se tira, pero a causa del daño provocado en la criatura, este remedio, por su potencia, resulta adecuado. Para diagnosticar si un niño sufre de mal de ojo o no, lo tiendo con los brazos en cruz. Mientras froto con un huevo su cuerpecito, rezo el Credo de los Apóstoles y siempre digo al menos un Padre Nuestro. Y de paso, tampoco es malo encomendarse a la Virgen María. Después de esto, parto el huevo en una jarra de agua transparente y dejo la jarra con el huevo debajo de la cama del niño durante toda la noche, justo donde tiene la cabecita. Por la mañana, si hay mal de ojo, verás el ojo allí mismo, en forma de una sustancia cuajada y pegada a la yema. Si la clara se ha ido para arriba, es que el mal de ojo se lo ha echado un hombre. Si la clara permanece junto a los bordes, entonces es que ha sido una mujer. Después coges la jarra y tiras el contenido al inodoro; pero si tienes cerca un río o una acequia, mejor es tirarlo allí. Deshazte de ello para siempre».

Limpias: «A lo largo de los años he comprobado que la gente limpia de muchas y distintas maneras tanto a las personas como las casas, los establos, los camiones o las cosas que han estado en contacto con los malos espíritus. Sin embargo, no es que yo quiera decir que sea tan sencillo, como si todos esos espíritus infelices que flotan alrededor de nosotros buscaran sin cesar una persona vulnerable a la que arruinar. No, las cosas no son así en absoluto. ¡Aunque tampoco voy a decir que no haya almas infelices que en ocasiones actúan de ese modo con la gente! Muchas veces ese terrible estado de ánimo proviene de la misma persona en cuestión, una pena demasiado grande para seguir con ella dentro, como la de no tener un trabajo con el que mantener a la familia, o la desgracia provocada por un amor infiel. La finalidad de la limpieza es, entonces, restituir la paz mental al sujeto, darle la claridad mental que le permita saber cuáles son las cosas prácticas que puede hacer para mejorar su suerte.

»A lo largo de mis años de práctica y de mis viajes, he aprendido diferentes manera de limpiar, pero ahora te daré sólo dos ejemplos, muy simples y rápidos de como limpiar una casa y a un sujeto. Ocurre a veces que nos visita alguien que abriga malos sentimientos hacia nosotros, y ésa es la razón por la que es buena idea mantener cerca de la puerta una jarra con agua. Se encarga de absorber las malas vibraciones que la gente trae consigo, así que debes recordar cambiar el agua cuando el visitante se marcha. En cuanto lo haya hecho, te darás cuenta de que las malas vibraciones siguen ahí, porque no te sentirás a gusto en tu propia casa. No siempre se trata de algo perceptible, como el aire cuando queda viciado, y en ocasiones no es más que una sensación. A veces se te pone la carne de gallina cuando pasas por el lugar donde la persona ha estado sentada. Otras, te sientes cómoda en el trabajo y sin embargo cuando estás de regreso en tu casa te dan ganas de llorar o no puedes dormir. Esas señales demuestran que el problema no está en ti sino en la casa. Desde luego, ya se sabe que en ocasiones, cuando en nuestra casa alguien ha muerto o ha pasado terribles aflicciones, la energía de la persona afligida sigue ahí, y debemos ahuyentarla si queremos sentirnos de nuevo en paz en nuestro hogar. La sal, en mi opinión, es uno de los mejores elementos para las limpias. Podemos poner sal formando una cruz debajo de nuestra cama, justo donde apoyamos la cabeza. Puedes incluso esparcir sal por los zócalos de las habitaciones... la esencia de trementina va también muy bien para esto, y se aplica del mismo modo. El incienso y la salvia constituyen, asimismo, buenos limpiadores. Y no debemos menospreciar el ajo ni la cebolla. Es conveniente tener una ristra de ajos cerca de la puerta: ¡evitará que la gente con malas intenciones entre en nuestra casa! También es bueno rociar las habitaciones con agua bendita, para lo cual es necesario un cura. Y no hay que olvidarse de limpiar a fondo la casa con abundante amoníaco. Son muchos los elementos de que podemos valernos para eliminar de una casa las malas vibraciones, pero siempre debemos acordarnos de encomendarnos a Dios, rezar el Credo de los Apóstoles y, al menos una vez, el Padre Nuestro.

»Hacerle una limpia a una persona es un asunto

delicado, porque estás tratando con su espíritu. Te contaré una de las primeras formas de hacer limpias que aprendí. Mi primera maestra llamaba a aquello "el barrido". Ella, a quien jamás olvidaré, se llamaba doña Jovita, y era de Nuevo León, México Viejo. Nunca he conocido mujer tan buena como ella, que en paz descanse. Hacía un cepillito con ramas de arbusto de la ruda, hierba de cruz y romero y lo pasaba por la persona arriba y abajo, como si la barriera. La persona, por lo general, se colocaba en el centro de la habitación y mantenía los brazos en cruz. En el suelo, a los pies de la persona que recibía el barrido, ponía a quemar incienso, de modo que el humo le llegara bien. Cuando sabía que la persona estaba afligida por algún dolor que alguien le había causado intencionadamente, la limpiaba frotando todo su cuerpo con un huevo de gallina negra, o bien usaba a la propia gallina como instrumento para barrer, y con ella absorbía todo el mal contenido en la persona, lo extraía, lo mataba y lo enterraba.

»Como has visto, mi'ja, hay muchas maneras de limpiar, pero sobre todo debemos acordarnos de que es Él quien realiza el trabajo y de que nosotras sólo somos Sus servidoras, hechas de carne nomás, y ligadas a esta tierra. Así que cuando la gente acude a mí, resentida y amargada porque alguna catástrofe ha golpeado sus hogares, sus casas se han incendiado o un rayo les ha matado la vaca, siempre les digo que se inclinen ante la magnificencia y el poder de nuestro Padre en los cielos y, antes que nada, rezamos una oración que empieza así: "Gracias, Señor, Tatita Dios. Más merecemos. ¡Ay! Merecemos todavía más, como seres humildes que somos".»

4. Acerca de la nueva historia de nuestra clarividente Caridad, quien después de sentirse afligida por las punzadas del amor, desaparece y tras su hallazgo se la conoce como la Ermitaña.

El miércoles, a la hora en que rayaba el alba, doña Felicia se organizaba para su peregrinación anual a Chimayo. Preparó comida para tres días, se puso una gorra con la inscripción «Raiders» para protegerse la cabeza del sol y le dio otra a Caridad, después de indicarle que tendría que seguirla, y que así eran las cosas.

El Santuario no estaba demasiado lejos de la casita de adobe que don Domingo había estado construyendo para su hija, y Caridad, que había escogido ese lugar por su reputación sagrada, no había estado en aquella población más que de paso. Se trataba de la primera peregrinación de Caridad. Sofi nunca había llevado a sus hijas a Chimayo por Semana Santa. A decir verdad, durante los años de su crecimiento, había resultado extremadamente difícil llevarlas a todas juntas a cualquier parte, porque la Loca era incapaz de estar rodeada de gente, ya que despedían un olor demasiado humano. Pero, por supuesto, Caridad, por medio de sus sueños y los relatos de la gente, lo sabía todo acerca de Chimayo, y por eso había elegido construir su casa allí, con el dinero que había ganado su padre en la lotería.

Unos doscientos años atrás, para una Semana Santa, un Hermano Arrepentido que cumplía sus penitencias en el valle de las colinas de Sangre de Cristo, topó con una brillante luz que provenía de la tierra, no demasiado lejos del río. Cavó un hoyo en el lugar de donde brotaba la luz y halló una estatua de Nuestro Señor de Esquipulas.

Ahora, desde luego, circulan un montón de hipótesis asombrosas alrededor de esta leyenda, porque Nuestro Señor de Esquipulas era el Cristo negro de la lejana tierra de los indios conversos de Esquipulas, en Guatemala, y lo que nadie se explica es cómo pudo llegar a la tierra de los tewa. Sin embargo, no cabía duda de que tenía una misión y era la de hacer que la gente supiera de las propiedades curativas de la tierra de Tsimayo, tal y como había hecho en Esquipulas. Así que poco después de su aparición, la Iglesia Católica declaró sagrado lo que la gente nativa ya conocía desde el principio de los tiempos.

Con todos estos datos en la cabeza, Caridad estaba más que deseosa de ir, aunque, francamente, no le entusiasmaba la idea de tener que recorrer todo el camino a pie, que era el único modo en que doña Felicia estaba dispuesta a ir, de manera que se negó en redondo a subir a la furgoneta de Caridad cuando ésta le abrió la puerta.

—¡Si yo puedo hacerlo con estas piernas reumáticas y llenas de varices, una chica joven como tú debería poder recorrer todo el camino saltando a la comba! —le dijo doña Felicia a Caridad, quien, sin responder, siguió de mala gana a la anciana en cuanto ésta se puso en marcha.

Doña Felicia se encaminó con paso ágil hacia el lugar en donde debían unirse, según le había contado a Caridad, a la procesión de penitentes. Sólo se detenían de cuando en cuando, a beber un trago de agua del cántaro que la anciana había entregado a la muchacha para que lo llevase junto con el resto de las provisiones.

—Doña Felicia, ¿a cuántos grados cree que debemos

de estar hoy? —preguntó Caridad después que hubieron caminado un buen trecho. A estas alturas ya daba realmente lo mismo el calor que hiciera, porque llega un punto en que éste se convierte, pura y simplemente, en calor, ni más ni menos. El sol atravesaba la gorra de los Raiders y le machacaba la cabeza, las gotas de sudor le caían por la cara y el cuello. Tenía las axilas mojadas, y también debajo de los pechos, y su camiseta estaba completamente empapada. Caridad sólo había hecho la pregunta para iniciar una conversación, puesto que llevaba largo rato caminando en fila india y se sentía sola.

—No hables —contestó doña Felicia por encima del hombro.

—¿Por qué?

—Porque si hablas sentirás más calor…

Caminaron, descansaron, por la noche durmieron acurrucadas, se levantaron al amanecer y caminaron un poco más, hasta que llegó el Viernes Santo y dieron alcance a la procesión de penitentes. A pesar de que uno no ve cada día una multitud detrás de una figura que se parece a Cristo y que carga con una cruz por la carretera (a menos que la familia de uno sea de Chimayo o de Tome, o de algún lugar similar situado en el territorio que las reinas y los frailes españoles controlaron durante cientos de años con una ferocidad tal que ni el posterior dominio mexicano o estadounidense logró debilitar las prácticas religiosas de los descendientes de los españoles que se asentaron allí, incluida esa procesión, que se llevaba a cabo cada año desde hacía dos siglos y que probablemente seguiría realizándose durante dos siglos más, tal era la devoción de los penitentes), Caridad, que no había vuelto a enamorarse de nadie desde lo de Memo, se enamoró aquel Viernes Santo, y aquello la tomó tan por sorpresa que en comparación todas las maravillas que la rodeaban palidecieron.

Así pues, los rezos de la procesión penitente, la representación de Francisco, el ahijado de doña Felicia, que kilómetro tras kilómetro, y bajo un sol ardiente, cargó sobre sus hombros desnudos con la enorme cruz de madera, y el resto de elementos de aquel espectáculo impresionante, quedaban reducidos a nada si uno los confrontaba con el hecho de que Caridad se había enamorado.

Cuando llegaron al Santuario, el lugar estaba lleno de turistas y peregrinos. Caridad se mantuvo cerca de doña Felicia, quien, mientras alejaba del alcance de ésta su tápalo descolorido, la reprendió:

—Cada vez te pareces más a tu hermana la Loca.

Caridad procuró disimular la tensión que le producía la multitud y se apartó de doña Felicia justo lo suficiente para no poder siquiera asirse al tranquilizador aroma a comino y chile que rezumaban los poros de la anciana. Sí, no pudo evitar admitir que cada día se parecía más a la Loca. Pero, al igual que ésta, o que una persona ciega o incluso un perro, ella era sensible, aunque no hostil, a los olores corporales de cada individuo. Bueno, y qué, concluyó Caridad, porque después de todo no se iba a poner a psicoanalizar el asunto, que era como era y le servía para saber algunas cosas sin necesidad de hacer preguntas.

Fue más o menos en ese momento cuando, no obstante, su atención fue bruscamente atraída por la mujer más hermosa que había visto en su vida; estaba sentada en la tapia de adobe que rodeaba el santuario. En ese instante, la mujer se volvió hacia ella, pero como llevaba gafas de sol, Caridad no supo con certeza si le devolvía o no la mirada.

—¡Vamos, ven aquí, venga! —gritó doña Felicia a Caridad al tiempo que hacía un ademán con la mano, como se hace con los niños pequeños. Caridad, absolutamente trastornada por la visión de la mujer, se ruborizó y siguió a doña Felicia al interior de la iglesia, sin decir palabra. Se pusieron en fila para ir a las salitas contiguas a la capilla, donde había un pocito abierto en la tierra sagrada con la que, desde la primera mitad del siglo XIX, los católicos (en realidad, no era culpa de ellos el que hubieran tardado tanto tiempo en saberlo, puesto que eran nuevos en estas tierras), han sanado sus cuerpos y sus espíritus.

Doña Felicia y Caridad se inclinaron, cogieron un puñado de tierra, se restregaron con ella la frente, las sienes y los antebrazos, y se pusieron una pizca sobre la lengua. Doña Felicia metió otra pizca en una latita de café que había llevado con ese propósito, y luego salieron de allí lentamente.

Durante todo ese rato Caridad no había podido hacer otra cosa que pensar en la mujer de la tapia. Quizás estuviese insolada y no fueran más que imaginaciones suyas. De hecho, estaba agotada, casi deshidratada; no era posible que la mera visión de una mujer fuese la causa de como se sentía. Pero en cuanto estuvieron fuera y rodearon la iglesia hacia la parte de atrás, vio de nuevo a la mujer, más real que antes, todavía en la tapia y ¡mirando por encima del hombro en dirección a ella!

Delante ya de la iglesia, doña Felicia y una inquieta Caridad encontraron un lugarcito donde comer, a la sombra de un álamo. Cada una de ellas dio cuenta de cuatro naranjas, pero fueron incapaces de tocar los tacos de papitas que la anciana había preparado, porque tenían el estómago revuelto a causa del calor y el cansancio. Pelaron una naranja tras otra y compartieron su comida sin pronunciar palabra, entregadas como estaban a chupar las frutas para saciar su sed.

En todo el rato Caridad no dejó de dirigir miradas

furtivas a la mujer de la tapia, quien, por lo que pudo ver, la miraba también fijamente y de manera descarada.

—A lo mejor cree que eres prima suya... —dijo de pronto doña Felicia.

Caridad se ruborizó, porque los sentimientos que experimentaba no eran los que se tienen por una prima, y aun así se sentía incapaz de explicarlos. Memo había sido su único amor. Después de él, todo había sido borroso. No habría podido decir el nombre de uno solo de los hombres que la habían seguido por la noche a la salida de los bares, donde había pasado años enteros de su vida.

Era algo extraño, porque podría pensarse que, después de todo lo que le había sucedido, y no sólo con Memo sino, especialmente, aquella noche horripilante de su vida, Caridad podría haberse convertido en una mujer amargada y que odiaba a los hombres porque sólo le habían acarreado vergüenza y desgracia. Pero no era así. Caridad era incapaz de odiar nada ni a nadie, y por eso doña Felicia la había elegido para legarle sus conocimientos curativos. En opinión de la anciana, las injusticias de la vida hacían que resultase fácil sentir odio, pero tener un corazón generoso proporcionaba la clase de flexibilidad que una curandera necesitaba.

Caridad nunca había hablado con nadie de aquella noche, pero, además de ella, había dos personas que estaban al corriente de lo ocurrido, porque ella había dejado que se introdujeran en sus sueños; se trataba de la Loca y de doña Felicia. Ellas tres sabían que no había sido un hombre con un rostro y una identidad quien la había agredido y dejado mutilada como si de un conejo maltrecho se tratase. Ni tampoco dos o tres hombres. Ése era el motivo por el que nunca había podido dar información concreta a la policía.

Tampoco había un coyote perdido y desesperado,

sino una cosa, tangible y amorfa. Una cosa que podía ser descrita como algo hecho de metal cortante y madera astillada, de piedra caliza, oro y pergamino quebradizo. Tenía el peso de un continente y era indeleble como la tinta, centenario y sin embargo tan fuerte como un lobo joven. No tenía forma y era más oscuro que la noche, y sobre todo, algo que caridad jamás podría olvidar, era pura energía.

La noche en que doña Felicia soñó con la malogra, se levantó de un salto y deambuló por la casa con una escopeta —la misma que se había usado en la revolución, un poco oxidada, pero útil todavía—, medio dormida, hasta que se dio cuenta de que todo había sido un sueño y que la cosa no estaba en sus aposentos. Cuando la Loca lo soñó, se fue al establo, a dormir entre dos caballos.

—¡Oh, Dios mío! ¡Oh, Dios mío! —exclamó Sofi al tiempo que se santiguaba, cuando a la mañana siguiente su hija le describió su sueño, nada más entrar a la casa, cargada con la manta cubierta de heno, que Sofi le quitó de encima y arrojó por la ventana. (La hipersensibilidad de la Loca a los olores humanos había alterado su respuesta frente al tufo de los animales.)

En el sueño de la Loca la cosa había tomado la forma de la lana de oveja, y era algo enorme, voluminoso, realmente perverso, alejado de la imagen del animal.

—¡Eso era la malogra, 'jita! Iba en busca de ti. ¡Oh, Dios mío! Y tú vas y sales fuera... ¡ahí es precisamente donde la gente se la encuentra, fuera en la oscuridad, en plena noche! ¡Gracias a Dios que no ha dado contigo!

Caridad soñaba a menudo con eso, y aunque todavía la asustaba, en cada ocasión se envalentonaba y le hacía frente. Un día o, mejor dicho, una noche (puesto que al parecer la malogra sólo se presenta por las noches), derribaría a aquel malvado espíritu de lana, allí en la encrucijada donde, como ella sabía perfectamente, aún esperaba sin nada mejor que hacer.

—Doña Felicia, yo soy demasiado tímida... —se atrevió Caridad a decirle a su amiga—. ¿No se acercaría usted a aquella mujer y de parte mía le preguntaría de qué cree que me conoce... si acaso es ésa la razón por la que me mira?

—Se ha ido, mi'jita —contestó doña Felicia con indiferencia, haciendo caso omiso de la importancia que aquello tenía para Caridad. Caridad levantó la vista y, en efecto, la mujer de la tapia había desaparecido. Miró alrededor, pero no vio ni rastro de ella. Se mordió el labio inferior. De pronto, se levantó bruscamente y dijo:

—Voy a buscarla.

—¿Y qué vas a decirle? —preguntó doña Felicia sin moverse del lugar—. Y en todo caso, ¿para qué?

Caridad volvió a sentarse en el suelo, sobre las piernas. Sentía que todo su cuerpo se había alterado por la presencia de una extraña y no conseguía explicárselo. Y ahora la mujer de la tapia se había perdido entre la multitud. Completamente desesperanzada, se inclinó hacia adelante, con los brazos tendidos, y dejó escapar un profundo suspiro de desaliento, como una plegaria.

—Oye, niña, ¡que esto no es la Meca! —le tomó el pelo doña Felicia, quien a continuación soltó unas risitas discretas, porque aún no sabía cuánto sufría Caridad por la Mujer-de-la-tapia. Caridad sacudió la cabeza, pero no se levantó. ¿Cómo iba a decirle a doña Felicia que por primera vez en muchos años, desde antes de la agresión, su corazón se sentía renovado, conmovido por otro ser humano? Había que admitirlo, aunque apenas había tenido una visión fugaz de ella, aquélla era la mujer más hermosa que había visto en su vida. Y en cualquier caso, ¿qué la hacía tan excepcional a los ojos de Caridad?

No había en ella nada extraordinariamente llamativo. Era de tez oscura. India o mexicana. Negro, cabello negro. Unos muslos poderosos y robustos. Lo sabía porque llevaba pantalones cortos. Había algo especial en ella y, de pronto, Caridad se levantó y sin decir ni una palabra a doña Felicia empezó a errar por allí, en busca de ella, porque sabía que no podría soportar la idea de vivir sin esa mujer.

Al cabo de veinte minutos de buscar sin éxito, Caridad localizó por fin a la Mujer-de-la-tapia, que en ese momento estaba sentada en un montículo pequeño, con las piernas abiertas delante de ella, tal como se sientan los niños en el suelo. Estaba entretenida en sacar algunos alimentos de la mochila, mientras hablaba con otra mujer; Caridad advirtió que la Mujer-de-la-tapia-ahora-en-un-montículo había estado todo el rato con aquella otra mujer, pero, a la manera de un teleobjetivo, ella sólo había enfocado a la morena. Incluso ahora que sabía que la Mujer-de-la-tapia-ahora-en-un-montículo no estaba sola, no veía a su compañera como a un ser de carne y hueso sino como una mancha.

Entonces, la Mujer-de-la-tapia-ahora-en-un-montículo miró en dirección a Caridad y ella estuvo segura de que en ese momento la miraba, porque sin darse plenamente cuenta de lo que hacía, había empezado a trepar por el montículo en dirección a las dos mujeres.

—Hola —se saludaron cuando Caridad llegó hasta donde ellas estaban. Un comienzo insignificante para el momento más sensacional de la vida de Caridad hasta entonces. Bueno, tal vez la palabra «sensacional» no sea la más adecuada, si se tiene en cuenta a quién nos referimos, pero para Caridad acontecimientos como su Sagrado Restablecimiento, su clarividencia, su hermana la Gritona (tal y como alguna gente cruel de Tome se refería todavía a Fe), y cosas así sólo eran parte de la vida misma. Enamorarse... ¡eso sí que era algo completamente diferente! En cualquier caso, aquel breve encuentro abrumó a Caridad, quien, puesto que no tenía nada más que decir, dio media vuelta y descendió por el montículo.

Cuando regresó junto a doña Felicia, recogieron sus cosas y emprendieron el penoso camino de vuelta a Albuquerque, con el único consuelo de que, al menos, el sol había empezado a ponerse y no las dejaría secas como a un par de huesos de melocotón al borde de la carretera, antes de que tuvieran la oportunidad de refugiarse en algún sitio para dormir.

Caridad estuvo de regreso en su pequeña caravana el amanecer del domingo de Resurrección, con su ser interior fresco y de color rojo brillante, como las flores de los espinosos higos chumbos. Barrió, fregó, cambió las sábanas, lavó los utensilios de la cocina, limpió la bañera y el lavabo y cantó canciones de Aretha Franklin. Hacia las cinco de la madrugada, justo cuando el sol aparecía en el cielo, doña Felicia llamó a su puerta.

—¿Qué pasa? —preguntó mientras observaba a Caridad, que en ese momento tenía en la mano un trapo de limpiar el polvo, con el que se disponía a darle a las persianas venecianas.

—No puedo dormir —respondió Caridad con júbilo.

—Bueno, nadie puede decir que limpiar sea una pérdida de tiempo, *ma chéri*, pero, ¿por qué no intentas rezar? Sin duda encontrarás la solución de cualquier cosa que quieras resolver, créeme. Y, de paso, le darás un descanso a ese cuerpo tuyo —le dijo doña Felicia a Caridad, y se volvió a su propia caravana, con su aroma a salsa de chile, a infusiones aromáticas y a Yerba de la Víbora fresca, colgada de la ventana para que se secara.

Así que eso fue lo que se puso a hacer Caridad en cuanto doña Felicia se hubo marchado. A veces, no obstante, mostraba cierta tendencia a seguir de manera excesiva los consejos de doña Felicia, lo que tal vez explique por qué hasta el martes siguiente, en que doña Felicia tuvo que reanimarla, Caridad, que en algún momento se había desmayado delante de su altar, no paró de rezar para que se hiciera la luz respecto a la Mujer-de-la-tapia-ahora-en-un-montículo-con-alguien-más.

—¡Ah! Doña Felicia —exclamó Caridad—. ¡Soy una mala estudiante para usted! ¡Veo espejismos y estoy llena de malos sueños! Precisamente ahora soñaba que me perseguía un ser con alas enormes, como un águila gigante, pero tenía unos cuernecitos. Y él, o ella, no lo sé, llevaba una armadura y yo volaba tan rápido como podía para escapar, hasta que chocaba con unos cables telefónicos y caía al suelo. ¡Menos mal que me ha despertado y me ha salvado!

—¿Por qué no vas a Ojo Caliente y te das un agradable baño de aguas termales *chéri*? —le sugirió doña Felicia al tiempo que le deslizaba en la mano un billete de diez dólares, pues sabía que desde que había dejado el trabajo en el hospital Caridad iba justa de dinero. Desde el asesinato del *Corazón* de Caridad, doña Felicia dejó de cobrarle el alquiler. Así que Caridad preparó su bolso de plástico de los fines de semana con el secador de pelo, los artículos de tocador y una muda de ropa (de necesidad urgente, porque todavía llevaba puestos los tejanos y la camiseta que había usado en su largo viaje de ida a Chimayo y de vuelta a casa, y también mientras limpiaba la caravana), lo metió en la furgoneta y se marchó.

Ésa fue la última vez que se la vio en todo un año. Para empezar, Caridad no tenía el menor sentido de la orientación, y como no sabía interpretar un mapa, no se llevó ninguno: además, nunca había estado en Ojo Caliente. Eso, por sí solo, ya podría explicar el hecho de que se perdiera. Pero lo cierto es que no debía haber dicho que aquélla fue la última vez que se la vio, porque a la salida de la autopista 25 hizo una parada en la gasolinera NuMex, donde resultó ser que, en esa época trabajaba como mecánico, Francisco el Penitente, quien más tarde le dijo a su madrina que Caridad se había detenido allí y había puesto diez dólares en el depósito. Así fue cómo doña Felicia se dio cuenta de que algo iba mal, porque sabía que Caridad sólo tenía diez dólares y que no habría ido a las termas a tomar un baño sin dinero para pagarlo. A pesar de ello, la anciana decidió no llamar a Sofi y a don Domingo, ya que sólo habría servido para preocuparlos, hasta que pasaron unas cuantas noches y la propia doña Felicia se sintió incapaz de averiguar qué había sido de Caridad.

Primero, la vieja curandera encendió una vela especial a san Antonio, que ayuda a la gente a encontrar las cosas perdidas. Bueno, Caridad no era una cosa, eso está claro, pero la inocente se había perdido igual que una brújula rota, exactamente igual. Sin embargo, san Antonio se mantuvo en silencio y no le ofreció una sola pista a doña Felicia, ni siquiera cuando le dio la vuelta a la estatuita, poniendo la parte de arriba hacia abajo, para persuadirlo de que cooperara. El santo, por el contrario, mantuvo la boca más cerrada que nunca. En realidad, lo más probable es que san Antonio no supiese dónde había ido Caridad, puesto que como ya he dicho, él está para encontrar cosas, no a la gente.

Ahora bien, el Santo Niño de Atocha es otra cuestión, y es muy posible que guiara a Caridad hasta un refugio. Pero muchos años atrás, doña Felicia y el Santo Niño habían tenido algunas serias desavenencias, y desde entonces la anciana ya no le encomendaba sus oraciones al niño Jesús, que en la España conquistada había salvado a los cristianos de los musulmanes y en Norteamérica a los católicos conquistadores de los indios paganos. (En esto residía parte del problema de doña Felicia para con el santito de regio vestido español, pues le costaba aceptar que salvase almas o las abandonara según su fe nacionalista.)

Doña Felicia usó palitos de adivinación y luego sacó las manoseadas cartas del tarot, que le había dado una mujer de Veracruz allá por el año 1927, pero nada de todo ello le proporcionó información concreta. Todo lo que sabía era que Caridad estaba viva y se había marchado de manera espontánea. Y eso fue todo lo que dijo a la familia cuando hubieron pasado tres días desde su desaparición.

—¡Ay! ¿Cómo ha podido quitarle la vista de encima a esa inocente, doña Felicia? —se lamentó Sofi con las manos en alto. En cuanto se enteró de la noticia por boca de la propia anciana, fue directamente hacia la caravana de Caridad, como si tuviera que ver con sus propios ojos que su hija realmente se había ido. Sofi temía que le ocurriese lo peor.

—¡Vamos! ¡Vamos!, Sofi —le dijo una de las vecinas de doña Felicia—, que con reproches no va a arreglar nada...

—Yo digo que llamemos a la policía —intervino otra comadre—. ¡Para eso están! San Antonio puede ayudarte a encontrar un anillo que se te ha caído en el trastero, pero no puede traerte de vuelta a una mujer adulta en contra de su propia voluntad.

—¿Y qué te hace pensar que Caridad no quiere volver? —preguntó Sofi, de algún modo desconcertada por las suposiciones de la vecina acerca de su hija, a quien apenas conocía.

—¿Y qué te hace pensar que la policía puede encontrarla? —terció el marido de Sofi. Por lo que él tenía entendido, la policía local no había hecho casi nada para encontrar al agresor de su hija cuando la dieron por muerta junto a la carretera. Si sabían quién era la desaparecida, probablemente no harían más que una búsqueda rutinaria por hospitales y cárceles, tal había sido la reputación de Caridad. Domingo había oído un montón de historias insultantes acerca de su hija y en más de una ocasión había defendido su honor en los bares del condado de Valencia, cuando alguien sugería que la habían atacado porque prácticamente «se lo había buscado»—. No —añadió—, vamos a reunir un grupo de gente y saldremos a buscarla.

Y eso fue lo que sucedió. Durante semanas, el padre de Caridad y todos aquellos que estaban preocupados por ella se repartieron por el estado al estilo de una cuadrilla policial, con la esperanza de encontrarla. Por alguna razón, estaban convencidos de que no había dejado su tierra natal. Pero ¿dónde podía estar? Ni en Albuquerque, ni en Santa Fe, ni en ninguna de las poblaciones por donde dieron aviso. Preguntaron a la gente de todos los pueblos, desde Taos a Zuñi, por ver si había aparecido por alguna de las reservas. Pero no había ni rastro de ella por ninguna parte.

Entretanto, Esperanza seguía perdida en el golfo Pérsico. Las últimas huellas de ella y los otros tres miembros del equipo de reporteros, eran un jeep abandonado, seis mil dólares en efectivo, sus cámaras fotográficas y unas pisadas en la arena que conducían hacia las líneas enemigas.

El que el único senador que parecía interesado por la suerte de su hija extraviada los invitase a Washington, dio algo de confianza a Domingo y Sofi. Era año de elecciones y Domingo determinó enseguida que el único interés del senador era darse buena publicidad gracias al encuentro, que había salido por televisión en los informativos nacionales. La pareja regresó a casa con peores presentimientos que nunca respecto a Esperanza.

—Dios me dio cuatro hijas —le dijo Sofi al padre

Jerome, su confesor, que aún decía misa en la iglesia de Tome—, ¡y cualquiera habría pensado que a estas alturas yo sería una abuela satisfecha, que estaría disfrutando del descanso y el cuidado de sus hijas, que los domingos le llevarían a sus niños para que los meciera en el regazo! ¡Pero no, mis hijitas no! ¡He tenido que parir la variedad voladora de la especie!

—¿Sus hijas vuelan? —la interrumpió el padre Jerome, y se aclaró ligeramente la garganta. Nunca había conseguido olvidar la visión de la niña que se había levantado de su pequeño ataúd y había ascendido hasta el tejado de la iglesia, pero desde entonces no había tenido noticia de otro acontecimiento parecido.

—Bueno, padre —le explicó Sofi—, ¿se acuerda usted cuando la Loca, con sólo tres añitos, subió al tejado de la iglesia el día de su funeral? Bueno, pues justo antes de que Caridad desapareciese, doña Felicia me dijo que mi hija tuvo un sueño en el que volaba perseguida por Lucifer u otro monstruo alado y horrible como ése, y si conozco, como creo, a Caridad, es más que probable que ahora esté volando en algún lugar, por las montañas, ¡alejada, eso sí, de los cables de las líneas telefónicas! Y de la misma manera mi Esperanza voló, no con sus propias alas, desde luego, es demasiado práctica para eso, pero sí en un avión, a otro continente, ¡y también ella ha desaparecido! La única que sigue ligada a la tierra es Fe... —Sofi se echó a llorar.

—Bueno, tienes que estar agradecida por ello —dijo el padre Jerome con un suspiro, y le puso una mano en el hombro para consolarla. En una ocasión había hablado con el obispo acerca del caso de la niña resurrecta, pero no se decidió a mencionar los detalles de su vuelo ni al anuncio que había hecho respecto a los viajes por el otro mundo. El obispo menospreció el asunto como un ejemplo de la ignorancia de esa comunidad y añadió que esa clase de «resurrecciones» solían presentarse cuando no se dispensaba una atención médica correcta.

—¿Y qué piensas que le ocurrió a tu hermana? —le preguntó Sofi a Fe una tarde, por pura desesperación. Sabía que Fe no tenía el don de la clarividencia, pero su tranquilidad respecto al asunto la desconcertaba, por eso quería escuchar sus especulaciones.

—¿Cuál _____? —preguntó Fe. Sofi no pudo oír la segunda palabra de la pregunta debido a que su hija se había dañado mucho las cuerdas vocales durante el tiempo en que había gritado de manera tan continua y violenta; el resultado había sido que ahora, cuando hablaba, su voz sonaba con interferencias y parecía una radio defectuosa de la Segunda Guerra mundial, por lo que la mitad de lo que decía sencillamente no se oía, algo así como hablar con la aviadora Amelia Earhart justo antes de que se interrumpiera por completo la comunicación y cayera.

Sofi comprendió a su hija, ejercitando al máximo la paciencia con que soportaba la singular vida que le había tocado. Con todo, y puesto que sólo era un ser humano, contestó con exasperación:

—¡Pues a quién voy a referirme! ¡A Caridad! Estoy tan asustada por Esperanza, que en ella ni siquiera me atrevo a pensar... No dejan de caer bombas y cada noche salen prisioneros de guerra por televisión. ¡Dios mío! ¡Sólo Dios sabe lo que le habrá ocurrido a m'jita...!

—¿Crees que____ Cari____ se habrá ____ sado? —sugirió Fe. Pobre Fe, no había conseguido olvidar a Tom. No parecía pensar más que en vestidos de novia, adornos florales y la boda de junio que nunca había tenido lugar.

—¿Caridad casada? ¿Con quién? —preguntó Sofi. Efectivamente, con quién.

Un día, al cabo de un año, encontraron a Caridad.

Vivía en una cueva de las montañas de Sangre de Cristo. Fue Francisco el Penitente y dos de los hermanos de su morada quienes dieron con ella, más bien por casualidad. Nadie sabe por qué precisamente aquella tarde, justo antes de Semana Santa, todos iban a caballo por allí, cuando de pronto descubrieron los restos de una hoguera y se dirigieron derecho hacia la cueva que resultó ser el hogar de Caridad.

Costaba reconocerla. ¡Resulta fácil imaginar cómo debía de estar después de cuatro estaciones sin cambiarse de ropa ni hablar siquiera con algún ser humano!

Era más que probable que la chica se hubiera bañado en el arroyo que corría unos kilómetros más abajo, pero Francisco no se habría aventurado a apostar por ello. Al menos sabemos de dónde obtenía el agua, y por el resto de cosas que los hombres encontraron aquel día, como pieles de liebres y huesos de otros animalitos parecidos, resultaba evidente la forma en que había sobrevivido. Ahora bien, cómo se había mantenido caliente durante el crudo invierno que acababa de pasar, aparte de mantener una hoguera constantemente encendida y cubrirse con las pieles de animales, nunca se sabrá.

—¡Vendrás con nosotros! —le dijo con severidad uno de los hermanos, una vez que éstos se pusieron de acuerdo en que se trataba, efectivamente, de la mujer que todo el mundo buscaba desde hacía tanto tiempo.

Caridad sacudió la cabeza. El hombre desmontó de su caballo árabe y fue hacia ella para sujetarla firmemente a la montura. Ella se resistió y se dejó caer al suelo. Él se inclinó para cogerla en brazos, pues imaginó que si no oponía resistencia sería aún más fácil subirla al caballo, pero no consiguió levantarla.

—¡Pero qué...! —exclamó, asombrado de lo que pesaba la muchacha, que abultaba la mitad que él.

El otro hombre se acercó para echarle una mano, al

fin también Francisco el Penitente, y aun así no pudieron mover a la joven. El primer hermano, furioso de que su fuerza fuese insuficiente para hacer frente a una persona tan flaca, indicó con un gesto que la arrastraran de los pelos.

—¡Alto! —exclamó Francisco el Penitente, y se puso de rodillas—. No somos nosotros quienes deben llevar a esta sierva de Cristo a su familia. ¿No os dais cuenta? No es la voluntad de nuestro Señor.

Rezó una oración por Caridad y los hombres se marcharon, resignados a ser únicamente quienes librarían de su preocupación a la madre de aquella muchacha, al decirle que la habían encontrado.

Sin embargo, no tardó en correrse la voz de que una ermitaña vivía en una cueva, en las montañas, y que se había resistido con una fuerza pasiva pero hercúlea a tres hombres que habían intentado llevarla de regreso a casa. Mucha gente recordó las historias referidas a la Loquita Santa y no se sorprendieron de que su hermana también mostrara alguna capacidad fuera de lo común.

Así fue cómo esa Semana Santa cientos de personas no fueron a la misa de sus parroquias locales, sino que acudieron a la cueva de Caridad, con la esperanza de obtener su bendición así como de que los curara de alguna dolencia o cualquier otra cosa. No sólo los católicos hispanos estilo mexicano nuevo fueron hasta allí, sino también los indígenas de los pueblos, algunos cristianos y otros no, ya que el que Caridad hubiese estado desaparecida durante más de un año se había convertido en un misterio para todo el estado y su supervivencia espartana y solitaria resultaba increíble.

A medida que la historia se divulgaba, el número de hombres a quienes Caridad se había resistido tras convertirse en un peso pesado, aumentaba. El humilde gesto de Francisco de orar por su bienestar se convirtió en el rezo de un multitudinario grupo de hombres que, de rodillas ante la santa ermitaña pedían perdón por su osado intento de moverla. Se dijo incluso que había levantado por los aires el caballo al que el hermano había querido subirla a la fuerza —con jinete incluido—, pero que, benevolente, los había devuelto a tierra sanos y salvos sin haber hecho más que espantar al animal con su magia desafiante.

La noticia se extendió incluso a las tierras que iban desde Sonora hasta Yaqui. Las historias se exageraron de tal modo que alguien empezó a decir que se trataba del alma de Lozen, la guerrera mística de los Cálidos Manantiales Apache, hermana del gran jefe Victorio, que había jurado solemnemente «hacer la guerra al hombre blanco para siempre». Y Lozen era la única mujer entre los últimos treinta y ocho guerreros. Fue ella quien, alertada por el hormigueo que sentía en las palmas de las manos y el color morado de éstas, había puesto sobre aviso a los demás cuando se acercaba el enemigo.

Una vez que se hubo quedado sola, Lozen se volvió en las cuatro direcciones y cantó a su dios Ussen para que la guiara en su soledad.

Sí, quizás aquella mujer de la montaña no fuese la que los hermanos Penitentes pensaban que era, sino el recuerdo de un espíritu, y por esa razón no habían conseguido vencerla.

Don Domingo, que podía hilar un buen relato por sí mismo, se divertía con aquellas narraciones, y a pesar de que sabía que su hija no era de una casta corriente, albergaba grandes dudas respecto a que pudiese levantar caballos o tuviera multitudes de hombres arrodillados a sus pies.

Sofi rechazó la idea de unirse a la multitud durante la Semana Santa, convencida de que si la que estaba allí arriba era Caridad, haría todo lo posible por ocultarse a fin de no convertirse en un espectáculo. Decidió aguardar a que todo terminara. Ahora que sabía que su hija se encontraba a salvo, que aunque vivía en una cueva se hallaba sana y salva, su corazón estaba tranquilo.

Doña Felicia realizó su peregrinación anual a Chimayo y decidió que después iría a ver a Caridad. Hacía decenas de años que no escalaba una montaña. No sabía conducir y tampoco se fiaba de que nadie la llevara hasta allí. De modo que le pidió a su ahijado que le indicara la dirección en que estaba, segura de que daría con su discípula y la convencería de que volviese a casa sin que mostrara la resistencia que había exhibido ante los hombres.

Fe, que ni una sola vez se había mostrado inquieta por la desaparición de su hermana sino que había proseguido ocupada con sus propios asuntos, como de costumbre (todavía trabajaba en el banco y hacía que todo el mundo se subiera por las paredes debido a sus manías perfeccionistas) se mantuvo en sus trece en su teoría de que su hermana había abandonado la sociedad porque, probablemente, se había enamorado. Para ser justos con Fe, hay que admitir que su teoría coincidía con el hecho de que Caridad había desaparecido justo después de que quedase maravillada por la Mujer-de-la-tapia-ahora-en-un-montículo.

Caridad misma no sabía explicar, aun cuando estuviera dispuesta a intentarlo, qué la había conducido hacia las montañas aquel día. No podía decir por qué, después de dormir durante cuatro días con sus cuatro noches antes del viaje, se sentía tan rendida por el sueño que, al verse perdida, se detuvo en esa región apartada, que le pareció tan buena como cualquier otra para descansar, abandonó la furgoneta y se acurrucó a la entrada de la cueva, donde aquella primera noche durmió sin que la molestaran en absoluto los vientos fríos de la montaña.

El siguiente amanecer, cuando despertó frente a esa herida del horizonte que poco a poco se rasgó hasta convertirse en día, y vio el sol levantarse como un rey de su trono sobre los picos lejanos, sólo supo que deseaba quedarse allí y cada alborada ser el solitario testigo de aquel milagro.

Hasta el día en que aparecieron aquellos tres jinetes, no se acordó del tiempo ni de nadie, ni de doña Felicia, ni de su madre, ni de los otros miembros de la familia, ni siquiera de sí misma, pero no pasó un solo instante, ni dormida ni despierta, en que su corazón no suspirara por la Mujer-de-la-tapia en Chimayo.

Una vez que los tres hombres se hubieron marchado, se rompió el hechizo de soledad bajo el que Caridad había vivido pacíficamente, pero aun así permaneció, aturdida, en su casa de la cueva, e intentó recordar cómo había sido su vida antes de instalarse allí.

Pero entonces tuvo lugar otro acontecimiento desconcertante, todavía peor que la repentina aparición de los penitentes que habían intentado forzarla a hacer algo que ella no quería hacer. Después de muchos, muchos meses de tranquilidad, después del calor, del viento, de la nieve y de que los cactos floreciesen nuevamente, ¡toda su montaña se vio invadida, hasta la mismísima entrada de la cueva que se había convertido en su hogar, por centenares de personas!

¿Qué quería toda esa gente? Cuando llegaron las primeras docenas, ella pensó que acudían para llevársela por la fuerza, como aquellos tres hombres, y se internó en las profundidades de la cueva para ocultarse. Pero después, oyó que la llamaban:

—¡Oh, tú, santa entre las santas!

—¡Venimos a suplicarte que te apiades de nosotros!

—¡Danos tu bendición, ermitañita!

—¡Te lo ruego, santita ermitaña, ayuda a m'jito!

—¡Cura a mi padre moribundo!

—¡A mi abuela!

—¡A mi pierna coja que ya no sirve pa'nada!

Por supuesto, todo aquello resultaba confuso para Caridad, que, después de haber permanecido apartada de la sociedad durante tanto tiempo, no veía relación alguna entre esas peticiones y su existencia retirada, de modo que se limitó a internarse aún más en la cueva, hasta que por fin todas las voces se desvanecieron.

Aunque Caridad no lo supiera, allí abajo algunos periódicos habían informado sobre la peregrinación a su montaña y hablaban de «testigos oculares» que supuestamente la habían visto. Algunos afirmaban que los había tocado y bendecido ¡y otros incluso insistían en que los había curado! Un hombre contó que cuando posó los ojos sobre ella, vio un halo resplandeciente alrededor de su cuerpo, como el de la Virgen de Guadalupe, y que lo había salvado de su problema con la bebida. Una mujer mostró a la prensa un trocito de tela que aseguraba haber arrancado ¡de la túnica de la Santita Ermitaña!

—¿Una túnica? —dijo Sofi, después de leer el artículo—. Pero bueno, ¿qué llevaba puesto mi hija cuando se fue de aquí? —le preguntó a doña Felicia, que estaba en la cocina, preparando fideos en una olla y, en otra, un baño purificador para una vecina.

Distraída como solía estar en esa etapa de su vida, roció por accidente los fideos con un poco del aceite de alcanfor destinado a la otra olla, en que cocía el baño para una mujer del final de la calle, que sufría de espanto, pero decidió que, aunque le diera a la comida un sabor sospechoso, no podía ser demasiado malo.

—¡Le aseguro que no iba vestida para la ocasión,

chéri! —dijo doña Felicia, y soltó una carcajada—. Pero, por otro lado, ¿quién es nadie para decir cómo debe ir vestida una sierva de Cristo?

—¿Una sierva de Cristo? ¡Vamos! ¿Quién la llama así? —preguntó Sofi.

—Mi ahijado Francisco. Pero creo que está enamorado de Caridad... No hay problema. Mañana partiré hacia allí y ella estará de vuelta muy pronto.

Pero resultó que cuando la anciana emprendió el camino hacia la cueva-hogar de su aprendiza, que había pasado un año abstraída sin darle noticias sobre su paradero, ni siquiera por medio de un sueño, Caridad había encontrado la furgoneta, y aunque tuvo algunos problemas para ponerla en marcha, finalmente consiguió arrancar, con el único recuerdo de que se encontraba camino de Ojo Caliente para tomar un baño de aguas termales.

Aunque Caridad no tenía dinero, y de todos modos el precio del baño y la cobija había subido un dólar desde el año anterior, afortunadamente había llevado consigo algunas pieles de animales y entregó un impecable cuero de venado a cambio de que le permitiesen tomar un baño. Como el cuero valía mucho más que un simple baño, la mujer del mostrador le dio crédito para unas cuantas visitas, antes de enviar a los vestuarios a aquella montañesa harapienta que parecía un tanto desconcertada.

Caridad se quitó lentamente los mocasines de cuero de venado hechos a mano. Dejó la gorra de los Raiders en el banco, a su lado, y finalmente se despojó de la camiseta. Apenas si se dio cuenta de que la encargada, que había dejado una toalla limpia cerca de ella, cogió la gorra y exclamó:

—¡Vaya! ¡Si parece cosa de brujería!

Caridad siguió sin mirarla, más asustada que nunca

99

de la proximidad de la gente, después de haber pasado tanto tiempo sin relacionarse con nadie. Por el sonsonete de su voz, Caridad pensó que debía de tratarse de una indígena. Levantó la vista lentamente, intuyendo que la mujer esperaba encontrarse con sus ojos.

—¡Yo me acuerdo de ti! —continuó la mujer—. ¡Eres la que estaba en Chimayo el año pasado! ¡Te acercaste a donde estábamos mi amiga y yo pero te fuiste enseguida! —Hablaba como si hubiese topado con una antigua compañera de instituto y no la reconociera porque había engordado mucho, o había tenido unas cuantas criaturas, o ya no le daba a los canutos. Miraba fijamente a Caridad a los ojos, como si esperase que de un momento a otro se mostrase tan entusiasmada como ella, pero la mirada de Caridad era opaca e inexpresiva.

La mujer que estaba ante Caridad tenía unos dientes preciosos. Llevaba la negra y brillante cabellera echada hacia atrás, la mitad recogida en un moño y la otra mitad suelta. Era confiada y amable, y conocía muchas historias —Caridad estaba segura de ello— de los buenos y de los malos tiempos. Pero era imposible que fuera la Mujer-de-la-tapia-ahora-en-un-montículo que la había obsesionado hasta el extremo de que casi había abandonado la vida misma... ¿O acaso lo era?

No porque no tuviese sentido topar con ella justo en la primera parada que hacía tras su regreso al mundo, puesto que Caridad creía que más tarde o más temprano su vida tenía que cambiar para mejor, y ese momento era tan bueno como cualquier otro.

Pero esa encargada —que ahora, decepcionada o al menos confusa porque Caridad se había limitado a mirarla fijamente sin decir palabra, había llegado a la conclusión de que la visitante estaba consumida por culpa de las drogas o de cualquier otra cosa, y había empezado a ocuparse de sus asuntos, como, por ejemplo, recoger las toallas mojadas del suelo—, no era más que una mujer.

La encargada la condujo al baño después de que Caridad se duchara durante al menos una hora y sintiera el agua caliente en la espalda por primera vez desde cuando todos sabemos perfectamente, y al cabo de un rato, le indicó que saliese de la bañera; luego la envolvió con una toalla y la dejó sudar para que expulsara de su cuerpo las toxinas.

A continuación, la mujer empezó a hablar otra vez, mientras la cubría con una enorme sábana de franela y una especie de manta de lana del ejército, y la dejaba hábilmente envuelta como un burrito humano. Durante todo el rato la mujer habló como si Caridad no la escuchara.

—Creía que eras alguien a quien vi en Chimayo el año pasado, pero debo de haberme equivocado... De cualquier modo, te pareces mucho a una prima mía a la que no veo desde que éramos niñas. Ella es pueblo, como yo. Bueno, yo lo soy a medias. Según me dijo mi abuela, mi padre era mexicano. Tampoco conocí a mi madre. Murió por un mal de hígado, ya sabes cómo son esas cosas. Y por eso yo me fui a vivir con mi abuela a Acoma.

»Llevo mucho tiempo sin ver a mis primos... Claro que los echo de menos. Mi amiga, ya sabes, ésa con la que estaba el día en que creí verte por primera vez, es una especie de compañera de habitación, ¿sabes? Ella no creía que fueras mi prima. Tú no eres india, ¿verdad? Sin embargo, me siento como si tú y yo nos conociéramos...

Caridad cerró los ojos. Entonces notó el aliento de la mujer cerca de su rostro.

—¿Estás realmente segura de que no eres la mujer

que estaba en Chimayo el año pasado? —susurró la mujer.

—Sí —dijo Caridad al fin—. Era yo —Una lágrima ardiente escapó de su ojo izquierdo y rodó por la mejilla hasta la oreja, donde la mujer mexicana de Acoma la cazó con un dedo y la expulsó de allí.

—Shhhh —susurró—. Ahora descansa. Descansa y nada más.

5. *Un intermedio: de cómo Francisco* el Penitente *se convirtió en un santero y de cómo con ello selló su destino.*

Francisco el Penitente no fue siempre Francisco el Penitente. De niño, en la escuela Nuestra Señora de los Dolores, y para sus camaradas en el recreo, era Frank. Para sus seis hermanos mayores y para sus padres, era el Franky. Para su madrina mexicana, doña Felicia, sin embargo, era Panchito y, a veces, Paquito, y cuando se hizo mayor, Paco. Pero para sus colegas en Vietnam, era Chico.

A él lo de Chico no le gustaba, porque en su casa significaba panocha asada.

O, sencillamente, grano duro.

Lo de Chico no le gustaba, como tampoco al navajo que había en su mismo pelotón le gustaba que lo apodaran Jefe, o al puertorriqueño de Río Piedras, a quien habían reclutado cuando estaba a punto de acabar su doctorado en filosofía, que lo llamaran Pequeño Chico. Francisco el Penitente (que entonces no era penitente) era un larguirucho de metro ochenta y tres de estatura, lo cual era bastante comparado con el metro setenta y dos de Pequeño Chico, pero para los soldados blancos o negros, todos los muchachos que tenían aspecto de hispanos eran Chico.

Mucho más tarde, a la edad de treinta y tres años, Franky se unió a su tío en su morada del norte, y diez años después se dedicó a la vocación de éste, la de santero. Y fue así, como santero y penitente, que selló su destino de desempeñar un papel en el sistema de creencias religiosas de su gente y de su tierra, y desde entonces se convirtió en Francisco el Penitente.

Hubo muchas señales en la vida de Francisco el Penitente que indicaban cuál había de ser su suerte, pero nunca fueron lo bastante evidentes para que alguien como doña Felicia, su padre o su tío Pedro las detectaran con facilidad.

Se trataba de señales que apuntaban a que un destino especial se cernía sobre él, como solía decir su maestra de tercer curso, la hermana Prudencia:

—¡Recordad, niños, que Dios escribe recto con renglones torcidos!

Por ejemplo, Francisco era séptimo hijo, pero no de un hombre que a su vez fuera el séptimo hijo en su familia; por el contrario, era su tío Pedro quien ocupaba el séptimo lugar entre los hermanos. El padre de Francisco, de hecho, había sido el primogénito, razón por la cual no había conocido más que una vida de obligaciones familiares, lejos de aspiración espiritual alguna.

Su tío Pedro, séptimo hijo, como ya se ha dicho, heredó a una edad muy temprana el talento del padre para tallar imágenes de santos. Francisco no sabía con certeza si su abuelo también había sido séptimo hijo, ya que éste no había vivido lo suficiente para conocer al nieto más pequeño, y sus propios hijos nunca se habían mostrado tan interesados en conocer detalles acerca de los antepasados como el propio Francisco, que vivía a la busca de una señal divina que le revelara cuál era su papel en la tierra. Así, el renglón torcido de Dios pasó el don del séptimo hijo a otro séptimo hijo, aunque no a través de la rama directa, y por el momento Francisco tuvo que conformarse con ello.

Ser un santero significaba muchas cosas en muy distintos lugares, y eso fue lo que Francisco descubrió una noche mientras conversaba con Pequeño Chico sobre su tío Pedro, al tiempo que compartían un porro y esperaban a que los mataran si no mataban ellos primero.

—¡Venga ya! ¿Estás bromeando? —dijo Pequeño Chico, y soltó una carcajada—. ¡Mi tío de Carolina, en Puerto Rico, también es un santero!

Pero no era lo mismo, según averiguó Francisco a medida que profundizaban en el tema, porque ese tío santero de Pequeño Chico practicaba una variedad muy distinta de la influencia católica en el Nuevo Mundo, una adaptación yoruba de los nombres de santos europeos y hebreos a dioses africanos.

Los santeros antillanos mantenían en una especie de secreto su condición de miembros del grupo, tal como hacían los hermanos penitentes de las tierras de Francisco. No obstante, entre ellos había tanto hombres como mujeres, y no practicaban rituales católicos medievales que perseguían la absolución por medio de la penitencia y la mortificación, sino antiguos ritos africanos, con tambores, danzas frenéticas y muchas cosas por el estilo en los que el propio santero tenía el poder de dar respuesta a las oraciones, realizar milagros y exorcizar demonios.

No, explicó Francisco, en Nuevo México un santero era un hombre sencillo, a menudo entregado a la soledad, que trabajaba por su cuenta. En ocasiones alguna mujer sucumbía a aquella vocación, pero era raro. El santero no tenía, por sí mismo, ninguna clase de poder divino, excepto durante la época en que se dedicaba a realizar un bulto, es decir, la escultura en madera de un santo. Sus manos expertas no estaban guiadas por los objetivos estéticos de los artistas, sino por el propio santo en el cielo, lo cual era tolerado por Dios, porque aquella figura torneada en madera sería la representación misma del santo en la tierra, que ayudaría a todos aquellos que fueran devotos de él.

El santero utilizaba el talento artístico que se le había otorgado humildemente, como individuo creador, y con la misma habilidad con que se ocupaba de sus tierras, cuidaba de sus animales y, tal vez, amaba a su esposa, preparaba los materiales para el bulto. No todos los hombres, o no cualquier hombre que decidía realizar estos iconos santos para su iglesia o su comunidad, tenía el vigor necesario para convertir aquello en la vocación de su vida. Y si bien es verdad que el santero era en cierto modo respetado por su trabajo, eso no era absolutamente nada en comparación con el reconocimiento al que los artistas aspiraban desde el Renacimiento, cuando todas las obras, profanas y sagradas, empezaron a ser firmadas con el nombre ilustre de los individuos que las habían realizado.

El tío Pedro nunca contó con que en su familia hubiese alguien dispuesto a seguir sus pasos, porque aun cuando para él los tiempos cambiaban muy lentamente, sabía que el mundo que lo rodeaba se transformaba más de lo que era capaz de comprender. Sin embargo, cuando su sobrino regresó de Vietnam y platicó con él una y otra vez, y al fin le preguntó si podía enseñarle a hacer un bulto, consideró la posibilidad de que quizá, después de todo, no hubiese llegado el final de una tradición familiar que se remontaba a más de dos siglos.

Francisco, o el Franky, como a su tío Pedro todavía le gustaba llamarlo, era el más pequeño de los hijos de su cuñada, y aunque se trataba de un chico sin duda sensible —algo que don Pedro atribuía más bien a que su madre lo había mimado por ser el más pequeño, y lo mismo más tarde la madrina—, nunca había mostrado señal alguna de ser especial en ningún sentido.

El hermano mayor de Pedro insistía en que tuvieran otro hijo después del nacimiento del séptimo, porque a pesar de que para un ranchero era bueno tener tantos varones, su corazón suspiraba por una hija. Y así fue cómo el octavo y último de sus hermanos fue una preciosa niña a quien llamaron Reinita, pues le pusieron el mismo nombre de la madre, Reyna.

Cuando a los siete años Franky empezó a ir a la escuela, su madre y su hermanita, que no habían recibido la vacuna que se administraba a todos los chicos que asistían a la escuela, cayeron gravemente enfermas y murieron de viruela, como consecuencia de lo cual el padre de Franky quedó solo con los siete chicos.

Los más jóvenes fueron enviados a vivir con sus respectivos padrinos, en tanto que los mayores se quedaron allí para ayudar a su padre con el rancho. Cuando Franky estuvo preparado para ir al instituto, abandonó la casa de su madrina Felicia, donde lo habían tratado como a un verdadero príncipe del que no se esperaba siquiera que se hiciera la cama por las mañanas, y regresó a su casa, para auxiliar al padre en las duras tareas agrícolas.

Debido a su edad avanzada doña Felicia fue para Francisco más una abuela que una madre sustitutiva, y cuantos más años pasaban desde que la madre subiera al cielo, más remota le parecía a él como ser humano y más próxima a una entidad celestial. Para Francisco, en efecto, su madre era algo así como una santa. Muchos hombres dicen eso de sus madres, desde luego, quienes se sacrifican en favor de sus hijos y sus maridos, pero para Francisco, que a tan temprana edad se había visto alejado de su numerosa familia, ¿qué otra cosa podía ser su madre que una santita que desde el cielo velaba por todos ellos y se aseguraba de que cumplieran con las tareas para las que ella, con tanto esfuerzo y dolor, los había traído al mundo?

En casa de doña Felicia, en aquella época en que la madrina vivía en Tome cerca de la iglesia y estaba encargada de guardar las llaves y cuidar de los santos, nunca faltaba algo bueno y apetecible en la cocina cuando él volvía de sus entrenamientos de béisbol, y además sus monos siempre estaban remendados y limpios, y sus camisas planchadas; en resumen, que la anciana lo cuidaba a las mil maravillas. Y aquella casita era cualquier cosa menos triste, puesto que siempre estaba alborotada por la presencia de toda clase de gente de la comunidad, que acudía a que la vieja curandera les diese masajes, a consultarla respecto a sus problemas familiares, para que les hiciese una limpia o les diese hierbas medicinales.

Francisco tomaba a menudo parte en todo aquello, contento de ayudar a la madrina, pero sin saber muy bien para qué servían esos remedios o si de verdad aliviaban, aunque, desde luego, algo tenían que ayudar, puesto que la gente tenía a doña Felicia en un pedestal; siempre volvían a ella e incluso se la recomendaban a unos y otros.

De modo que Francisco aprendió un poco a diagnosticar ciertas dolencias físicas y espirituales, y también a detectar qué síntomas estaban causados por algo físico y cuáles por las pérfidas intenciones de los maliciosos. Sin embargo, no le gustaba demasiado hablar de esos asuntos con la gente, ni siquiera con sus hermanos cuando hubo vuelto a casa, puesto que, como hombres prácticos que eran, consideraban que su madrina era una mujer excéntrica, no alguien a quien se acudía en busca de atención médica.

A pesar de ello su padre iba a menudo a ver a doña Felicia para que le diera masajes, aunque nunca siguió la recomendación de tomar las infusiones que le prescribía. Incluso se las ingenió para que de vez en cuando, Francisco le diera masajes después de pasarse el día en el campo, trabajando, o para que le aplicara las ventosas cuando el reumatismo le molestaba.

Francisco ya había observado muchísimas veces al tío Pedro prepararse para empezar con uno de sus bultos, hasta que por fin, un día, después de una clase de filosofía en la universidad, se decidió a ir a verlo para pedirle que le enseñara el trabajo de santero. Francisco asistía a la universidad, pero no se dedicaba a nada en particular. En el ejército había aprendido el oficio de mecánico, y sabía que llegado el caso podría trabajar de eso para ganarse la vida; de hecho, fue lo que acabó haciendo la mayor parte del tiempo para ir tirando. Sin embargo, tras regresar de Vietnam le resultaba difícil concentrarse en las cosas, conservar un trabajo, así que pasó cerca de un año sin hacer casi nada más que vagabundear por las calles de Albuquerque, a menudo entretenido en tirarle piedras a una lata.

Al parecer, como sucede a menudo cuando se trata de un hombre joven y romántico, fue el amor por una muchacha hermosa lo que lo convenció a matricularse en la universidad. Ella era para Francisco el compendio de la belleza, con sus ojos de azul cielo y su larga melena rubia; poseía una belleza de ésas que se intensifican gracias a la falta de interés por las cosas materiales como, por ejemplo, el dinero, que «no tenía importancia», según el sentimiento de muchos jóvenes en 1969, al menos de aquellos que no habían ido a Vietnam y no vivían en ciertos barrios o viviendas comunitarias.

Llevó a Francisco a casa de sus padres, donde le sirvieron comida de gringos, muy distinta de los tamales de maíz, el pozole o el chile con lo que a él lo habían criado, sino más bien parecida a lo que había comido durante los dos años que había pasado en el ejército, aunque, eso sí, con mejor sabor. Cosas como puré de patatas, judías y filete. Ella le hizo el amor bajo las estrellas. No podemos decir, en este caso, que lo hizo con él porque Francisco había vuelto de la guerra en una especie de estado de momificación, y a pesar de que procuraba seguir con atención cada uno de los movimientos, nunca se sintió del todo presente en sus relaciones sexuales.

Así que fue por esa jovencita, de quien estaba tan cerca de estar enamorado como no lo había estado nunca en la vida, por quien accedió a la idea de matricularse en la universidad, pero en cuanto su ángel se preocupó por otros hombres tan apegados a la tierra como él mismo, Francisco perdió todo interés por ser estudiante.

También perdió el interés por ser un amante, no sólo el amante de las niñas blancas privilegiadas y universitarias, sino de las mujeres en general. Y, dicho sea de paso, tampoco tenía la intención de convertirse en amante de los hombres, aunque bien es cierto que, a excepción de la sublime ermitaña y de su madrina, sólo amaba a los hombres, si bien únicamente en el sentido platónico.

Amaba la fuerza y la tenacidad del padre y a todos sus hermanos que, a excepción de James, a quien parecía resultarle más fácil estar dentro de la cárcel que fuera, eran buenos padres de familia, dedicados a sus hogares y a su tierra. Amaba a su tío Pedro por encima de todos sus otros tíos y tías, porque había mantenido la tradición religiosa de sus antepasados. Y más que a nadie amaba a Cristo, su Señor celestial. Amaba a Dios también, desde luego, pero Dios era demasiado grande y demasiado remoto para que Francisco pudiera siquiera imaginarlo o mantener cualquier clase de contacto directo con Él. Al menos eso fue lo que sintió durante mucho tiempo, hasta el día en que cogió una navaja y empezó a tallar en un trozo de madera la imagen de su primer santo.

Él y su tío Pedro salieron una mañana hacia las tierras de este último y derribaron un pino, uno más recto, fuerte y perfecto de lo que jamás habrían podido imaginar. Cortaron sendos trozos de aproximadamente un metro de largo. A continuación, los mondaron por delante y por detrás con la azuela y la navaja y los alisaron luego con una piedra de amolar; más tarde pulirían la superficie con papel de lija.

Sin meditar demasiado sobre su primera figura, Francisco empezó a tallar la imagen del pío san Francisco de Asís, por quien, evidentemente, se llamaba como se llamaba. El tío Pedro le dio su aprobación y le ofreció ayuda, pero de una forma parca, pues sabía que, en el mejor de los casos, todo lo que podría enseñarle sería el modo de emplear las herramientas y la madera, pero jamás indicarle cómo realizar una figura, es decir, qué era correcto o incorrecto en la representación de una imagen. Para ello, sólo san Francisco podía guiar la mano de Francisco, puesto que no era a san Francisco el hombre santo a quien Francisco representaba, el que se había preocupado por los pobres, los enfermos y los hambrientos, los niños huérfanos y todas las criaturas inocentes del mundo, sino san Francisco en su legítimo y privilegiado lugar en el cielo, desde el que podía realizar milagros por todos los seres humanos que padecían en la tierra.

El primer bulto de Francisco tenía justo un metro de alto, y era flaco y estirado, muy parecido a él mismo, un fraile desnutrido con sus manos tendidas hacia adelante. Iba descalzo, y aunque Francisco no tuvo la paciencia de tallar pequeños detalles, como, por ejemplo, cada uno de los dedos, o las ventanas de la nariz o las pupilas, se tomó su tiempo para dar forma a todas y cada una de las redondas cuentas del diminuto rosario que colgaba del cuello del santo, sin dejar de repetir todo el rato el Padre Nuestro o el Ave María, según fuera la oración que correspondía a la cuenta en que trabajaba.

Una vez que la figura estuvo terminada (aunque una de las piernas era algo más larga que la otra, y el tío

111

Pedro le aconsejó que intentase hacer algo al respecto, si no quería que le quedara un bulto realmente cojo), trabajaron el yeso y el jaspe con que preparar la madera para después pintarla.

También se encargaban de preparar los pigmentos, para lo cual se valían de plantas, hollín y carbón. Los pinceles los elaboraban con hojas de yuca, plumas de gallinas y crin de caballo. En otras palabras, no compraban absolutamente nada, porque todo aquello con que se realizaba un bulto debía prepararse con la mayor de las reverencias; y a pesar de que no disponían de las reliquias auténticas de los santos para mezclarlas con sus pinturas, como hacían los monjes rusos con los iconos bizantinos, trabajaban con elementos naturales, el sol, el aire y la tierra, y no dejaban de rezar mientras realizaban su obra, juntos y en silencio, igual que sus antepasados españoles habían hecho durante casi trescientos años en aquella tierra extraña que les parecía tan alejada de la mano de Dios.

6. *Del renovado galanteo de la mamá y el papá de la Loca y de cómo en 1949 Sofía perdió la cabeza por el bigote a lo Clark Gable de Domingo, a pesar de la opinión de su familia sobre el actor charlatán.*

—¡Ay, compadre! —dijo la vecina de Sofi un día en que le hizo una corta visita para pedirle prestada la Singer portátil—. ¿Te lo puedes creer? ¡Mi marido al fin va a sacarme a algún sitio que no sea una boda de la familia!

Sofi suspiró con nostalgia porque hacía casi un cuarto de siglo que tampoco a ella la sacaban a ningún sitio. La verdad era que los años pasaban muy deprisa, reflexionó sin admitir en voz alta nada sobre su escasa vida social. Le dio a la vecina su máquina de coser, que ya tenía cuarenta años, le explicó sus peculiaridades y luego le envolvió unos cuantos hilos en un sobrecito de papel, puesto que la mujer aún no había decidido el color del vestido que llevaría al baile.

—Sin que viniese a cuento mi hombre va y me dice, «el sábado hay un baile en Belén, en la iglesia de Nuestra Señora de Belén» —prosiguió la vecina, mientras reía y propinaba codazos a Sofi, quien se limitaba a escuchar y recordar sus años de adolescencia, cuando la cortejaba el hombre más guapo que ella había visto en su vida—. «¿Qué te parece si vamos, cariño?», me dijo. Lo miré fijamente y me acerqué a olerle el aliento, porque pensé

113

que a lo mejor había vuelto a darle a la botella. Y es que hacía mucho tiempo que no íbamos a bailar. Ya me entiendes, comadre. Que sí, bailamos un vals en la boda de nuestro hijo, y en el bautismo de nuestro nieto se levantó y bailó un poco conmigo y un poco con nuestra nuera, pero eso no es lo mismo que decir «¡vamos a armar una buena!». ¿No te parece, comadre? ¡Eso me deja nomás cuatro días para hacerme el vestido! ¡Así que será mejor que me vaya!

En fin, la vecina de Sofi, que vivía al final de la calle, estaba otra vez igual que una novia; le brillaban los ojos, y se había ido deprisa, con un ligero meneo de caderas, y dejando a Sofi sumida en sus recuerdos de cuando ella estaba así, hacía toda una vida, siempre feliz sin saber el motivo. Cuando era una jovencita parecía que nada pudiese desanimarla. Tenía una personalidad que hacía que cayese simpática a la gente que la rodeaba, encantadora, como la de Caridad, pero sin esa melancolía distante que caracterizaba a su hija.

Y entonces, un día, cuando todavía estaba en el instituto, conoció a un hombre joven que era la miel en persona, y después de eso, sólo podía sonreír cuando estaba con él. El fulano en cuestión irritaba muchísimo a la familia, que además sostenía que ella estaba insoportable desde que había conocido a Domingo. «Ese tirili», lo llamaba su abuelo, con evidente desdén por su adorable amado.

Domingo era actor, o eso decía él. (Bueno, había actuado muchas veces, aun cuando no fuera sobre un escenario. Y daba igual el número de veces que hubiese interpretado el papel, Sofi siempre sentía un ligero rubor cada vez que se inclinaba y le susurraba: «Francamente, querida...» Nunca terminaba la frase, porque en su presencia no decía según qué palabras. Por el contrario, le dedicaba una sonrisa maliciosa bajo su bigote a lo

Clark Gable, y Sofi se sonrojaba.) También hacía para ella
trucos de magia, como el de hacer que apareciera una
moneda de detrás de su oreja o sacarse de la manga rosas de papel, o una paloma de verdad del interior de
la chaqueta.

¡Ay! ¡Y cómo bailaba el sinvergüenza!

Cuando la dejó con sus cuatro hijas, todo lo que
pudo pensar fue que, gracias a Dios, su madre, que en
paz descanse, no había vivido para ver ese día porque, a
buen seguro, no la habría dejado olvidar el asunto,
recordándole continuamente que todos habían intentado
decirle que él no era bueno. ¿Qué hombre respetable se
haría pasar por loco para no tener que ir a cumplir con su
deber en el ejército? Por no mencionar que poco a poco
había empeñado todas las joyas de Sofi, la gargantilla de
plata y turquesas verdes que había recibido en el día
de su boda, y que había heredado de su bisabuela, y el
anillo de zafiro que su padre le había comprado por sus
quince años. Y para colmo, Domingo había vendido los
diez acres que les había cedido su abuelo como regalo de
su boda, sin siquiera consultar con Sofi. Al menos, pensaba Sofi, para sus adentros después de todos esos años,
había tenido el suficiente sentido común para dejarles la
casa, gracias a lo cual ella tuvo un hogar que ofrecer a sus
cuatro hijas cuando él se marchó.

La primera vez que lo vio fue en el baile que se celebraba con motivo de la fiesta de Santa Flora de Córdoba,
en Belén. Habían ido todos: ella y su hermana, el prometido de ésta, sus padres y sus abuelos. Ella llevaba uno de
los vestidos de fiesta de su hermana mayor, quien, por
estar comprometida, aquel año había asistido a varios
actos sociales con su novio, y Sofi, que aún no tenía
quince años y todavía no había celebrado su quinceañera,
no tenía ninguna necesidad de vestidos de fiesta.

Una muchachita no empezaba a salir hasta después

del baile de presentación en sociedad, a los quince años, y por lo tanto no se la veía en ocasiones como aquélla, pero dado que toda la familia iba al baile, el padre de Sofi dio a regañadientes su permiso. De modo que Sofi hizo su debut no oficial aquel día, con un vestido rosado de tul y escarpines también rosados (ella y su hermana usaban la misma talla).

Cuando Sofi y su familia entraron, él —que iba a convertirse en la fuente vitalicia tanto de la desdicha como de la felicidad de su corazón— se hallaba de pie con otros hombres jóvenes que miraban del mismo modo astuto y tirili que él, muy cerca de la puerta de la iglesia. A pesar de que más tarde lo negara, Sofi nunca estuvo demasiado convencida de que el motivo por el que estaban en la mismísima entrada no fuera otro que permanecer atentos a la llegada de las chicas para de ese modo tener la primera oportunidad, ya que fue exactamente lo que Domingo intentó hacer cuando vio a Sofi. Sin siquiera molestarse en pedir permiso a su padre, aquel joven bronceado con bigote negro de charlatán y botas bien lustradas con saliva, se dirigió a ella y quiso sacarla a bailar.

—¡Orale, tú! —exclamó el padre de Sofi, al tiempo que sujetaba firmemente con una mano el brazo de Domingo, cuando el tirili estaba a punto de apartar a Sofi de su familia sin mediar palabra. Sofi, entretanto, había quedado paralizada ante la perfección de la dentadura blanquísima de aquel extraño tan guapo; tenía los dientes ligeramente separados, lo cual se añadía a su encanto de manera algo solapada, y él los exhibía con una amplia sonrisa. Pero, sobre todo, había quedado paralizada ante aquellos ojos oscuros y pecaminosos. Ni siquiera los discos de Frank Sinatra que su cuñado les ponía cuando no había moros en la costa, evocaban una imagen tan seductora de un cantante romántico. Sus padres no la dejaban ir al cine en Albuquerque, ni siquiera con Chencha, su hermana y su prometido —tan convencidos estaban de que la pequeña Sofi vería algo inapropiado para niños, pues como tal la consideraban todavía—, de modo que no tenía la menor idea del aspecto de Frank Sinatra.

Mientras tanto, Domingo, de quien Sofi supo con una sola mirada que era un tipo tan rabiosamente arrebatador como el Franky, se retiró ante la insistencia del padre, familiarizado como estaba con esa clase de padres que protegen la virtud de sus hijas con una vigilancia contundente, y tras una mirada de reproche sutil a Sofi, le dijo «no hemos tenido suerte», y se marchó. Un minuto más tarde, Sofi, enormemente consternada, lo vio dar vueltas y más vueltas en un baile agarrado con otra chica.

Sus ojos se pegaron como un chicle a aquel rompecorazones prohibido, mientras que el resto de ella y de su cuerpo lo obligaron a pasarse la velada sentado entre padres y abuelos. Juró que lo vio dirigirle miradas lisonjeras a esa mocosa mientras bailaban una pieza tras otra justo frente a ella. Nunca le perdonó a Domingo esa demostración, aunque él prometió que había bailado con aquella chica sólo porque el padre de Sofi no le había dado ni una oportunidad.

Sofi no pudo pensar en nadie ni en nada más durante los seis meses siguientes, hasta que volvió a ver a Domingo. Ni siquiera el gran mitote que se montó en torno a su quinceañera la ayudó a olvidar a aquel embelesador, tirili o no, especialmente desde que le eligieron como acompañante un primo suyo que padecía de un acné rabioso y que era unos cuantos centímetros más bajito que ella, quien con sus zapatos de satén blanco, quedaba demasiado alta para la medida de las chicas casi-hispanas de su generación.

Llevaba un magnífico vestido de encaje digno de una novia, y las catorce chicas del séquito vestían los trajes de gasa más bonitos que se hubieran visto nunca en el condado de Valencia; eran en tonos pastel, con los colores del arco iris, y la tela la había traído importada de Durango una de sus muchas madrinas quinceañeras. Bueno, todo estaba perfectamente preparado y dispuesto: la entrada de la iglesia estaba decorada con claveles naturales teñidos con los colores del arco iris; el queque estaba relleno de fresa y tenía realmente el aspecto de un pastel de boda; su rosario, cuyas cuentas estaban hechas de pétalos de rosa prensados, había sido bendecido por el obispo de Santa Fe, quien, por resultarle imposible asistir y celebrar la misa, envió sus bendiciones; el ramo de flores para la Virgen estaba hecho de rosas blancas y rosas de tallo largo.

Todos los padrinos de la quinceañera de Sofi competían unos con otros en no escatimar gasto alguno en lo que a sus aportaciones se refería, puesto que su familia, muy respetada en todo el condado, no haría menos por ellos cuando les llegara la hora de celebrar el mismo acontecimiento de sus propias 'jitas. Así y todo, Sofi estaba desconsolada por no tener de acompañante a aquel muchacho a quien había visto sólo una vez en la vida, de quien no sabía ni siquiera el nombre y que, según le habían dicho, se había fugado con esa... puta (sí, ésa era la palabra que Sofi empleaba en realidad, aunque sólo para sus adentros) del baile en Belén.

Allí estaba ella, la debutante más guapa de toda la historia de Tome, y con un aspecto más triste que el de un clavel después de una semana en el florero. Y más tarde, tras el tradicional vals que inauguraba la fiesta, cuando todas las quinceañeras salieron a la pista con sus acompañantes y Sofi en medio de todos ellos, con ese primo suyo tan poco agraciado y demasiado bajo, allí donde todo el mundo podía presenciar su humillación (con lo vanidosa que ella era), su hermana se le acercó para susurrarle:

—¡Mira quién ha tenido la jeta de venir! ¡Se ha colado en la fiesta!

Y era él, que entraba en compañía de una familia invitada, que tenía cierto parentesco lejano con la de ella y que resultaron ser primos de él.

Aquella noche le estaba permitido bailar con cualquiera que se lo pidiese, y cuando Domingo fue hacia ella Sofi tuvo la sensación de que el corazón se le iba a salir por la boca como un conejillo asustado. No pararon de bailar, y aunque sabía que su padre estaba irritado, que no les quitaba el ojo de encima y que al día siguiente la reprendería, se aprovechó de que en esa ocasión ella era como una princesa en su propia corte, y evitó cualquier contacto visual con su familia, especialmente con su padre, para así disfrutar de la velada más memorable de su vida. Que era lo que tenía que ser para una debutante su baile de presentación en sociedad.

Y así fueron las cosas. Domingo la cortejó durante los tres años siguientes, y una semana después de que cumpliera los dieciocho se fugaron, porque a pesar de los tres años de noviazgo nadie de su familia, ni siquiera la Chencha, que casi siempre la había respaldado en todo, podía ver a Domingo ni en pintura, como dicen los españoles, y además se empeñaron en seguir diciendo que, sencillamente, no era lo bastante bueno para su encantadora Sofi.

—¿En qué piensas, Sofi, bobita? —preguntó Domingo nada más entrar, después de un día de pesca infructuosa, rompiendo así las reflexiones de Sofi.

—En que a mi madre, que en paz descanse, nunca le gustaste —respondió ella.

—Lo sé —contestó Domingo mientras seguía pre-

119

guntándose en qué debía de estar pensando su esposa al llegar él a casa y encontrársela sentada en el banco junto a la ventana, con la mirada perdida en el infinito.

—Ni tampoco a la Chencha... sigues sin gustarle.

—Eso también lo sé.

—Ni a mi padre.

Domingo miró a Sofi y esperó. Había regresado a casa el pasado otoño y de manera tácita él y Sofi habían vuelto a considerarse marido y mujer, como si sólo hubieran estado separados un día, y no casi veinte años. Se comportaban como una pareja que efectivamente lleva unida la mayor parte de los cerca de treinta y cinco años de matrimonio y que se ha acostumbrado tanto el uno al otro que ya ni siquiera reparan en su presencia, igual que se hace con una vieja silla en el rincón de la habitación o con una mesa que pasa de generación en generación y que está allí con el único propósito de usarla para comer. No sólo dormían en camas separadas, sino también en dormitorios distintos, y era raro que alguna vez comieran juntos.

A veces, cuando Sofi no miraba, Domingo se daba el gusto de observarla como, por ejemplo, cuando iba a dar de comer a los caballos calzada con sus botas de pesca, o cuando se agachaba para trabajar la tierra en el huerto, o cuando volvía a casa de la carnicería Buena Carne con el delantal ensangrentado y demás, y lo que veían sus ojos evocadores era a la radiante señorita de la que se había enamorado la noche de su quinceañera.

—Y nunca más vuelvas a llamarme «Sofi, bobita».

—Solía llamarte así, antes, y te gustaba, ¿no te acuerdas? —dijo él. Intentaba hacerse el simpático, porque tenía la extraña sensación de que de un momento a otro caerían reproches de décadas pasadas guardados en silencio durante un montón de tiempo.

La noche en que había aparecido por la puerta trasera, Sofi salió de la habitación de las chicas al oír que Esperanza la llamaba, lo miró de arriba abajo y le dijo ásperamente:

—¿Te dejaste algo?

Luego se volvió a atender a esas dos hijas suyas en crisis que durante la ausencia de él se habían convertido en mujeres. Domingo entró el equipaje, se instaló como en su propia casa en el cuartito sobrante del fondo y, para molestar lo menos posible, los primeros días después de su reaparición se mantuvo apartado.

Poco a poco, Sofi empezó a hablarle, pero limitó sus intercambios verbales a cosas que se referían a asuntos domésticos. Sí, le había permitido regresar, al fin y al cabo él era su marido y el padre de sus hijas, pero Domingo se sintió triste al ver que su presencia era poco más que algo que se toleraba.

—¿Te parezco una mujer boba, Domingo? —preguntó Sofi, al tiempo que enarcaba la ceja izquierda.

Vaya, pensó Domingo al recordar su temperamento, al menos obtenía de ella alguna clase de respuesta.

—En absoluto —contestó—. Me pareces una mujer guapísima... especialmente ahora, con el brillo del sol sobre tu rostro...

Hubo un tiempo en que Domingo no tenía más que mirar a Sofi para que ésta se le acercara y se deshiciera en sus brazos como oro líquido... un tiempo en que Domingo esperaba con ganas cada puesta de sol con Sofía, su Sofi. Pero eso había sido antes de las peleas de gallos, los caballos, las partidas de cartas, las apuestas pequeñas que más tarde se convirtieron en acres enteros de tierras, y al darse cuenta de que ni aquello ni sus impulsos tenían límite alguno, se marchó sin mirar atrás y permaneció ausente durante veinte años.

—Me he encontrado con tu comadre, que entraba en su casa con tu máquina de coser... —empezó a decir.

—Está haciéndose un vestido para el baile de la fiesta de Belén —dijo Sofi, y miró de nuevo por la ventana mientras se preguntaba si a Domingo aún le parecía que el impreciso matiz de la luz del atardecer le favorecía el perfil tanto como hacía tiempo.

—Así que el compadre se ha decidido por fin a sacarla, ¿eh? —dijo él con la intención de arrancar de Sofi una sonrisa, pero ella no estaba de humor y lo miró de nuevo con severidad.

—¿Sabes cuánto tiempo hace que no voy a una fiesta, Domingo? —preguntó. Él sacudió la cabeza y bajó la vista como un niño al que van a soltarle una reprimenda, pero en su caso, era más digno de compasión, porque se trataba de un hombre a quien iban a soltarle una reprimenda—. Desde el bautismo de nuestra última hija... un año y medio antes de que te perdieras de vista. Y desde que esa criatura de ahí fuera murió, ¡no ha habido una sola noche en que yo abandonara esta casa! Incluso cuando la malogra agredió a Caridad y prácticamente tuve que arrancarme de su lado en el hospital, pues pensaba que tal vez no pasase de aquella noche, me obligué a volver a casa, porque estaba igualmente preocupada por las dos hijas que había dejado aquí, tan indefensas como dos niñas, pero tenía una buena razón para hacerlo. Esa pobre cosa de ahí fuera —señaló hacia la ventana desde donde se veía a la Loca, que en ese momento estaba al lado de la acequia— se había escondido quién sabe cómo dentro de la estufa.

»¡Mírame, Domingo! Cuando tú estabas por ahí, haciendo vete a saber qué, jugándote el alma, bailando con cualquier mujer perdida... con la que te tropezaras y quién sabe cuántas cosas más, yo me la he pasado aquí colgando los cuartos traseros de cerdos y corderos y cogiendo artritis por culpa del congelador y rogándole a Dios que me diera fuerzas suficientes para hacer todo lo posible por mis niñas yo sola y con el juicio que me quedó después de todo lo que tuve que pasar con ellas, empezando por la muerte de la Loca.

—Loca no está muerta —replicó Domingo, aunque apenas si se atrevía a hablar, porque sabía que no era un buen momento para dar su propia opinión o hacer sus observaciones sobre las cosas, y lo mejor que podía hacer si tenía alguna esperanza de recuperar a Sofi era limitarse a escuchar. Resultaba bastante extraño, pero, como si fuera una de esas corazonadas típicas de los jugadores, sentía un hormigueo por todo el cuerpo que le decía que su amorcito estaba a punto de ceder.

—Bueno, pues lo estaba, ¡chingao! —Sofi se puso en pie, y el cuerpo le temblaba con toda la rabia de veinte años de vida de celibato. Si un año después que aquel hijo del diablo se marchara sin tener al menos la decencia de hacerle saber que estaba bien, hubiese podido tener un amante, no lo habría dudado, pero entonces fue cuando la Loca murió y regresó, y después de aquello la gente no podía hacerle visitas por culpa del singular estado de la niña. Y como Sofi acababa de decirle a Domingo, tampoco podía salir por la noche y dejar a la pequeña, a pesar de que, pasado algún tiempo, Esperanza ya era lo bastante mayor para encargarse de ella.

El que la Loca no consintiera que se le acercase nadie a excepción de su madre, hacía que Sofi no se sintiese cómoda si la dejaba sola, salvo durante el día, cuando iba a trabajar, con el número de la carnicería bajo el teléfono, en casa, y ella a diez minutos escasos de allí. De modo pues que, dado que necesitaban dinero para mantenerse, corría el riesgo de estar lejos durante ocho horas al día, seis días a la semana.

Sofi y Domingo se miraron fijamente durante todo un minuto. Era la primera vez que lo hacían desde el regreso de él. Entonces Domingo volvió a bajar la vista y de pronto, con tres pasos rápidos, se arrodilló a los pies de Sofía, apoyando la cabeza en su regazo.

—Lo siento muchísimo, Sofía. Perdóname por todo el mal que te he hecho.

Sofi se ablandó por un instante, pero el remordimiento de un hombre debía traducirse en algo más que en unas cuantas lágrimas y una disculpa de rodillas, incluso el de un hombre cuyo bigote y ojos ardientes estuvieran coronados por unas cejas a lo Omar Sharif. (Desde que Sofi consiguió ver por fin lo delgaducho que era Frank Sinatra, decidió que su querido se parecía más a lo que debería haber sido el cantante que a lo que en realidad era; y más tarde, una vez que fue al cine, determinó que se parecía más a Rudy Valentino-Omar Sharif-Príncipe del Desierto.) Así y todo, aquello consiguió que se le pusieran los pelillos de punta, de modo que hizo medio en serio el gesto de retirarse un poco, pero no lo bastante como para apartarlo.

Él levantó la vista hacia Sofi; el cielo estaba veteado de púrpura y rojo; la poca luz solar que quedaba teñía el rostro de Domingo bañado en lágrimas y los veinte años de separación entre los amantes se disolvieron.

—Llévame al baile —le dijo Sofi, con la idéntica arrogancia exigente que le había mostrado la noche de su quinceañera.

Fue la tarde del 14 de agosto. Dejaron a la Loca bajo la vigilancia de Fe. Se puso el único vestido de fiesta que se había comprado en toda la vida, puesto que ella misma se hacía toda la ropa, un vestido color verde oscuro, para que hiciera juego con sus ojos, y salió a bailar al son del famoso violín de Cleofes Ortiz en la fiesta de Nuestra Señora de Belén, con su solo y único amor que estaba, en su opinión, tan arrebatador como cuando su padre le había impedido que la sacase a bailar en la fiesta de Santa Flora de Córdoba, en Belén, cuando tenía catorce años y todos la conocían como la «niña».

7.   *De cómo Caridad regresa a casa a regañadientes y empieza una vida que el pueblo de «Fanta Se» llama vida de transmisora.*

Si bien es verdad que a doña Felicia le habría gustado mantener la caravana de Caridad exactamente igual a como la había dejado el día de su desaparición —con la mesa de la cocina de formica color rojo y cuatro sillas blancas y rojas a juego (sólo una necesitaba urgentemente un nuevo tapizado), o la mesita baja de madera comprada de segunda mano a un comerciante mexicano a quien, según él mismo juró, se la habían vendido unos indios de Chihuahua, el futón de espuma de una plaza que cuando se plegaba hacía las veces de sofá y el resto de sus cositas: la hornacina de plata y cristal con el esqueleto de cartón piedra en un carro, y el retrato tridimensional de la Virgen de Guadalupe, san Martín Caballero y el Santo Niño colgado de la pared, que Caridad había llevado para dar más sensación de hogar, aunque, por falta de medios económicos, había tenido que alquilarlo.

Por lo general, doña Felicia tenía buen olfato para distinguir los inquilinos poco fiables de los cumplidores, pero en esta ocasión erró el tiro por completo. Dio la caravana amueblada de Caridad a una joven pareja con un bebé en camino; más que por su buen criterio se dejó guiar por la compasión que despertaron en ella los problemas de aquellos dos, puesto que, cuando llegaron, no tenían empleo y estaba por verse si podrían pagarle o no. Le dieron el dinero del primer mes de alquiler y sólo la mitad del depósito, pero sus rostros tristes y sus promesas de arreglar el asunto en unas cuantas semanas consiguieron ablandar a doña Felicia, que de ningún modo podía soportar el ver a una mujer embarazada sin una casa para su futuro bebé.

Pero bebé en camino o no, lo cierto es que pasaron las semanas y doña Felicia no recibió la otra mitad del depósito en cuestión, tal y como le habían prometido. Por el contrario, llegaron más miembros de la familia, que ya no abandonaron la caravana de la joven pareja. Primero fueron la madre del muchacho y dos hermanitos adolescentes. Un poco más adelante, fue la hermana de la esposa con sus tres 'jitos pequeños. Y por si fuera poco, después de que aparentemente la hermana se reconciliara con el padre de sus hijos, también él se trasladó allí. Este último gorrón tenía un socio que supuestamente lo ayudaba a hacer trabajos esporádicos con los que iba tirando, pero a pesar de que, sin importar el frío que hiciera, el tipo durmiera en la furgoneta que utilizaban para sus trabajos, también se beneficiaba de las comodidades del baño de la caravana y a la hora de las comidas se reunía allí con los demás.

Para colmo, el marido de la hermana tenía también un perro al que no abandonaría en la vida a pesar de que el animal lo detestaba. Lo peor era que detestaba a todo el mundo. Doña Felicia vivía con el temor de que cualquier día el perro le arrancase un pedazo a alguno de los hijos del hombre, o incluso a ella misma, y por eso se acostumbró a llevar consigo la escopeta, la mismísima que su primer marido había usado en la revolución. Cargaba con ella todo el rato, incluso cuando sólo salía hasta el final del camino, a ver si había correo en el buzón. Desde luego que iba en contra de los principios de doña Felicia, pero la idea de mezclar un poco de veneno para ratas en la comida del perro se le cruzó por la cabeza más de una vez, tantas como vio temblar a los pequeños cuando esa bestia de cuatro patas les mostraba los dientes y los miraba fijamente a la carita.

Así que doña Felicia no sólo se veía privada de los ingresos de que dependía —ya que, aun cuando al principio las disculpas llegaban en abundancia aunque el dinero del alquiler seguía sin aparecer, al cabo de seis meses ya no recibió por parte de la familia nada de nada, ni siquiera excusas—, sino que además peligraba su propiedad: seis adultos, cinco niños y un perro malvado y fiero como ocupante de la casita de Caridad dejarían aquella caravana en condiciones que las palabras no alcanzan a expresar.

Y desde luego que se marcharon; sin avisar a doña Felicia, por supuesto. Su sueño había sido demasiado profundo para beneficio de ellos, que habían arramblado con todas las pertenencias de Caridad. Que las puertas y los zócalos estuvieran llenos de las marcas de los lápices de los niños y las garras y dientes del perro, era una cosa, no pagar el alquiler era otra, pero el robo abierto era algo realmente censurable.

Doña Felicia se sintió obligada a llamar a los padres de Caridad para informar de la desgraciada pérdida y expresar todas las excusas posibles. Pero aunque se ofreció a reponer las pertenencias de Caridad eso no modificaba el hecho de que ésta aún estuviese perdida, y don Domingo y Sofi pensaban que todo lo que no fuese la reposición de su hija era superfluo.

—¡Hijola! ¡Doña Felicia! Esos inútiles se han aprovechado de usted desde el principio. Vieron a una mujer de su edad, totalmente sola y pensaron, ¡chingao!, vamos a estar a nuestras anchas en sus propiedades y nadie vendrá a decirnos nada —dijo don Domingo a doña Felicia mientra Sofi asentía. Doña Felicia los miró, primero a uno, luego al otro. Tenían razón. Conservaba la cabeza en su sitio y se desenvolvía admirablemente bien teniendo en cuenta su edad, pero había dejado que esos sinvergüenzas se aprovecharan de ella como no lo habría permitido cuando era más joven o si no se hubiese visto tan necesitada de alquilarle la caravana a alguien.

Cargó la escopeta y esa misma noche la colocó detrás de la puerta, sobre todo por el recuerdo de aquel cuñado que vivía en la furgoneta y del perro endemoniado. Cuando esa clase de ladrones se llevaban algo por primera vez, a menudo regresaban para ver si podían hacerse con algo más, aunque no hubieran dejado nada. Bueno, ella era una anciana, tal y como había señalado Domingo, con un corazón demasiado generoso para que según qué gente lo agradeciera, pero ¡indefensa, nunca! Pero eso, durante las dos semanas que siguieron a la partida furtiva de los inquilinos indeseables, doña Felicia durmió en la sala, con un ojo alerta y la escopeta de Juan, que no se había disparado ni una sola vez desde 1910, preparada tras la puerta.

Caridad regresó precisamente en una de aquellas noches de vigilancia. Al oír fuera las suaves pisadas, doña Felicia aguzó, más como un lobo que como un conejo, esas orejas suyas de lóbulos alargados a causa del enorme peso de los pendientes que había usado toda la vida. Una vez que, con dificultad y lentitud, consiguió levantarse de la poltrona en que había dormitado durante la guardia, las luces de la caravana de Caridad ya estaban encendidas.

Pero justo cuando tenía la puerta abierta de par en par y apuntaba con la escopeta en dirección a la caravana, Caridad salió. Un segundo más tarde, doña Felicia descubrió la furgoneta Chevy a unos cuantos metros de allí. Caridad, al ver que doña Felicia le apuntaba con el cañón de su escopeta, se quedó paralizada en el vano de la puerta. Doña Felicia creyó reconocer entonces a Caridad, vestida con harapos y mocasines de cuero de venado; se tomó unos segundos para orientarse y luego bajó el arma.

—¡*Ma chéri!* ¡Santo cielo! ¡Si tienes el aspecto de haber atravesado la Jornada del Muerto! —exclamó al fin, haciendo referencia al camino traicionero y desértico que los mercaderes utilizaban en épocas pasadas para viajar de México Viejo a Nuevo México—. ¿Qué diablos te pasó que te perdimos de vista durante tanto tiempo, muchacha?

Caridad se acercó lentamente a doña Felicia y con su sencillez habitual y sus maneras llanas, dijo:

—No lo sé, doña Felicia.

En sólo una semana, la agitación de la familia por tener de regreso a Caridad sana y salva se agotó, y se cansaron de importunarla con preguntas acerca de su paradero y de por qué se había apartado de todo como lo había hecho, y los vecinos y los extraños que habían oído hablar de la Ermitaña renunciaron a ella en cuanto advirtieron que no estaba dispuesta a realizar un milagro cada día, dijeran lo que dijesen los periódicos al respecto.

A pesar de todo, durante el tiempo que Caridad había estado ausente, su don se había perfeccionado por completo. Sus sueños no constituían aciertos al azar, como al principio, sino mensajes muy claros que, con la ayuda de su maestra, doña Felicia, llegó a interpretar de manera experta. Por ejemplo, si un cliente acudía y le preguntaba sobre alguna situación en particular, Caridad ordenaba a su mente que soñara con eso y en unos cuantos días, casi siempre de un modo infalible, daba con una respuesta satisfactoria. Tomemos, sin ir más lejos, el caso de la comadre que había preguntado a la clarividente Caridad si su esposo le era infiel y había llevado la ropa interior del sospechoso. Caridad colocó la ropa interior del hombre bajo la almohada y se concentró en él durante tres días y tres noches. A la cuarta noche vio en su sueño al indeseable marido colarse por la ventana de la habitación de la vecina.

Caridad estaba perpleja, porque sabía que la vecina era una mujer casada y que tenía tres niños pequeños. Hizo averiguaciones:

—Doña Felicia, ¿verdad que la señora que vive al final de la calle todavía está casada?

—¡Claro, por supuesto que está casada! —respondió doña Felicia—. ¿Adónde iba a ir con tres criaturas pequeñas?

Caridad se rascó la cabeza.

—¿Dónde está su marido, entonces?

—¿Dónde? —Doña Felicia interrumpió su labor de costura, a la que le gustaba dedicarse entre cliente y cliente—. Mmm... ¡Ah, sí! ¡Sí, sí! ¡Ahora me acuerdo! Se marcha a Mora todos los fines de semana... Su padre está enfermo y ya no puede desplazarse. El pobre anciano probablemente no dure mucho más.

Cuando la clienta regresó en busca de la respuesta y la chismosa ropa interior de su marido, Caridad le dijo a la mujer que desgraciadamente sus sospechas no eran infundadas.

En ocasiones Caridad ni siquiera tenía que soñar para transmitir o, como decía doña Felicia, hacer de médium. Entraba con frecuencia en trances semiinconscientes, se comunicaba con espíritus que la guiaban y de ese modo entregaba a los clientes sus mensajes. Finalmente esos hechos llegaron a oídos de todo el mundo y Caridad se ganó una respetable reputación como médium, si no como realizadora de milagros.

Sin embargo, su capciosa hermana, Fe, se mantuvo en su primitiva convicción acerca de las causas por las que Caridad había desaparecido durante un año, e insistía:

—¡Seguro que tiene algo _____ con _____ enamo_____se!

Al fin y al cabo, Fe no tenía ninguna razón para creer que Caridad (a pesar de lo extraña que era comparada con cualquiera) estuviera a salvo del inevitable sufrimiento que ocasiona el enamorarse de la persona equivocada. Por ejemplo, a algunas personas les daba por gritar y golpearse la cabeza contra la pared durante un año. Otras, tal vez, se iban a vivir a una cueva. ¡Vaya cosa! Tras su experiencia con Tom, para Fe quedaba claro que las mujeres estaban más en contacto con sus sentimientos que los hombres, tal y como había oído decir a un grupo de novias abandonadas en el programa de Oprah Winfrey.

Y del mismo modo que Fe estaba destinada a no casarse con Tom, director de una especie de supermercado, sino con su propio primo —a quien había conocido aquel árido día del funeral de su hermanita, un chico que no dejaba de pellizcarse los bracitos amoratados mientras ella, indefensa y desesperada se asía a su madre, y que había quedado intensamente grabado en su memoria—, de algún modo sabía que el corazón de Caridad también estaba marcado. Daba igual lo mucho que se empeñara Caridad —que se había vuelto rara y estoica e incluso más santa que nadie— en negarlo.

*8.   Lo que parece ser un descarrío de nuestra historia
pero donde, con un poco de paciencia, el lector descubrirá que, sea como sea, hay más de lo que puede verse a
simple vista.*

El deplorable relato de la desaparición de Francisco
tiene como punto de partida una aventura (o lo que algunos vieron como una verdadera advertencia) que empieza en una ciudad pequeña y lejana, una ciudad que no
estaba plagada de plantas rodadoras sino guarnecida de
algas marinas y que era conocida con el nombre de Santa
Cruz.

Pues bien, en esta historia, ni la mujer ni su acompañante son la Mujer-de-la-tapia en Chimayo de Caridad,
pero con un poco de paciencia (una virtud que nunca se
posee en exceso), alguna gente, a la larga, ha logrado
atar cabos, como se hace con uno de esos dibujos de
puntitos que deben unirse para formar la figura que
esconden. Al parecer, se creería que esas dos mujeres
californianas eran de algún modo responsables del fin
de Francisco, porque si no ¿qué sentido tendría que
aparecieran en la historia? No obstante, todo eso depende de quién cuenta la historia, y según la información
recopilada por alguien, la cosa fue más o menos así:

Helena y María aunque nacidas ambas en Los Ángeles, se conocieron en Oakland, en el transcurso de un

congreso de una asociación de trabajadores rurales. Sin embargo, su verdadera amistad no floreció hasta más tarde, después de que cada una de ellas tuviera sus propias experiencias y aprendiera de todo cuanto había vivido. Finalmente se juntaron y se fueron a vivir con sus tres gatos, *Artemis, Atenea y Xochitl,* a una casa alquilada de dos habitaciones, situada en el bosque de secuoyas a las afueras de esa población llamada Santa Cruz. Llevaban una vida creativa y pacífica; María leía el tarot y era asistente social y Helena trabajaba por cuenta propia como jardinera.

Y así habían pasado su vida, más o menos felices, hasta el verano en que decidieron explorar las tierras de los antepasados de María. A Helena y María les gustaba bastante la aventura, de modo que su plan era coger las tiendas de campaña y viajar hasta las ruinas de los anasazi, los misteriosos y antiguos antepasados de los indios pueblos de Zuñi y Hopi, sobre los que ambas habían leído.

Cuando llegaron a las grandiosas ruinas abandonadas, María, que tendía hacia la naturaleza trastornada de los poetas, las describió en su diario de la siguiente manera: «Era como si la Gran Madre Cósmica hubiese arrojado al suelo su rota vajilla de barro». Pero después, más pensativa que melancólica, prosiguió: «No, no era la ira de la diosa la que había sembrado la calamidad y la destrucción... sino las faltas del hombre en su conducta con el hogar, la Tierra». A continuación escribió algo en español, porque le gustaba incluir en sus textos palabras en esa lengua, aunque la ponía nerviosa el no hablarla demasiado bien: «su Madre».

Por otro lado, Helena, menos filosófica, o sencillamente no tan poética como su compañera, se limitó a soltar un fuerte silbido frente a la impresionante vista, y luego dijo:

—¡Alucinante!

En la época en que realizaron este viaje, las dos mujeres ya no estaban enamoradas.

Al menos no como lo habían estado una vez, como aquel verano en que viajaron al sur de México y a Guatemala para visitar las ruinas mayas o aquel año inolvidable en que trabajaron duramente a fin de ahorrar el dinero suficiente para pasar el verano en Atenas, con los abuelos de Helena. No, no de la misma manera que cuando ambas tenían el mismo pensamiento a la vez; habían fusionado hasta tal punto su forma de pensar y vestir que en ocasiones ni los amigos ni la familia conseguían distinguirlas. Sin embargo, lo que finalmente ocurrió, por desgracia, y aunque todo empezara de un modo ideal, fue que no consiguieron llegar a ser una sola, sino que se convirtieron en ninguna.

La parte positiva es que, aunque entre ellas ya no existía un amor ardiente, sí quedó un sincero cariño y un interés recíproco, de modo que hicieron juntas aquel viaje intenso y solitario, con la intención de que saliera lo mejor posible, tal como harían dos astronautas lanzados al espacio, cada uno de ellos consciente de que por extraña que le resultase la persona que estaba a su lado, era en realidad el único ser humano que existía allí aparte de él mismo.

De modo pues, que avanzaron decididas, a veces enfrascadas en conversaciones animadas, acompañadas de risas, como en los viejos tiempos, y otras veces en un silencio meditativo, cada una preocupada por sí misma, por lo que sería de ella una vez que regresasen a casa. Se detenían en pueblos y ciudades, de vez en cuando compraban algún recuerdo, como, por ejemplo, una piedra en forma de corazón, pulida por las aguas poco profundas del río Grande, para alguna de sus sobrinas preferidas, o unos pendientes de plata y lapislázuli para una comadre, o un collar de coral y conchas, o fetiches con forma de animal para ellas mismas.

El lugar de destino era la población en que los antepasados de María habían sido enterrados durante las últimas nueve generaciones, hasta que su padre abandonó Nuevo México para probar suerte en California, donde, en efecto, salió adelante con una cadena de taquerías en la zona este de Los Ángeles. Su padre tuvo éxito porque obtuvo los avales necesarios, pero la clave de la popularidad del negocio fueron los extraordinarios tacos mexicanos que su madre preparaba según una receta propia y singular.

Esos tacos extraordinarios que habían alimentado a María durante su crecimiento y que habían desempeñado un papel importantísimo en la conquista de su diosa griega, ¡ah!, en el que una vez hacía ya mucho tiempo, había parecido el viaje sin fin, hasta que resultó obvio que ninguna clase de taco extraordinario iba a devolverlas a lo que habían sido alguna vez.

Sea como fuere, aquella mañana, temprano, se encaminaron hacia Truchas, la población de los antepasados de María, justo al noroeste de Santa Fe. La noche anterior se habían dado el gusto de alojarse en una hostería excesivamente cara y de tomar un baño de aguas termales, al estilo de los balnearios de la Costa Oeste, lo cual también se excedía del presupuesto.

Helena, como de costumbre, iba al volante, y María, que decididamente tenía un pobre sentido de la orientación, hacía lo que podía como copiloto, mapa del estado en mano. Por la carretera encontraron una gasolinera con supermercado y se abastecieron de algunos comestibles nada saludables pero útiles para sobrevivir, como tasajo de búfalo y refrescos Blue Sky, con la idea de que más adelante encontrarían algún bonito merendero donde descansar y disfrutar de la vista de las montañas de

Sangre de Cristo. La cuestión es que la pareja no hizo ninguna merienda campestre aquella tarde, y mucho menos llegó a Truchas.

Otro día, no obstante, fueron a la ranchería de la abuela de María, donde sus tíos y sus primos las recibieron y las llevaron al camposanto a visitar las tumbas de sus antepasados hispanos y mestizos de los últimos cuatrocientos años.

Esta agradable visita llevaría a María, el otoño siguiente —ya que en California siempre se había sentido irremediablemente desplazada, especialmente en esa monstruosa metrópoli de Los Ángeles donde se había criado—, a despedirse con retraso de Helena y empezar una nueva vida en el que ella consideraba, por lazos de sangre, su hogar verdadero y original.

Y fue una partida triste, en efecto. María dejó atrás las dos gatas griegas, que se ponían más neuróticas cuanto más se alejaban de su territorio familiar, pero se llevó a *Xochitl,* el gato azteca migratorio que, por otra parte, se adaptaba con facilidad a cualquier clima.

Dejó a Helena todo lo demás —la culpa era un pozo sin fondo—, empaquetó su ropa, los libros sobre las artes del curanderismo (por supuesto, sólo los que dentro llevaban pegada la etiqueta con un gatito, que rezaba: «Ex Libris: María»), y el reproductor de discos compactos, que era legítimamente suyo, o al menos lo sería en cuanto pagase los dos plazos que le faltaban.

Así pues, este relato, que nos aparta temporalmente de nuestra historia, trata de toda clase de principios y finales pero, sobre todo, como cualquier relato, de lo que ocurre en medio. María, echadora de cartas del tarot y seudo poeta, habría dicho (y muchas de las metijonas que más tarde se encargarían de averiguar quién era estarían de acuerdo) que ni siquiera esta existencia nuestra tiene principio ni final, sino que es la prolongación de una travesía por un camino interminable y sin pavimentar.

(Pero en medio de los distintos acontecimientos pueden ocurrir muchas cosas que acaban con la paciencia de la oreja más atenta y puesto que «la brevedad es el alma de la agudeza», como dijo el Hamlet ése, haré lo posible desde aquí por ceñir esta historia al relato de los sucesos de aquel día.)

En cuanto Helena y María abandonaron la carretera principal, Helena advirtió la presencia de una furgoneta que les pisaba los talones, hasta el punto que pensó que quería adelantar a su desastrado VW y se apartó para dejarla pasar. Al principio no dijo nada respecto a la insistencia de la furgoneta, en permanecer detrás de ellas, puesto que no conocía demasiado la carretera y no estaba segura ni siquiera de que fueran en la dirección correcta.

Entretanto, María, que picaba de una bolsita de una nueva marca de fritos de maíz, hacía hablar a la conciencia de California, que disertaba sobre espacios abiertos y montañas negras de cumbres nevadas que penetraban en el cielo azul con sus nubes blancas, y meditaba sobre el significado de las cruces de madera que de vez en cuando aparecían clavadas a los lados de la carretera o en lo alto de una colina, o el pequeño letrero pintado a mano que rezaba: «Cerdo en alquiler», o las vallas, que anunciaban: «FUTURO EMPLAZAMIENTO DEL MONUMENTO AL GOBERNADOR JUAN DE OÑATE, CONQUISTADOR Y COLONIZADOR DE NUEVO MÉXICO» (lo cual la hizo reír). Permanecía completamente ajena al hecho de que en aquel camino arenoso sólo había dos vehículos y que, aunque resultara del todo inexplicable, el más grande se había convertido en el perseguidor del más pequeño.

Entonces Helena, no sólo gracias a las poderosas habilidades que había desarrollado por el hecho de crecer en una gran ciudad sino sencillamente porque no tenía por costumbre apocarse ante las circunstancias amenazadoras, pisó el acelerador con la intención de que el de la furgoneta mordiera el polvo. Sin embargo, hay que afrontar el hecho de que un VW, incluso el de María, aunque restaurado, recién pintado y con un motor flamante, no era un Fiat, y el chico de gorra deportiva que conducía la furgoneta (que tampoco era Fiat, pero tenía un motor claramente más potente), aumentó la velocidad hasta besarle el parachoques continuamente, sin que importara cuán deprisa fuera.

Al final, la furgoneta que las perseguía chocó deliberadamente contra el VW y las desvió un poco. María soltó la bolsa de fritos y el mapa y se quitó las gafas de sol. Luego preguntó:

—¿Se puede saber qué pasa?

Sin duda había suficiente espacio en la carretera para que las adelantara, y era obvio que Helena le cedía todo el camino. Pero cada vez que se apartaba y reducía la velocidad, él frenaba y se mantenía detrás.

Notaron entonces un golpe. La furgoneta chocó nuevamente contra el coche; era una jugada sucia que pretendía sacarlas de la carretera.

—¡Ay! —exclamó María.

Pero Helena, con las mandíbulas apretadas y una expresión tensa e inmutable en la mirada, cambió a la marcha superior y pisó el acelerador hasta el fondo.

Volvió a frenar para dejar pasar a aquel mal nacido, y otra vez, en lugar de ir a lo suyo y aprovechar el lado vacío de la carretera, éste se dirigió intencionadamente hacia el VW e intentó darles un golpe de refilón.

—Pero ¿qué pasa? —repitió María, si bien ya no esperaba respuesta alguna, pues era absolutamente obvio que Helena hacía todo lo posible por librarse de la furgoneta, sin tiempo para pensar en lo que efectivamente hacía.

Debido a la velocidad a que iban los dos vehículos, el último golpe que recibió el VW casi acaba con él, pero tras orientarse de nuevo, Helena volvió otra vez a la carretera. La furgoneta, que había tomado la delantera, las esperaba, y en cuanto Helena la rebasó, el tipo apretó el acelerador y se mantuvo muy cerca de ellas, en actitud agresiva.

Si la agresividad hubiera constituido su único problema, Helena se las habría arreglado con aquella persecución, especialmente desde el momento en que divisó una gasolinera más adelante, en la carretera, y por un segundo pensó que estaban salvadas, pero no, lo peor todavía estaba por venir. En cuanto las hubo alcanzado otra vez, y mientras medía un vehículo con el otro, Helena miró directamente a su adversario para obtener una imagen clara de aquel gilipollas, o eso fue lo que pensó, pero quedó horrorizada al ver que, además de una mueca cínica, tenía un rifle con el que la apuntaba.

—¡Cuerpo a tierra! —gritó, y María aun cuando jamás había oído esa expresión, excepto, tal vez, en alguna película antigua de la Segunda Guerra mundial, obedeció enseguida. También Helena se hundió en el asiento tan rápidamente como pudo al tiempo que ambas oían una ráfaga de tiros y el ruido de la camioneta que las rozaba al rebasarlas. No estuvo demasiado tiempo delante, sino que esperó a que lo alcanzasen y adelantaran otra vez, y cuando estuvieron cerca de la gasolinera, ganó terreno tras ellas.

Helena condujo hasta uno de los surtidores y cuando el empleado se acercó le dijo que llenara el depósito, comprobara el nivel del aceite y limpiara los cristales, con la esperanza de que, mientras lo hacía, pasara el tiempo suficiente —¡oh, por favor!— para que el terrorista de la furgoneta que las perseguía las dejase en paz y siguiera su camino. Pero incluso antes de que pudiera entregar al empleado la llave del depósito, la furgoneta se colocó precisamente al otro lado del surtidor. En el momento en que el tipo se apeó y dirigió sus pasos hacia el VW, todo pareció quedar paralizado.

Helena se percató de la situación y subió el cristal de la ventanilla. El tipo (ahora que lo veía bien le parecía poco más que una mosca sobre dos patas metidas en un par de botas Laredo muy gastadas por el uso) mantenía abierta la americana de algodón con una mano metida en el bolsillo de los vaqueros para que se viera el revólver que llevaba bajo el cinturón.

Helena oyó que María dejaba escapar un chillido, pero no se volvió a mirarla, sino que mantuvo los ojos fijos en los del tipo, quien, a su vez los tenía clavados en ella.

—¿Qué estás haciendo por aquí, zorra? ¿Vienes a buscar problemas? —le gritó a Helena a través del cristal.

Helena se volvió por un instante hacia María, como si ésta pudiera darle la clave de lo que sucedía. Tal vez el tipo las confundiera con otras, pensó Helena. Dos mujeres con el cabello de punta y el coche lleno hasta los topes de todo lo necesario para una acampada probablemente no parecieran de por allí, y era difícil que la confundiera con alguna ex novia que volvía para vengarse. Pero aun así, el sujeto estaba de pie, frente a ella, con el revólver en el cinturón, y actuaba como si fuese ella quien constituyera una amenaza.

—¿Yo? ¿Yo? —fue todo lo que Helena consiguió articular.

El hombre del revólver no dijo nada más, ni siquiera al tercer «¿yo?» de Helena, sino que, por el contrario, entró en el establecimiento en un par de zancadas, supuestamente para demostrar lo mucho que le molestaba la presencia de aquellas dos mujeres. Helena no bajó la ventanilla, ni el empleado hizo movimiento alguno

141

para coger la llave del depósito. En lugar de eso, fingió que de pronto se acordaba del neumático que estaba arreglando en el momento en que ellas habían llegado, y regresó al trabajo.

—Pongamos gasolina y sigamos hasta encontrar el rancho de mi abuela —dijo María—. Estoy convencida de que este tipo va colocado de algo. Ahora seguramente nos dejará tranquilas.

Helena miró fijamente a María y otro de los hilos que en un tiempo las había unido en su perfecta relación, se cortó sin hacer ruido, pero antes que pudiera dar una respuesta, una mujer salió del establecimiento con un perro enorme que ladraba, y le gritó al empleado:

—¡Se nos ha acabado la gasolina! ¡Diles que no nos queda gasolina!

María y Helena intercambiaron una mirada y volvieron la cabeza hacia el empleado, a quien acababan de encargarle que les diese el mensaje, como si ellas no lo hubieran oído bien clarito.

—¡Lo siento! ¡No hay gasolina! —gritó con una estúpida sonrisa de disculpa y sin soltar el neumático. Helena puso de inmediato la marcha atrás, dio media vuelta y salió a toda velocidad. Una vez en la carretera, contestó a la propuesta de María de seguir hasta Truchas.

—¿Qué quieres decir, con eso de que sigamos adelante? —aulló—. ¿No has visto el revólver que tenía ese tipo? —María, que no sabía cómo actuar ante el mal genio de Helena, se quedó callada.

Aún no habían recorrido un par de kilómetros por aquella carretera, cuando Helena divisó de nuevo la furgoneta tras ellas. En lugar de seguir en la dirección en que habían planeado ir en un principio, emprendió el viaje de regreso a Santa Fe, con la intención de alejarse todo lo posible de los dominios por donde se movía aquel sujeto.

—¿Y ahora qué quiere ese cabrón? —dijo al tiempo que golpeaba furiosa el volante con la palma de la mano. No era corpulento. Le habría encantado abalanzarse sobre él y desafiarlo, pero el recuerdo del rifle apuntado directamente hacia ella hizo que se abstuviera de hacer cualquier otra cosa que no fuese pisar a fondo el acelerador. Podía ver por el espejo retrovisor que el tipo seguía disfrutando de asustarlas. Finalmente, después de aproximadamente tres kilómetros, el tipo abandonó la carretera y se marchó por donde habían venido.

—¡Y yo que pensaba que las autopistas de Los Ángeles eran peligrosas! —exclamó Helena, aliviada al ver que por fin se habían librado de él. En las autopistas de las grandes ciudades había francotiradores que disparaban sobre gente inocente pero, para Helena, era demasiado ver que incluso en aquellas carreteras soporíferas la gente tenía que temer por su vida. Y que, además, los cretinos eran cretinos en todas partes, incluso en la tierra sagrada de los anasazi.

Helena recordó entonces algo que le había dicho en una ocasión su hermano mayor, quien había estado durante más de quince años en el Departamento de Policía de Los Ángeles. Allá por los años setenta, le dijo, había una pequeña ciudad en algún lugar al norte de Nuevo México a la que él y sus compañeros policías solían referirse como la Capital de los Narcóticos de Estados Unidos.

—¿Qué sabes acerca del pueblo de tus antepasados? —preguntó a María, cuando por fin se sintió calmada y empezó a conducir a una velocidad normal.

—No demasiado —contestó María—. Ya te he dicho que nunca me he relacionado con mis parientes de Truchas.

—Mmm —susurró Helena. Pensó que su sospecha de que aquel cretino las había amenazado de muerte porque tal vez sospechase que tenían alguna relación con los narcóticos podía estar totalmente infundada. Pero aun así le daba más tranquilidad creer en su hipótesis que llegar a la conclusión de que se trataba sencillamente de un chiflado que las había escogido al azar para darles caza.

María, por otro lado, tenía una sensación muy distinta respecto a lo ocurrido aquel día. Por sus venas corría la sangre y el polvo de aquellas tierras, y se pasó todo el trayecto de regreso a Santa Fe callada y pensando en lo que había visto en los ojos oscuros de aquel hombre delgado. Había pronosticado un tiempo futuro, un tiempo en que se quedaría sola, y Helena, esa mujer guerrera tan valiente y ágil, ya no estaría allí para advertirle: «¡Cuerpo a tierra!»

Sí, María vio en los ojos de aquella mosca un tiempo en que seguramente lo que más necesitaría sería una advertencia.

9.   *De cuando Sofía, que ya nunca iba a dejar que su marido tuviese la última palabra, anuncia, para estupefacción de la familia y los vecinos, su decisión de presentarse para alcaldesa de Tome.*

Hacía exactamente dos días que había cumplido cincuenta y tres años. Sofía metía otra colada en la lavadora, que se hallaba en el porche trasero de la casa, y al tiempo espantaba moscas y se decía cosas como «si Domingo no arregla la puerta mosquitera esta semana, seré yo quien tenga que hacerlo; entonces seguramente le diré que ahueque el ala, porque, al fin y al cabo, ¿para qué narices me sirve?», y otras parecidas cuando, justo antes de que la máquina se estropeara con una sacudida terrible y un resonar metálico (nada sorprendente, si se considera los años que tenía) y de que ella exclamase «¡Santo cielo!», y de que rápidamente extrajera del interior de su blusa blanca el escapulario y lo besara encomendándose al cielo, decidió que se presentaría como candidata a la alcaldía de Tome para de ese modo hacer allí unos cuantos cambios...

Llamó a la comadre que vivía al final de la calle con sus buenos diez acres cultivados de frijoles y chiles, y le pidió que fuese a verla, porque tenía noticias importantes que darle.

Al principio la comadre pensó que Sofi la había llamado para reclamarle la devolución de la Singer, y lo último que quería era decirle a Sofi que, después de hacerse el vestido para la fiesta en Nuestra Señora de Belén, había decidido confeccionar el vestido para el bautismo del bebé que su 'jita, y que el hilo se había atascado en algún punto del carrete y que, bueno, algo le había pasado a la máquina y ya no funcionaba.

La comadre (de quien, por esta razón y por otras que muy pronto veremos, es mejor no revelar el nombre) le había ido detrás al marido con ese asunto. El hombre tenía buena mano para arreglar según qué cosas, en su mayor parte cosas grandes que no fueran demasiado complicadas, como el techo, o la valla, pero a veces había conseguido que incluso ciertas cosas de la casa volvieran a funcionar. Bien sabía Dios que todo cuanto poseían ya había pasado su época dorada, así que cualquier esfuerzo era de agradecer pero, a decir verdad, no era un hombre realmente hábil. Desde luego, podía llevar la vieja Singer (que, en su opinión, también había dejado atrás sus tiempos de gloria) a Albuquerque y buscar un lugar donde la reparasen, pero eso suponía dinero, un dinero del que no dispondrían hasta haber cosechado los frijoles y los chiles.

Por eso, le alegró que Sofi no mencionase la Singer cuando la llamó. De hecho, últimamente Sofi no parecía demasiado preocupada por esas cosas. Por ejemplo, y sin ir más lejos, se había olvidado de cobrar a la comadre las compras que había hecho en la carnicería el mes anterior. Hacía años que la comadre compraba cada semana en lo de Sofi, y aunque lo cierto es que había épocas mejores y otras peores, para algo eran comadres y siempre podía hacerle falta a ella la batería de su coche a primera hora de una mañana fría, y al compadre del final de la calle nunca le importaba demasiado levantarse de la cama para ayudar a cargarla, o podía encontrarse a la hija adulta con mente infantil de la comadre vagabundeando descalza en la nieve, junto a la acequia, y entonces tener que correr a decírselo, y cosas así, que entre vecinos pasan continuamente, y por lo tanto todo queda, como si dijéramos, en lo de hoy por ti y mañana por mí.

Así que Sofi dejaba esos asuntos del pago inmediato de la carne picada para la empanada y el cordero para el estofado de chiles verdes para final de mes y, de tarde en tarde, incluso se olvidaba, por decirlo de algún modo, de cobrar la compra de una semana. Pero nunca antes había pasado por alto la deuda de todo un mes. Porque, ¿qué clase de favor podía ofrecer la comadre que vivía al final de la calle para merecer distracción tan generosa?

Pero no, Sofi no había mencionado la factura. Y tampoco le había pedido que le devolviese la máquina de coser. De modo que la comadre se quitó las chanclas y se puso los zapatos negros de vestir, que eran los que solía usar para ir a misa antes de que se estropearan tanto. No tenía ni idea de por qué se los ponía para ir a casa de la comadre Sofi, adonde había ido millones de veces, pero al oír la voz de ésta por teléfono había tenido la sensación de que se trataba de una visita formal.

Tal vez fuese a causa de ese tono formal con que le había hablado, o tal vez el hecho de que nunca le hubiera telefoneado hasta ese día. Pero entonces, ¿a qué se debía? La comadre se había puesto al teléfono cuando su hijo más joven se había marchado al ejército, pues antes de eso nunca lo había considerado necesario. Además, ¿quién podía permitírselo? Así que lo del uso del teléfono había hecho que la comadre presintiera que Sofi se encontraba en algún aprieto.

La comadre se detuvo frente a la casa y llamó a la puerta. Los ladridos de los perros empezaron a llegar de todas partes. Entonces también los pavos reales que mister Charles se dedicaba a emparejar o a criar, o como quiera que llamara él a su trabajo, se despabilaron y empezaron a emitir, como llevaban semanas haciendo, esos sonidos extraños semejantes a las llamadas de una gata en celo. (No sabía el apellido del vecino, y puesto que no lo conocía de nada, no le parecía bien llamarlo sencillamente Charles, a pesar de que así fue como él mismo se presentó una tarde. Nada más. ¡Sólo un anglosajón puede ser tan atrevido con una mujer!)

A la comadre se le puso carne de gallina. Todos los animales estaban volviéndose locos. Apretó la nariz contra la mampara y vio a la Loca correr a su habitación para esconderse. Sofi acudió desde la parte trasera de la casa, donde había estado tendiendo la ropa, empapada y a medio lavar.

Una vez que la comadre hubo entrado, le preguntó a Sofi qué era eso que quería decirle tan importante como para hacerla abandonar todos sus quehaceres. La comadre, en realidad, no estaba dedicada a ninguna tarea doméstica cuando Sofi la llamó, lo único que deseaba era hacer más dramática esa llamada tan urgente para cuando más tarde repitiera la historia ante las otras comadres.

—Ponte cómoda, comadre —dijo Sofi, y su tono, todavía extraño, sonó ahora enjundioso, como si se tratara en efecto de otra persona, puesto que la comadre nunca había conocido a ninguna mujer más abnegada y modesta que la pobre Sofi. Especialmente si se tenían en cuenta los años en que había trabajado para mantener a sus cuatro hijas sin ayuda de nadie y con ese... llamémosle hombre, que la había abandonado de la forma en que lo hizo cuando las niñas eran tan pequeñas.

Ya se sabe que la pobre Sofi no había disfrutado de ningún momento de diversión en todos aquellos años en que había estado sola, ningún cumpleaños, ninguna fiesta de Año Nuevo ni pesebres de Navidad. No había asistido a ninguna boda, a ningún bautizo, a ninguna primera comunión, ni a comunión alguna, como tampoco a ninguna fiesta de graduación. Ninguna de sus hijas había tenido quinceañera al cumplir los quince años. Nada de nada. Bueno, si es por eso, apenas si había podido asistir a algún velorio o funeral, a pesar de que siempre hizo lo posible, por el respeto que le inspiraba la familia del difunto. Pero todo el mundo lo comprendía. Estaba sola con cuatro criaturas. ¿Qué podía esperar la gente?

Y de la época en que sus hijas se convirtieron en adolescentes, la comadre aún recordaba con absoluta claridad a aquel hombre de apariencia agradable llamado Eusebio, proveniente del norte, Mora, Las Vegas o algún lugar de esos, que había pasado un año como entrenador en el instituto, y que se había prendado de Sofi. Todas las comadres estaban convencidas de que se inventaba excusas para ir a la carnicería Buena Carne. Porque, al fin y al cabo, él siempre comía fuera. ¡Y era más que probable que ni siquiera supiese cocinar!

Pero allí estaba él un par de veces por semana, y compraba cordero o morcillas (que a buen seguro les echaba a los perros de los vecinos en su camino de regreso a casa), sólo para tener una oportunidad de charlar con Sofi. ¡Sofía, esa mujer con aquellos ojos de un color indefinido que no era verde, ni gris, ni marrón, sino una mezcla de todos ellos que cambiaba con la luz! ¡Y aquella tez morena que contrastaba con ellos!

No, Sofi nunca se había permitido pasarlo bien. Desde luego, quién podría reprocharle nada, con esa criatura suya tan extraña, que tenía la singular característica de ser alérgica a la gente. No podía ir a ninguna parte, y nadie podía estar en su casa durante demasiado rato. Bueno, la abandonada Sofi hizo todo lo que pudo, atendió a sus hijas tanto como le fue posible, a pesar de las condiciones y los sufrimientos a que Dios la sometió. Por eso, a nadie le sorprendió ni pizca que ninguna de sus hijas se casara por la Iglesia.

Era realmente una tragedia que la mayor de ellas (aunque tampoco eso resultara sorprendente, dado que toda la vida había sido una exaltada; o no, exaltada no era la palabra correcta, sino más bien una mitotera, una alborotadora política, como si hubiese sabido demasiado) desapareciera en Arabia Saudí. En el telediario de las diez mencionaban su nombre casi cada noche. Pero ahora que todo el asunto de la guerra había concluido, la gente parecía haber perdido interés, y mientras tanto la hija de Sofi seguía desaparecida. Tal vez la hubiesen asesinado. Al pensar en ello la comadre se hizo la señal de la cruz.

Si la 'jita mayor de Sofi y su 'jita pequeña habían sido trágicas víctimas de la vida —una que nunca abandonaba la casa y la otra que se había perdido tan lejos— todavía quedaba algo de esperanza para las dos de en medio. Aunque, a decir verdad, la Ermitaña, a quien la comadre había despojado de su título de «santa» después de que se negara a bendecir sus cultivos, siempre había sido un poco patética.

Por ejemplo, he aquí el caso de una chica guapa que realmente no había tenido motivos para llevar la clase de vida que había llevado, metida todo el santo día en los bares y permitiendo que cualquier pelafustán creyera que con ella lo tenía fácil. Todo el mundo recordaba que había tenido unos principios francamente vergonzosos, que se había quedado preñada de aquel mocoso de Memo, y todo aquel asunto tan embarazoso para la pobre Sofi, que no tenía a su lado un hombre que pusiera fin a tanto lío.

Y el escándalo de ese tal Memo, que casi desde el

momento mismo en que se casaron, y a pesar de que ella estaba embarazada, se lo montó con otra a espaldas de Caridad. Tendría que haber sido más hombre, sentar la cabeza y ocuparse de su nueva familia, en lugar de escaparse al ejército a donde fuera que se largara. Caridad, como es natural, quedó muy acongojada, porque era joven, estaba enamorada y todo lo demás, y acabó por arruinar su vida a causa de aquel embrollo tan desgraciado.

Más adelante, nadie, ni siquiera el cura en misa, fue capaz de explicar cómo se había recuperado Caridad de las impresionantes heridas que había sufrido en aquella agresión terrible. Bueno, gracias a Dios, nomás. Pero precisamente cuando todo el mundo estaba a punto de superar aquella conmoción, Caridad, a quien se consideraba una especie de, en fin, de puta, va y se marcha a lo de doña Felicia ¡y se hace curandera!

Bueno, a fin de cuentas, quizá todo esto tuviera algún sentido. Es indiscutible que la mano de Dios tuvo mucho que ver con el restablecimiento de Caridad, y por algo habrá sido. En cualquier caso, desde que regresara de aquella cueva en que había vivido, algo en ella había cambiado por completo. Sería muy difícil determinar en qué consistía esa transformación, pero lo que sí era seguro es que los hombres ocupaban ahora el último lugar en su mente... y eso, en opinión de la comadre, era un verdadero milagro.

La otra, la Gritona ––que trabajaba en el banco y siempre llevaba vestiditos ceñidos con grandes lazos en el cuello y, además, usaba los zapatos exactamente del mismo color que el vestido, los mismos siempre, con tacones de seis centímetros y sin adornos–– estaba loca por casarse. No podía soportar el que la hubieran plantado prácticamente en el altar ni el haberse convertido en motivo de risa para sus compañeras anglosajonas en el banco. Probablemente se casara con el primer fulano que se dejase atrapar.

Y con respecto a todas aquellas reflexiones crueles que la comadre se hizo esa noche mientras permanecía sentada en la cocina de Sofi y esperaba a que ésta le diera su sorprendente noticia, en pocos meses se enteró, y se sintió satisfecha por ello, de que sus sospechas sobre Fe eran correctas: en efecto, iba a casarse con cualquiera o, para mayor precisión, con Casimiro, su primo miope.

Casimiro de Nambe ya no era de Nambe (aunque seguía siendo primo de Fe), puesto que se había criado en Phoenix, donde su padre había trasladado la familia hacía algunos años para empezar con un negocio de cemento. ¿O se dedicaba a construir piscinas para los ricos?

En cualquier caso, la familia rompió con doscientos cincuenta años de tradición de pastoreo. En la mente de la comadre, no obstante, imperaba la idea de que si has sido pastor una vez, serás pastor para siempre, y aunque Casimiro Jr. había ido a la universidad allí en Arizona (era el primero en la historia de la familia en seguir estudios superiores) y había obtenido un título en contabilidad, aún tenía el aspecto de un pastor del norte de Nuevo México: delgado, pequeño, con unas cejas negras y espesas, un buen bigote, vestido con tejanos ceñidos, un gran sombrero de ganadero y unas botas Tony Lama de piel de serpiente. ¡Hijo de Dios! ¡Menuda ostentación!

Sofi le sirvió a la comadre una taza de café del cazo que había sobre la cocina. Con Domingo en casa, había café hecho todo el día; era su única adicción, afirmaba él, tenía que tener una taza en la mano todo el rato, a medio llenar, con posos, frío, daba igual, incluso cuando se iba a la cama.

—Mi idea es la siguiente —dijo Sofi, se sentó y posó una mano sobre el brazo de la comadre, segura de que su amiga se mostraría tan entusiasmada con el plan como ella misma—. ¡He decidido presentarme para alcaldesa...!

La comadre miró fijamente a Sofi, como si no comprendiera nada.

—¿Alcaldesa? —Pestañeó.

Sofi asintió con vehemencia.

—Eso es, comadre, ¡alcaldesa de Tome!

Ahora sí que la comadre no entendía nada. En primer lugar, no sabía de qué le estaba hablando, porque Tome nunca había tenido alcalde. No es que estuviera muy al corriente de esos asuntos de los gobiernos (de hecho, la única vez en su vida en que había ido a votar había sido en 1960, por Kennedy), pero ¿podía alguien decidir convertirse en alcalde de una región? Porque, al fin y al cabo, Tome no estaba ni siquiera constituido como pueblo, como era el caso de Los Lunas o Belén, al menos por lo que ella sabía.

Y además, ¿por qué quedarse en alcaldesa? ¿Por qué no elegirse como juez de paz o como comandante de Tome, como solía ser en los antiguos tiempos? ¿Y por qué no reina de Tome? ¿A quién iba a importarle, mientras no intentara decirle a nadie qué debía hacer?

La comadre frunció el entrecejo. Como el lector puede imaginar, la mujer se encontraba entre esos incrédulos que nunca habían estado demasiado convencidos de lo que Sofi y su familia eran capaces de hacer.

—No sé, Sofi —dijo, con la mirada fija en la taza de café. No podía mirar a Sofi a los ojos, ahora que pensaba que la pobre había perdido la chaveta, lo cual se debía, sin duda, a lo preocupada que debía estar por la suerte de su hija, desaparecida en el lejanísimo desierto árabe...

Sofi, sin amilanarse en absoluto, se puso en pie de un brinco.

—¡Ay, comadre! —dijo, al tiempo que se pasaba la

mano por el cabello, que aún se conservaba prácticamente negro—. Siempre has sido así, la misma desde que éramos pequeñas.

—¿Yo? —dijo la comadre, y se señaló a sí misma—. ¿Qué quieres decir? ¿Cómo he sido siempre? Eres tú quien siempre...

—¿Siempre qué? —preguntó Sofi.

—Quien siempre ha tenido mucha... imaginación —contestó tímidamente la comadre, con la mirada otra vez fija en la taza.

—¿Imaginación? No sé a qué te refieres, pero voy a decirte una cosa. He vivido en Tome toda mi vida, y he visto cómo empeoraba cada vez más, ¡ya es hora de que alguien se preocupe y haga algo! Es probable que yo no sepa nada de esta clase de asuntos, pero lo que es seguro es que ¡estoy deseosa de trabajar para el progreso de la comunidad!

—¿El progreso de la comunidad, dices? ¿Y qué significa eso? ¡Ya empiezas a sonar como tu hija la revolucionaria! —La comadre guardó silencio. No pretendía sacar a colación a la Esperanza en un momento tan malo como ése, especialmente de aquella manera, aunque todo el mundo sabía que aquella chica mitotera era una verdadera alborotadora—. Y sea como sea, ¡en Tome nunca ha habido alcalde!

—¿Y con eso qué, comadre? —dijo Sofi, con las manos en las caderas, dispuesta a aceptar el reto de quien fuese. Había pensado que la comadre se mostraría entusiasmada con su decisión, que estaría dispuesta a ayudarla, teniendo en cuenta que en los tres últimos años no había conseguido ni una sola buena cosecha. Actitudes como ésa eran el motivo de que allí las cosas nunca mejoraran.

—¿Y con eso qué? ¿Y con eso qué? ¿Qué quieres decir con eso, comadre? Sencillamente, que una no puede decidir el día menos pensado como, por ejemplo, hoy, que va a convertirse en alcaldesa de un lugar y se acabó, y que todo el mundo va a escucharla y a decirle: «¡Sí, alcaldesa Sofi, lo que usted nos mande!»

—No es imaginación lo que he tenido toda la vida, comadre, sino fe. Es la fe lo que me ha mantenido en pie —dijo Sofi, a quien le irritaba el que la comadre no se hubiera tomado en serio su idea tal como ella había previsto—. Pero tú... tú has sido siempre... una... una...

—¿Una qué? ¡Dilo, dilo! ¿Qué es lo que he sido siempre, Sofi? —la urgió la comadre, lista para levantarse e irse en el preciso instante en que aquella loca comadre suya dijera lo que tenía que decirle si lo que tenía que decirle no le gustaba.

—¡Una conformista! —dijo Sofi al tiempo que se cruzaba de brazos y miraba a la comadre fijamente a los ojos.

—¿Una conformista? ¿Una conformista? —dijo la comadre, que parecía a punto de ahogarse. Sin embargo, logró dominarse, y preguntó—: ¿Y eso qué quiere decir exactamente?

—Así solía llamar m'jita Esperanza a la gente a la que todo le importa un comino. Y eso es, además, lo que hace que sigamos viviendo en medio de la pobreza y el olvido —contestó Sofi.

—Muy bien, ¿y qué se supone que tenemos que hacer, comadre? No hemos conocido más vida que ésta, una vida a costa de nuestras tierras, que cada vez se han quedado más pequeñas. Tú sabes que en un tiempo mi familia tuvo trescientos acres en los que cultivar, y ahora todo lo que me queda del duro trabajo de mi padre, y de su padre y del padre de su padre, es casi nada, ¡diez miserables acres nomás, comadre! ¡Apenas lo suficiente para mantener a mi familia!

—Y yo tengo menos aún —dijo Sofi, que se entristeció

155

al recordar que ya no poseía ni siquiera aquella minúscula parcela que había heredado, porque Domingo se la había vendido en uno de sus momentos de ofuscación.

—Y ahora tenemos a los gringos, que vienen aquí y se ponen a criar pavos reales... —se quejó la comadre—. Porque a ver, yo pregunto, ¿qué se puede hacer con los pavos reales? ¿Se los comerán los neoyorquinos en esos restaurantes suyos tan finos o qué?

En realidad, en el vecindario sólo había una persona que se dedicaba a criar pavos reales, pero para la comadre el asunto era que él no debía de ganarse la vida criando aquellos pájaros, y menos utilizarlos como comida. Se trataba de un forastero, y había un montón de forasteros que acudían allí, que compraban las tierras que las familias del lugar se veían forzadas a vender porque ya les resultaba imposible vivir de ellas, y los impuestos eran muy elevados, y los hijos se marchaban a trabajar a Albuquerque, o incluso más lejos, o fuera del estado, para asistir a la universidad, o fuera del país, con el ejército, en lugar de quedarse en casa para trabajar en las rancherías. La verdad era que desde hacía más o menos cincuenta años la mayoría de la gente ya no podía vivir de sus tierras. Los forasteros, en otros tiempos, habían abusado de la tierra, hasta el punto de que en algunos casos ya no servía ni para cultivarla ni para apacentar el ganado.

Sofi miró a su comadre, y consideró que, después de todo, tal vez existiese una remota posibilidad de ganar a la conformista para la causa. (Y si conseguía tenerla de su parte, las demás serían pan comido, puesto que esta comadre era la mayor de las mitoteras entre todas las vecinas y por eso Sofi la había llamado, para que se convirtiera en directora de la campaña.) Pero a fe suya que Sofi no tenía ni idea de a qué se refería la comadre con aquello de los pavos reales. Decidió preguntárselo. Si iban a trabajar juntas en la campaña, sería mejor que se entendieran.

—¿Qué pavos reales, comadre?

—Al final de la calle, al otro lado de la acequia, comadre. ¿No los has oído? ¿No conoces a ese tal mister Charles, el de la barba pelirroja? Me parece que es un *esculturista*, o algo así, en fin, pero tiene toda clase de chatarra repartida por las tierras, piezas oxidadas de coches viejos, hasta huesos de esqueletos tiene... Cría esos pájaros. ¿No los has oído?

Durante los últimos años se había producido tal movimiento de gente que entraba y salía de Tome, en su mayoría gringos, que Sofi no había reparado en ningún mister Charles. En ese instante recordó haber oído últimamente el canto de algún pájaro muy temprano por la mañana, y dijo:

—¡Claro que sí! ¡Ahora caigo! Sí, eso es exactamente a lo que me refiero. Resulta que aquí tenemos a esos criadores de pavos reales que ocupan nuestras tierras, y nosotros tenemos que vendérselas porque necesitamos el dinero y ellos tienen el dinero para comprarlas y nosotros acabamos por no disponer de absolutamente nada con que ganarnos la vida. ¡Tú eres una de las afortunadas, comadre!

—Ya lo sé, Sofi. Y aun así, mira qué duro nos resulta. Pero tú, como alcaldesa, ¿qué sugieres que hagamos? —preguntó la comadre.

—Bueno, aún no lo he pensado —contestó Sofi—. Yo esperaba que, como directora de la campaña y como miembro de una de las familias originarias de este territorio, me ayudaras con algunas ideas, comadre.

Sí, la comadre empezaba a entusiasmarse con la idea de darle nuevos bríos a Tome, la tierra de sus antepasados. Estaban en silencio, sentadas las dos, cada una perdida en sus fantasías sobre qué harían o podrían hacer por sus vecinos cuando Sofi fuera alcaldesa, cuando Domingo irrumpió para servirse otra taza de café. Se detuvo y miró a ambas mujeres, que parecían no haber reparado en él.

—¡Buenas noches, comadre! ¿Cómo 'stá el compadre? —dijo para anunciar su presencia. La comadre despertó de su ensueño. No tenía nada personal contra Domingo, pero no le merecía demasiado respeto un hombre que un buen día había abandonado a su familia y otro buen día, veinte años más tarde, había decidido dar los pasos necesarios para regresar junto a ella. ¡Y desde luego que había dado unos cuantos pasos! ¡Todo el mundo había podido ver en la fiesta de Belén cómo él y Sofi habían bailado toda la noche sin dejar de mirarse desvergonzadamente a los ojos!

—Mi marido está bien, gracias —dijo de un modo cordial—. Y nosotras aquí, haciendo planes para la campaña de Sofi, que presentará su candidatura para la alcaldía. —Lo dijo con cierto tono de engreimiento. Tal vez Domingo no valorase a la esposa que tenía, pero había quien sí lo hacía; o lo harían, según qué planes tuviera Sofi como alcaldesa.

Domingo miró fijamente a la comadre y luego a Sofi, de manera muy parecida a como la comadre había mirado a Sofi en el momento en que ésta le había comunicado sus planes.

—¿De qué habla? —preguntó finalmente a Sofi. No sabía si preocuparse o echarse a reír.

—Tal como lo oyes, Domingo. Voy a presentarme para alcaldesa...

—¿Alcaldesa de Albuquerque? ¿Lo dices en serio? —preguntó Domingo, a punto de soltar la carcajada. Era imposible que su mujer hablase en serio. ¿Qué sabía ella de política? Y, además, todo el mundo sabe que no puede hacerse una campaña sin dinero.

—¡No digas tonterías! —contestó la comadre antes que Sofi tuviera oportunidad de replicar—. ¿Cómo va a presentarse Sofi para alcaldesa de Albuquerque?

—En ese caso, ¿alcaldesa de dónde? —inquirió Domingo, realmente pasmado ante aquella conversación. En ese momento, se le ocurrió que tal vez las mujeres hubiesen encontrado aquella botella de pisto de fabricación casera que él había escondido en el armario de las herramientas del porche trasero...

Pero no, estaban sobrias, y lo que era peor, hablaban en serio y además, evidentemente, la más sorprendente de las novedades aún no había llegado, porque Sofi lo miró a los ojos y dijo:

—Voy a presentar mi candidatura para alcaldesa de Tome. Y más aún, ¡voy a convertirme en la alcaldesa de Tome! ¡Lo juro por la tumba sagrada de mis muertos, que en paz descansen! ¡Aunque sea lo último que haga en esta vida!

Domingo decidió que no iba a reírse. Para entonces ya estaba claro como el agua que daba exactamente lo mismo cuanto hiciera para convencer a Sofi de que se sentía arrepentido por lo sucedido y que deseaba que olvidasen el pasado; Sofi nunca lo perdonaría del todo. Sin embargo, no tenía por qué llegar tan lejos y mofarse de él con su comadre contándole ideas absurdas como aquélla. Y además, ¿qué pretendían demostrar burlándose de él de esa manera?

Pero Sofía siguió adelante, y él se dio cuenta de que su intención no era ponerlo a él en su lugar sino llevar a cabo de verdad lo que decía.

—¿Sabes, Domingo? —dijo Sofía, con tono solemne—, mi... nuestra 'jita, Esperanza, siempre intentó hablarme de la necesidad de luchar por nuestros derechos. Ella siempre hablaba de cosas así, de trabajar para cambiar lo que llamaba «el sistema». Nunca le presté demasiada atención, porque siempre estaba preocupada por la carnicería, la casa, las chicas... Pero ahora, por primera vez, he comprendido a qué se refería. Todavía no sé muy bien cómo expresarme, pero veo que la única manera de que las cosas por aquí mejoren es que nosotros, todos nosotros juntos, intentemos hacer algo... La lavadora, la puerta mosquitera, el establo, uno de los frigoríficos de la carnicería, hace meses que nada funciona...

—Tu máquina de coser —añadió la comadre. Sofi se volvió por un instante hacia la comadre, pero decidió no preguntarle por la Singer en ese momento. Era importante mantener la alianza con la comadre, directora de la campaña, tan conocida por todo el mundo, pero tomó nota para más adelante acordarse de averiguar lo ocurrido.

—Lo que dices suena a convertirte en alcaldesa de esta casa, no de Tome... —Domingo procuró no parecer preocupado por la perspectiva, pero sabía que, debido a las circunstancias y con todo el mundo fuera de casa menos la Loca, el que Sofi fuese la alcaldesa de la casa significaría que él sería el único por allí a quien le encargaría cualquier tarea que se le ocurriese. Las cosas podían llegar a descontrolarse—. En fin, ya sabes que tenía pensado arreglar todas esas cosas, cariño, ¡es sólo que a veces un hombre no encuentra tiempo durante el día para tantas cosas como tiene que hacer!

Sofi no quería sacar todos sus trapos sucios delante de la comadre, pues sabía que aquello se extendería como una mancha de aceite y en menos que canta un gallo, y podría resultar nocivo para la campaña. Así que, como si tuviera una especie de instinto para el protocolo político, decidió ser discreta en lo referente a sus asuntos con Domingo del mismo modo en que lo había sido con su nueva directora de la campaña respecto a la máquina de coser.

Por desgracia, la mirada rápida que habían intercambiado Domingo y Sofía no le había pasado inadvertida a la chismosa comadre, quien en ese momento enarcó una ceja. Como buena cultivadora de frijoles que era, conocía un viejo dicho que venía que ni pintado para Domingo, y que pronunció entre dientes:

—Somos como los frijoles cuando hierven, unos pa' 'riba y otros pa' 'bajo...

Tanto Domingo como Sofía la oyeron claramente, y le dedicaron una bien merecida mirada de desprecio, así que la comadre decidió no decir nada más, se levantó con un hondo suspiro y llenó su taza de café, con lo que hizo saber a Domingo que, por su parte, lo único que deseaba era que desapareciese de la cocina para poder seguir con los planes de la campaña.

Pero Domingo, que por carácter no era de los que se metían en líos con sus vecinos y menos aún con las comadres de su mujer, y que casi siempre intentaba aligerar las situaciones tensas mediante algún chiste, en aquel momento no encontró nada divertido con que bromear. Resultaba obvio que su mujer sufría una especie de colapso nervioso a causa de la presión a que había estado sometida: Esperanza desaparecida en Arabia Saudí, probablemente secuestrada o algo peor, las cuentas de la carnicería que no salían y la tienda que iba mal, alguna que otra cosilla que no funcionaba, la Loca, que cada vez pasaba más tiempo vagabundeando junto a la acequia, por lo que él tenía que ir tras ella todas las tardes a ver por dónde andaba, ya que a veces se quedaba toda la noche fuera...

Así que de lo más profundo de su ser surgió la sensación de que tener a aquella comadre metijona rondando por ahí y lavándole el cerebro a su mujer, era más de lo que podía soportar. Era probable que no hubiese sido de ella la idea de que Sofía se presentara para alcaldesa, porque nadie en su sano juicio se creería capaz de convencer a alguien de algo así. Pero allí estaba, venga incitar a Sofía, probablemente con la intención de persuadirla de que lo echara a él de casa. Y entonces, de repente, Domingo dijo:

—En boca cerrada no entran moscas.

Soltó de manera brusca aquel refrán como respuesta, pero sin mirar a la comadre, como si lo dijera por decir, tal como había hecho ella.

Desde luego, la metijona captó la indirecta y comprendió que le habían dicho claramente que cerrara el pico. Pero ¿por qué iba a hacerlo?, pensó. ¡La pobre Sofi necesitaba que alguien la defendiera de vez en cuando! La comadre se quedó al lado de la cocina. Tenía los ojos bien abiertos y no había cerrado la boca, al contrario de lo que Domingo había sugerido, sino que la mantenía de par en par y, de hecho, parecía que acababa de tragarse una mosca.

Entonces le vino a la cabeza otro viejo refrán, uno de los favoritos de su padre, que en paz descanse, y esta vez se volvió y miró a Domingo a la cara. No se trataba de una indirecta, sino que se dirigió sin ambages a aquel sinvergüenza:

—¡Bocado sin hueso!

Con ello quería significar que Domingo era un gorrón.

—¡El mal vecino ve lo que entra y no lo que sale! —replicó Domingo, que conocía unos cuantos dichos útiles.

Pero también ella fue rápida en disparar:

—¡A quien mala fama tiene, ni acompañes ni quieras bien!

—¡Cuerpo de tentación y cara de arrepentimiento!

—¡Serás payaso, pero a mí me entretienes!

—¡Basta! ¡Paren ahora mismito! —les gritó Sofi—.

¡Chingao! ¡Al paso que vais, peleándoos así acabaréis juntos en la cama!

No era ningún dicho, pero en realidad sonó tan sensato, que tanto Domingo como la comadre pararon en ese mismo instante.

La comadre se mordió el labio inferior, sorprendida por la acusación de Sofi. Sin embargo, era ella quien había empezado con las alusiones personales al mencionar el refrán que afirmaba que a la gente que tenía mala fama no había que acompañarla ni quererla bien.

También Domingo se había sorprendido a sí mismo por el modo en que había atacado a la comadre, en quien nunca había reparado hasta ese momento, y he aquí que le había dicho cosas como que tenía un cuerpo de tentación y una cara de arrepentimiento. Miró a Sofi con una expresión de disculpa y frustración a la vez, y abandonó la estancia. Un segundo más tarde las mujeres oyeron el ruido de un portazo, seguido del acelerón de la furgoneta que se alejaba por el camino, y Sofi no volvió a ver a Domingo hasta el día siguiente.

—Lo siento —se excusó rápidamente la comadre directora de la campaña.

—No pasa nada —respondió Sofi—, tenemos muchas cosas por hacer, así que echemos pelillos a la mar y vayamos al grano.

Y eso fue lo que hicieron.

Ahora bien, para remontar una región tan deprimida económicamente como lo estaba la de Sofi y la comadre, sería de veras preciso algo más que los deseos y los sueños de una alcaldesa autoproclamada y la metijona comadre directora-asistente de la campaña. Así que ambas mujeres se tomaron en serio la campaña y pasaron meses recorriendo la región para hablar con los vecinos, con los feligreses, con la gente en las escuelas, con los miembros de la YMCA local y de otros lugares importantes a fin de conseguir ideas y ayuda; y, poco a poco, la gente empezó a responder a la campaña de Sofi, aunque no la reconociera como alcaldesa ni como a la salvadora de Tome.

Hubo muchas reuniones en la comunidad para analizar algunos proyectos que pudieran ayudar a obtener, de la mejor manera posible, alguna forma de autosuficiencia económica para la región, antes de que algunos dieran con un plan que finalmente puso a todos en acción. Después de las palabras serían necesarios muchos años de esmero y firmeza para alcanzar sus propósitos, pero los vecinos de Sofi se embarcaron al fin en un proyecto ambicioso, que era el de crear una empresa de pastoreo de ovejas y tejidos de lana, llamada Cooperativa de Ganados y Lanas, que seguía el modelo de una que había iniciado un grupo del norte y que había salvado a su comunidad de la miseria.

Cada uno de los pasos necesarios para llevar adelante la cooperativa exigió mucho tiempo y esfuerzo, pero, además, no sólo hubo que cambiar la mentalidad de todos aquellos que se mostraban reticentes al plan, sino, sobre todo, alterar por completo su forma de pensar a fin de que fueran capaces de llevarlo a cabo. Al principio, la gente se sentía nerviosa, y no sin razón. Para empezar, el gobierno no disponía de dinero para enviarles, de modo que no podían contar con nadie. Pero finalmente hubo un debate cuyas conclusiones fueron que o bien lo hacían todos juntos, o bien nadie hacía absolutamente nada.

A los vecinos que habían heredado tierras de los antepasados y ya no las cultivaban ni utilizaban para nada, debido sobre todo a la pobreza, se los convenció de que las vendieran o canjearan por algún servicio como pago a aquellos que no tenían y que, sin embargo, podían trabajarlas. Por medio del trueque la gente consiguió que le arreglaran todos los aperos maltrechos, las casas, los aparatos domésticos, los coches y las furgonetas.

Capacitados o no como rancheros, muchos empezaron a trabajar de algún modo para la cooperativa; aprendieron el modo de apacentar ovejas, limpiar y tejer la lana, administrar la cooperativa o vender lo producido. En los primeros años de la empresa el desempleo había sido verdaderamente alto, así que en ningún momento hubo escasez de voluntarios.

Dos años después de que la empresa de pastoreo de ovejas entrase en funcionamiento, un primer grupo de doce mujeres creó la cooperativa del tejido de lana. Finalmente, el negocio llegó a constituir el modo de vida de más de dos docenas de mujeres. Como propietarias de su propio negocio de tejido de lana, realizaban un trabajo con el que podían contar y del que, además, se sentían orgullosas. Las que eran madres no se preocupaban demasiado por sus bebés y las niñeras, porque podían llevar a los 'jitos con ellas al trabajo.

Para algunas mujeres, la mayor ventaja que supuso la cooperativa de tejido fue el acuerdo al que consiguieron llegar con el instituto de la localidad. Debido a la amplia serie de conocimientos que habían adquirido gracias a dirigir su propio negocio, aquéllas que estuviesen interesadas podían prepararse para un examen y por consiguiente, llegar a obtener un título académico en administración de empresas o en bellas artes. ¡Y la cuestión era que limpiar las casas de los ricos o servir mesas en los restaurantes jamás les habría brindado esa oportunidad!

Por lo que se refiere a Ganados, la parte de la empresa dedicada a la cría de ovejas, resultó que la carne sin hormonas tenía una demanda creciente.

Para los vecinos de Sofi, la creación de esta cooperativa constituyó un desafío extraordinario. El primer año fue especialmente duro, porque perdieron muchas de las ovejas a causa de una serie de catástrofes, primero una tormenta eléctrica y después los repetidos ataques de los coyotes. Pero aun así siguieron adelante, si bien al principio con tanteos y errores, porque permanecer en su tierra y trabajarla, como habían hecho sus familias generación tras generación, era el principal deseo de quienes se habían unido al proyecto, que se había convertido en el sueño de todos.

Algunos vecinos empezaron a cultivar vegetales orgánicos. De esta manera, la mayoría de la gente tenía acceso a comida de escaso coste y sin pesticidas, además de que obtenían hortalizas que envasar para sus familias.

La Cooperativa de Ganados y Lanas ocupaba tanto tiempo a Sofi, que no tardó en decidirse a vender la carnicería Buena Carne, a partes entre los vecinos, quienes crearon una cooperativa de alimentación. De este modo, también los vecinos menos afortunados, e incluso los no tan desafortunados, como el mister Charles Pavo Real, que se encargó de la dirección de la cooperativa de alimentación, pudieron disfrutar de una dieta más sustanciosa que la que tenían antes, cuando compraban los productos caros y malsanos del enorme supermercado de los grandes almacenes Los Lunas.

Años más tarde, una vez que Ganados y Lanas estuvo completamente establecida, se creó también una institución financiera de préstamo a bajo interés para sus miembros, de modo que todos aquellos que lo desearan y se sintieran motivados, pudiesen iniciar su propio negocio.

Hubo otros, además, que inspirados por el celo, la inventiva y el espíritu comunitario de los vecinos de Sofi, empezaron a trabajar en el problema de la droga, que se había abierto camino en las escuelas locales y los vecindarios de las inmediaciones, mediante la formación de una especie de SWAT para la detección de estupefacientes. Y si bien es verdad que el problema no quedó totalmente solucionado, también es cierto que se salvaron algunas vidas gracias al celo, la inventiva y el espíritu comunitario de aquella especie de SWAT.

Con el paso del tiempo la moral de Tome había subido y la mayoría de los vecinos de Sofi estaban interesados en contribuir de algún modo a la mejora de la comunidad. Y a pesar de que los residentes locales descubrieron enseguida, o quizás hubo quienes lo supieron desde un principio que objetivamente no podían acudir a Sofi —quien indiscutiblemente había sido la promotora de todo aquello— con todos sus problemas, el título de alcaldesa se estableció de un modo informal, con todos los respetos.

La alcaldesa Sofía, entretanto, había conseguido por medio del trueque que le arreglaran la mayor parte de las cosas que tenía estropeadas, incluida la Singer. Huelga decir que esto incomodó enormemente a Domingo, pues sabía que si no contribuía al mantenimiento de la casa con algo que mereciese la pena mencionar, tarde o temprano le soltarían una sarta de reproches por su consabida holgazanería. Fue incapaz de encontrar un hueco en la Cooperativa de Ganados y Lanas, ni en ningún otro lugar.

Así que sin decir nada, excepto algunas palabras a la Loca, que de todos modos no las agradeció, hizo el equipaje y se marchó a Chimayo a reanudar el proyecto de la constitución de la casita de adobe para la Caridad. Caridad había vuelto al cámping de caravanas de doña Felicia y no había preguntado ni una sola vez por su casita inacabada de Chimayo, porque ése era el modo de ser de la Caridad, pero Domingo se lo había prometido, y a pesar de que había sisado ya una buena parte de las ganancias de la lotería que supuestamente debían ir a parar a los constructores, aún tenía dinero suficiente para comprar los materiales necesarios.

Había decidido que él mismo la acabaría. Él mismo instalaría las cañerías, valiéndose de un manual, y encontraría una bañera con patas en forma de garra, en Dixon, y un fregadero con grifos de bronce, en Española. El revoque de barro no tendría por qué hacerlo solo, siempre encontraría alguien dispuesto a echar una mano a cambio de una buena cerveza y de esta manera, por medio de su propia perseverancia, su ingenio y algo parecido al espíritu comunitario, acabaría la casa de su 'jita.

En seis meses el proyecto estaría terminado, y tras haber hecho gala de su verdadera fortaleza, Domingo esta vez le preguntaría —no a Sofi la Bobita, sino a la alcaldesa Sofi, de Tome— si podía regresar a casa.

*10.   Donde Sofía descubre que la compañera de juegos
de la Loca tiene un parecido sobrenatural con la legendaria Llorona; del regreso ectoplasmático de la hija
mayor de Sofi; del nuevo amor de Fe, y de algunos consejos culinarios de la Loca.*

Cierta tarde de junio, alrededor del mediodía, se alcanza-
ron los treinta y tres grados de temperatura, pero a partir
de ese momento iba a ser mejor olvidarse de los termó-
metros. La Loca, incapaz de aguantar el calor en el interior de la casa, tanto si el aire acondicionado iba a toda
máquina como si no, buscaba al menos un poco de consuelo a la sombra de un álamo cercano a la acequia que
había junto a la casa de su madre. A veces, alguno de los
perros, o un caballo, con la lengua hasta el suelo e incapaz
también de aguantar aquel calor, iba a hacerle compañía.

Últimamente, y de forma espontánea, además, se le
había unido en su cobijo a la sombra un extraño pájaro
con enorme cola color azul turquesa que abría a su anto-
jo y que semejaba el abanico español que su madre
usaba para darse un poco de aire cuando se sentaba en el
porche delantero. La Loca se escondía en cuanto veía
que el dueño del pájaro de la cola en forma de abanico
acudía a buscarlo y le decía cosas como: «¡Así que aquí
estabas, pájaro malo!», o: «¡Tu esposa ha estado buscán-
dote por todas partes!»

Más tarde, en una ocasión en que oyó por casualidad a su madre y una comadre hablar sobre el pájaro de la gran cola en forma de abanico, se enteró de que se llamaba pavo real. La comadre dijo eso mismo, «pavo real», lo que significaba que no era una especie extraña de pájaro, sino uno nacido de la realeza. Y ese pájaro noble era, en efecto, la cosa más espléndida sobre dos patas que la Loca había visto jamás.

Loca intentó trabar amistad con él. Imitaba los andares del pavo real y procuraba emular los sonidos que emitía, pero él no la siguió en ninguno de sus juegos, no porque fuera estúpido como las gallinas o intratable como los gallos, sino, concluyó la Loca, porque, sencillamente, no era un imitador. O tal vez estuviese demasiado ocupado en escapar de su dueño para dejar que Loca lo distrajera.

La acequia era el punto más lejano de la casa hasta el que la Loca se había desplazado en la vida, y el lugar donde jugaba y se escondía desde que había aprendido a andar. Por consiguiente, amaba y conocía todo lo que a ella se refería. Conocía su naturaleza sosegada en verano, su frescura en primavera, y no le desagradaba en invierno, cuando casi todo el tiempo las aguas fangosas estaban heladas. Era su propio lugar, su sitio para vivir, hasta que lo invadió el pavo real, que al parecer se sentía tan dueño como ella de la acequia.

A veces, algún vecino veía por allí a la Loca y pensaba que se había extraviado. La mayoría confundía el que a ella le resultase difícil relacionarse con la gente, con simple bobería. Ninguno se daba cuenta de que la Loca era muy consciente de su entorno y de todo lo que sucedía fuera y lejos de la casa de Sofi. Y no sólo de eso, sino de que podía llegar a ser muy hábil a la hora de manejar acontecimientos que nadie habría tenido la paciencia ni, desde luego, la capacidad de aguantar.

Se había criado en un universo de mujeres que habían salido al vasto mundo para regresar decepcionadas, desilusionadas, destrozadas y que, a la larga, ni siquiera habían vuelto. No se arrepentía de no formar parte de aquella sociedad, a la que nunca había encontrado utilidad alguna. En casa tenía todo lo que necesitaba. El cuidado y el amor de la madre y las hermanas que, cada una a su manera, habían mostrado cariño y preocupación por ella, y por quienes ella, a cambio, había mostrado los mismos sentimientos. Incluso el hombre que había venido a quedarse —de quien su madre decía que era su padre, el que las había abandonado cuando ella era un bebé, antes de que muriera, y que realmente olía a infierno, que se entretenía con sus partidas de cartas y trucos baratos de magia que a la Loca le parecían, sin embargo, extraordinarios—, incluso él, a su manera, le proporcionó felicidad, y por eso le dio cabida en su mundo.

Aunque Caridad no era la hermana a la que más quería, sí era a la que quería del modo más tierno. Caridad, al contrario que don Domingo —quien siempre olía igual por mucha loción para después del afeitado que se pusiese—, ya no despedía aquel aroma a infierno. En lugar de eso, ahora sus manos y su aliento olían a laurel y a salvia. Los ojos y la voz le olían de una manera triste, pero siempre tranquilizadora, como una nana sin letra. Sin embargo, Loca nunca habló de eso con nadie, ni de que la presencia de su hermana le gustaba cada vez más, porque por encima de todo sabía que nada tan exquisito podía durar mucho tiempo en la vulgaridad del vasto mundo.

Loca, lejos de ser una inocente, como algunos de sus tontos vecinos creían, era, entre otras muchas cosas, una experta jinete. Había adiestrado a todos los caballos desde que fue lo suficientemente alta para montar en ellos sin ayuda de nadie. Su favorito era uno árabe, con el pelaje negro y gris; ella había ayudado a la madre a traer- lo al mundo, y era su mejor amigo. Lo llamó *Gato Negro*.

—¿Por qué demonios tienes que llamar gato a un caballo? —había preguntado don Domingo la primera vez que oyó a la Loca pronunciar el nombre del animal.

—Yo no llamo gato a *Gato Negro* —replicó ella, mientras le acariciaba con cariño la crin de tonos sal y pimienta al tiempo que le daba zanahorias.

—Has llamado a ese caballo *Gato*... —dijo Domingo, y rió, tan irritado por la Loca como por las otras extra- ñas y prodigiosas mujeres de aquella casa, a quienes no había visto en veinte años. Nunca sabría cómo habían llegado a convertirse en lo que eran.

—Lo he llamado *Gato Negro*. Nunca he dicho que fuera un gato —dijo la Loca con ese tono precoz tan suyo, que a veces resultaba encantador y otras ponía los nervios de punta a la familia. Su padre se levantó y se marchó. *Gato Negro* era casi todo negro, y tenía esa mirada fija de los gatos cuando se disponen a atacar o creen que van a ser atacados y se preparan para ello. Llamarlo *Gato Negro* no tenía nada que ver con aquello, obviamente, porque todo el mundo sabía que los caballos no eran animales que atacaran.

—¿Dónde está la Lo_____ , ma_____? —preguntó Fe al entrar una de esas tardes calurosas, cuando Loca estaba junto a la acequia. Los miércoles, Fe salía de su trabajo en la caja de ahorros a las tres de la tarde, y a veces pasaba a ver a su madre, quien, ahora que varios voluntarios de la comunidad atendían la carnicería, algu- nos días estaba en casa.

Poco después de su... digamos recuperación, la Fe se había marchado de casa. Alquiló un apartamento pequeño con una compañera, una gringa que también trabajaba en el banco. Su madre no quería que dejara de esa manera el hogar, porque aún no era la mujer organizada que había sido antes de sus crisis por lo de Tom, pero Sofía comprendió que la Fe intentara con todas sus fuerzas sacar algo de todo aquello y convertirse en alguien independiente, de modo que no hizo nada por evitar que la tercera de sus hijas se marchara.

Caridad se fue. Esperanza se fue. Luego se fue la Fe, y su partida resultó premeditada y sin incidentes notables. Sencillamente, respondió a un anuncio del tablón que había en la salita de los empleados: «Mujer no fumadora busca compañera mismas condiciones para compartir gastos. Cerca de la Caja de Ahorros de Tome». A principios de mes, Fe trasladó unos cuantos objetos personales al apartamento de dos habitaciones y se instaló allí.

A Sofi le parecía un poco raro, pero Fe no recordaba absolutamente nada, ni un solo detalle, de lo ocurrido después que recibiera la carta en que Tom le anunciaba que no se casaría con ella. Fe creía que había soñado consigo misma, como si, con la boca abierta de par en par y los ojos fuera de las órbitas, hubiera quedado atrapada en aquella mina fantasmal de la que su abuelo Cresencio solía hablarle cuando no era más que una niña.

El padre de su padre, el abuelo Cresencio, tenía alrededor de diez años cuando llevaba a pastorear el rebaño de ovejas de una familia rica de Tome. Un día, descubrió la entrada de una mina. Encontró una pala, un zapapico y otras herramientas de minero. Se quitó el pañuelo rojo que llevaba atado al cuello y lo colocó en la entrada, debajo de una piedra, para señalar el lugar, porque hasta ese día el muchacho nunca había tenido noticia de que existiese una mina como aquélla. Esa misma noche el pequeño Cresencio se lo contó todo a don Toribio, el hombre para el que trabajaba, y al día siguiente ambos fueron en busca de la mina. Pero a pesar de que recorrieron toda la zona donde él creía que estaba la entrada, no encontraron absolutamente nada.

—Juan Soldado custodia la mina de oro —susurraba el abuelo Cresencio a las niñas.

—¿Quién es Juan Soldado, 'buelo? —preguntaba Esperanza, porque era la mayor y por lo tanto se suponía que no tenía miedo.

—Juan Soldado era un soldado español, y ésa era una mina de oro. Quedó atrapado en ella, y murió. ¡Ay, esos gachupines! Eran realmente codiciosos. Así que a pesar de que Juan Soldado murió, nunca quiso que nadie encontrara su oro. De modo que guardó la entrada como un secreto.

»Mucha, muchísima gente la ha visto a lo largo de los años, igual que me ocurrió a mí, pero cuando vuelven con ayuda, preparados para entrar, ya ha desaparecido.

Fe se había extraviado en la mina de oro de Juan Soldado que había en su propia cabeza. En la oscuridad de esa mina llamaba a Tom, y no oía más que su propio eco, que volvía a ella una y otra vez y nunca traía respuesta de su amado, quien seguramente también andaría perdido por allí, según estaba convencida. Iba y venía de esos momentos en que sospechaba que Tom se encontraba tan desorientado como ella, o quizás incluso más, porque aun cuando siempre había considerado que lo que sentía por él era auténtico amor, Tom nunca le había parecido demasiado inteligente.

En otras ocasiones (y éstas eran las más insoportables), Tom ni siquiera existía, probablemente jamás había existido, y, de hecho, seguramente no era más que un personaje del folclor local, como Juan Soldado. Y en lo que podríamos llamar con justicia los momentos más tenebrosos, Fe sospechaba que Tom, al igual que Juan Soldado, que defendía con ferocidad el hallazgo de su mina de oro, había hecho desaparecer a propósito el camino hasta su mezquino corazón, para que ella jamás volviera a encontrarlo.

En las cavernas interiores de su propia mente, en las que Fe se había extraviado, no podía aceptar el amor perdido. Ella había gozado en una ocasión del fervor de Tom y volvería a encontrarlo, aunque le llevara cien años. Aunque tuviera que buscar eternamente a través de una oscuridad viscosa, recuperaría al Tom que la había amado para materializarlo otra vez como su novio, vestido con aquel esmoquin que él había querido alquilar para la boda. Le escribiría otra carta con letra clara que eliminaría la anterior: «Amor mío, lo siento, perdóname, acéptame de nuevo y yo sabré resarcirte por todo».

Escribió mentalmente esa carta imaginaria una y otra vez, siempre que la asaltaba esa imagen de sí misma con los ojos desorbitados y la boca abierta de par en par, al tiempo que de lejos, de muy lejos, le llegaba el llanto escalofriante de una mujer atormentada... Y todo esto no constituye más que un vislumbre de lo que la obstinada Fe debió de sufrir durante el tiempo de su... llamémosla enfermedad, que para ella era el recuerdo de exactamente eso, una enfermedad, mientras que el resto de la familia, a sus espaldas, se refería a aquella época como el tiempo del Gran Grito.

—¿Qué hace la Loca___hí___fue___? —le dijo Fe a su madre, que acababa de entrar en la cocina. Sofía se acercó a la ventana y se quedó al lado de Fe, para ver a qué se refería. Y allí estaba la Loca, junto a la acequia, y a pesar de que no lograban divisarla con claridad les pareció ver que estaba dando vueltas, a gran velocidad, alrededor del álamo. Loca llevaba unos tejanos cortados y una camiseta e iba descalza, como siempre. Giraba a un ritmo vertiginoso, miraba hacia el suelo y al parecer estaba angustiada por algo.

—¡Uf! Mamá, haz que pa___ —se quejó Fe, y dio gracias a Dios que nadie más pudiera ver cómo la Loca se ponía en ridículo, como de costumbre.

—Ya está bien, Fe —le dijo Sofía a la Gritona—. A lo mejor a tu hermana se le ha perdido algo por ahí...

—¡Pero, mamá! ¡Si pare___hámster___una noria!

Sofía dirigió a Fe una mirada de reproche y salió a llamar a la Loca desde el porche delantero.

—¡'Jita! ¿Qué te pasa? ¡Ven aquí! ¡Te va a dar una insolación!

Pero la Loca no se detuvo, sino que siguió dando vueltas y más vueltas, hasta que Sofía fue hacia ella para pararla. Pero en cuanto la tuvo cerca vio que la Loca no sólo estaba trastornada, sino que parecía aterrorizada. Tenía las mejillas enrojecidas, sucias y bañadas por las lágrimas. La Loca tendió los brazos hacia su madre, contenta de que alguien la rescatara de su inacabable rotación.

—Vamos, 'jita, ven —dijo Sofía a su hija, y caminaron cogidas del brazo hasta la casa.

Una vez dentro, Sofía hizo que la Loca se sentara, para calmarla, pero Fe, que nunca mostraba un ápice de compasión para con su hermana, empezó a importunarla.

—¿No te ____dado cuenta____ya____una mujer? —y luego añadió—: Todo____ya no___gracia. Esa mane____tuy____de compor___. ¿Y por___no llevas ___zapatos? Te has librado___ la____ de ir a la escuela. Muy bien, _____ demasiado inteligente por tu parte ____ replantearas, pero ¿hasta cuándo _____ va ____ esta comedia, Loca?

La Loca miraba a Fe como si no tuviera la menor idea de lo que le decía, y es que, en efecto, no entendía por qué Fe le decía todo lo que le decía.

Sofía miró de soslayo a Fe, quien en ese momento y en opinión de la madre, se había ganado más que nunca el apodo de Gritona.

—Ya te lo dije antes, Fe. ¡Basta! Tú no eres nadie aquí para hablar de que una mujer está tocada de la cabeza. ¡Tú eres la única que no estaba en sus cabales cuando tu novio cortó contigo! ¡Como si fuera el primer hombre en el mundo que se raja ante una mujer! Tuviste suerte de que mostrara sus cartas y te dejara antes de la boda, y no después. Si no fuera por tu hermana pequeña, habría tenido que meterte en alguna clase de hospital, ¡algo que, además, no podía permitirme! Ella es quien te dio de comer, quien te lavó, te peinó y evitó que se te formaran llagas de estar tanto tiempo en la cama. ¡Sí! ¡Llagas, llagas! ¿Qué te parece? ¿Eh?

Fe se estremeció.

—En aquella época, tu hermana, la Caridad, estaba medio muerta —prosiguió Sofi, que se sentía bien al decir todo aquello, ya que hacía tiempo que la Fe se merecía una reprimenda—. Dios sabe que yo ya no podía cargar con tanto peso, y de no haber sido por esta pobre criatura aquí presente, a quien absolutamente todo el mundo sin excepción menosprecia y considera una retrasada, aunque sea mucho más inteligente que la mayoría de la gente que conozco, no sé qué habría hecho contigo.

»No quiero volver a oír que le hablas con ese tono. Ésta es su casa. También la tuya, pero tú elegiste marcharte y ahora estás aquí de visita. Así que respétala cuando vengas, ¿me has oído bien? —Sofi miraba a Fe a la cara y esperaba a que esa hija suya, que desde el mismísimo nacimiento se había comportado como si fuera una descendiente directa de la reina Isabel, se atreviera a responder.

Entretanto, Fe no había podido hacer otra cosa que parpadear a fin de contener las lágrimas que le había provocado el desafío de su madre. La verdad era que Sofi había cambiado durante ese último año. Nunca antes le había levantado la voz de esa forma a ninguna de sus hijas, pero desde que se había convertido en la alcaldesa de Tome, aun cuando no se tratara de algo oficial (si a eso vamos, tampoco lo era el ayuntamiento del pueblo, ya que no estaba legalmente constituido), ya no había nadie capaz de impedirle a la madre de Fe que expresara sus opiniones con una franqueza total.

La piel clara de Fe (aunque no era tan blanca como ella misma creía) se había puesto, a causa de la regañina de la madre, roja como un pimiento. Nadie le había hablado jamás de cómo se había comportado durante la larga pausa entre la carta de Tom y la noche en que se sintió como si hubiese superado un estado febril para encontrarse abrazada a su hermana Caridad.

Ella pensaba que ambas habían sufrido a la vez la misma enfermedad atroz, como una gripe asiática o algo parecido, y que ésa era la razón por la que habían permanecido encerradas en la misma habitación. Incluso el haber salido de todo aquello con las cuerdas vocales dañadas lo atribuyó, equivocadamente, a la enfermedad, que debía de haber sido terrible, dado que en casa nadie quería hablar nunca de ella y por eso, finalmente, tuvo que buscar por sí misma un nombre con que designarla.

Los compañeros del trabajo, al parecer, tampoco querían hablar del tema. Daba la sensación de que algunos incluso se sentían incómodos al saludarla después de tan larga ausencia. Pero si alguien le preguntaba qué le había ocurrido, la engreída Fe no parecía turbarse en absoluto. Miraba a la cara a quien hubiese hecho la pregunta, más convencida que nunca de su imagen intachable, y respondía: «Sarampión de adultos».

—¡Mamá! —la Loca empezó a llorar de nuevo.

—Dime, 'jita, ¿qué te ha disgustado tanto ahí fuera? ¿Es por alguno de los animales? ¿Se ha caído alguno de los animales a la acequia?

La Loca sacudió la cabeza y continuó sollozando. Por fin, respondió:

—¡La señora ha venido a decirme que la Esperanza ha morido, mamá!

—Ha muerto —la corrigió Fe, que se ganó otra mirada severa de su madre. Obviamente, Fe no se tomaba en serio casi nada de lo que la Loca decía, ni siquiera una noticia tan terrible como la de la muerte de su hermana, que había desaparecido en el golfo Pérsico hacía un montón de meses. Lo más parecido a una respuesta que la familia había recibido en todo aquel tiempo por parte de los militares era la de que Esperanza y sus colegas seguramente habían sido secuestrados tras acercarse en exceso a las líneas enemigas.

—¿Qué señora, 'jita? ¡Dime! ¿Había alguien ahí fuera, alguien que ha venido a verme, del ejército o de donde sea? —preguntó Sofi, alarmada.

—No, ha venido a verme a mí. No sé su nombre, es la señora del largo vestido blanco... —dijo la Loca. Miró con timidez a Fe, que estaba detrás de su madre; esperaba que su hermana la reprendiera por decir sandeces, aunque las sandeces fueran verdad, ya que la Loca no sabía mentir y lo que en otros podía atribuirse a la imaginación, en el caso de ella no era ni más ni menos que lo que había ocurrido, gustase o no.

Sofía tragó con dificultad. Sentía un nudo en la garganta, pero, con un ligero gesto de la barbilla, le indicó a la Loca que siguiera adelante.

—No se ha quedado mucho tiempo, pero ha venido hace apenas un ratito y me ha dicho que Esperanza nunca volverá porque la han matado en aquellas tierras. Tor... turado, eso es lo que ha dicho.

—¿Quién te ha dicho eso tan horrible, 'jita? Dime, ¿quién es esa señora? —imploró Sofi, al tiempo que asía a la Loca por los hombros. Pero lo único que consiguió con su actitud fue trastornar aún más a su hija, que empezó a gimotear otra vez.

Y así fue cómo Sofi se enteró de que, en efecto, la mayor de sus hijas había sido asesinada. Aunque la carta oficial que dos semanas más tarde le entregaron los dos soldados rasos del ejército no añadía ninguna clase de detalle. Esperanza había seguido desaparecida durante meses, bastante después de que acabase aquella guerra que había sido atroz a pesar de su brevedad. Todo el mundo conocía los hechos, porque había salido en las noticias. En la carta oficial del ejército se decía que, a través de fuentes que no estaban en condiciones de revelar, habían podido confirmar que Esperanza y sus colegas estaban muertos.

Esperanza había muerto como una heroína americana, decía la carta. A pesar de que se trataba de una ciudadana civil, el ejército había intercedido en su favor y finalmente Sofi viajó a Washington, D.C. para recibir la condecoración póstuma con la que habían distinguido a su hija.

La gente de Washington, D.C. sabía muchas más cosas de las que nadie llagaría a saber jamás respecto a lo que les había ocurrido a Esperanza y los demás reporteros con quienes se encontraba, y aunque los oficiales del ejército aseguraban que sabían con seguridad que estaba muerta, también afirmaban que no habían podido dar con sus restos a fin de devolverlos a casa.

Sofía y Domingo se habían trasladado a la capital en tres ocasiones para hablar con los funcionarios. Todo gracias a los vecinos, que habían ayudado a reunir el dinero para cada uno de esos viajes. Primero los enviaron a un funcionario, después a otro. Todo el mundo en Washington parecía compadecerlos, pero nadie tenía una explicación. Los padres de Esperanza regresaban cada vez más frustrados y tristes de lo que estaban antes de marcharse. A pesar de que en el fondo de sus corazones nunca renunciaron al anhelo de encontrar los restos de su hija, el hecho es que, sin tener a nadie lo bastante importante de su parte que los ayudara, el cuerpo desaparecido de Esperanza se convirtió en un misterio.

Lo que también queda por averiguar todavía es la identidad de la misteriosa señora que se había presentado ante la Loca para decirle qué había sido de su hermana.

Una mujer que todo el mundo conoce, que ha existido bajo muchos y muy distintos nombres, que ha llorado la muerte de miles de personas, pero que finalmente ha sido relegada a una especie de mujer-fantasma con que asustar a los niños para que se porten bien y no se alejen demasiado de los ojos vigilantes de las madres.

Pero a la Loca nadie le había contado la leyenda de la Llorona. La Llorona había recorrido en viaje astral México Viejo de un extremo a otro, y luego Estados Unidos, y en realidad todos los lugares donde vivía la gente de su pueblo, siempre sollozando, en busca de sus hijos, a quienes había ahogado para escaparse con su amante. Por eso, Dios la había condenado a vagar eternamente por la tierra.

Por regla general a la Llorona se la veía por las noches, junto a grandes extensiones de agua, que la atraían. A Sofi nunca le había gustado demasiado la idea de una mujer que sollozaba constantemente y sufría por toda la eternidad el castigo de Dios, y por eso no había contado a sus hijas aquella historia. Además, si la Iglesia enseñaba que cuando la gente moría todas las almas debían esperar hasta el día del Juicio Final, ¿por qué la Llorona había recibido tan pronto su castigo? Cuando era niña, cada vez que su padre le contaba aquella pavorosa historia antes de que se durmiera, Sofía solía hacerse esa pregunta. Al contrario que su hermana, Sofía no tenía ningún miedo de ir a nadar sola al río y tampoco le importaba que la acequia estuviera cerca de su casa. En otras palabras, que no creía en la Llorona.

—¡Ay, ay, ay! Dios te va a castigar por eso —le advertía su hermana.

La tierra era vieja y las historias aún más viejas. Del mismo modo que los países cambiaban de nombre, así cambiaban los nombres de sus leyendas. Tiempo atrás, la Llorona habría sido Matlaciuatl, la diosa de México, de quien se decía que atacaba a los hombres adoptando la forma de una vampiresa. O tal vez habría sido Ciuapipiltin, la diosa de la amplia túnica, que robaba bebés de las cunas y dejaba en su lugar una espada de obsidiana, o quizá Cihuacoatl, la patrona de las mujeres, que murió durante el parto y siempre gemía, lloraba y se lamentaba en el aire de la noche. A esas mujeres se les consagraban algunos días, y era precisamente entonces cuando descendían a la tierra para aparecerse en una encrucijada y resultaban funestas para los niños.

La madre de su madre provenía de México Viejo, y Sofi sabía algunas cosas acerca de la antigüedad de esta historia, pero sobre todo sabía lo que le había contado su padre, es decir, que la Llorona era una mujer mala que había abandonado marido y hogar, que había ahogado a sus hijos para escaparse, que había tenido una vida pecaminosa y Dios la había castigado para toda la eternidad. Ella se negó a repetirle a sus niñas aquella pesadilla.

Sofía no había abandonado a sus hijitas y, desde luego, no las había ahogado para escaparse con nadie. Al contrario, era ella quien había sido abandonada y quien había tenido que criar sola a las niñas. Y toda la vida había tenido cerca al menos a una mujer como ella, una mujer sola, o viuda, o abandonada, o divorciada, que había tenido que criar sin ayuda a sus hijitos, y ninguna de ellas había intentado nunca ahogar a sus bebés.

Claro que en una ocasión se había enterado de algún

caso parecido a ése, en el periódico o quizás en la radio, y no encontraba excusa alguna para una mujer así. Pero una madre no era más que un ser humano, y en un momento dado cualquiera que se sienta acorralado como un animal es capaz de devorar a sus hijos para salvarlos, por decirlo de algún modo.

A Sofía no le gustaba pensar en esa clase de cosas, y por eso no quería pensar en la Llorona. Pero ¿cómo se habría enterado la Loca de su existencia?

—Viene a verme desde que yo era una niña, mamá —dijo la Loca, como si contestara a los pensamientos de Sofi—. Y hoy me ha dicho que Esperanza ha morido. Quería que tú lo supieras, Esperanza quería que tú lo supieras.

Entonces, como si le hubieran propinado un golpe en la espalda con un bate de béisbol y con ello le hubieran quitado el aliento, Sofi tropezó con el sofá y se desplomó sobre él. Fe intentó reanimarla, luego la abrazó hasta que volvió en sí y, cuando lo hizo, también Fe se sintió profundamente conmovida por la noticia de la muerte de su hermana, y las tres mujeres empezaron a sollozar y gemir como Cihuacoatls: se abrazaron y se lamentaron por la pérdida de la primogénita.

Pasó entonces algún tiempo, en realidad unos cuantos meses, lo cual resulta comprensible, antes de que Fe les diera la noticia con la que había aparecido aquella tarde aciaga, la noticia de que creía estar nuevamente enamorada, y que era absolutamente seguro que ella y su primo Casey ya no tardarían en fijar una fecha para la boda. Entretanto, puesto que se había marchado de casa de su madre y sabía que muy pronto tendría su propio hogar y, esperaba, también su propia familia, empezó a darse cuenta de que en lo que a cocinar se refería, apenas si sabía cómo hervir una olla de chicalotes.

Aunque la Loca, por muchas y variadas razones, no

estaba entre las personas a las que se habría dirigido para pedir instrucciones sobre nada en absoluto, fue precisamente a ella a quien buscó aquella tarde para pedirle que le diera unas cuantas clases de cocina. Pero todo esto, como he dicho, quedó pospuesto, en efecto, y casi olvidado, después de que la familia de Esperanza recibiera el mensaje que ésta les había enviado por intermedio de la Llorona, esa viajera astral internacional chicana.

Pero, pensándolo bien, a quién mejor que a la Llorona podría haber encontrado el espíritu de Esperanza, a quién sino a una mujer que había recibido una dura reprimenda por parte de cada una de las generaciones de su gente desde el comienzo de los tiempos aunque, para la mente del espíritu de Esperanza, al principio la Llorona podría haber sido nada menos que una madre diosa entrañable (antes de que los hombres se metieran por medio). Así que era a ella a quien había enviado para dar la noticia a su querida madre, que vivía en Tome, consciente para entonces de que la Llorona había tenido trato desde siempre con su hermana menor, que se pasaba la vida vagando junto a la acequia. Y todo el mundo sabe que si alguien quiere encontrar a la Llorona tiene que ir a pasear a la orilla de un río o su equivalente más cercano, sobre todo cuando nadie merodee por allí. Por la noche.

Lugar donde, después de aquello y de cuando en cuando, solía verse también a Esperanza. Sí, sí, se la podía ver, y no sólo la Loca, sino también Domingo, que la divisó desde la ventana, a pesar de que no se atrevió a salir para llamar a su hija traslúcida. La primera vez que vio a Esperanza conversar junto a la acequia con la Loca y otra figura igualmente dudosa con un largo vestido blanco, sintió que los dedos con que sostenía las persianas venecianas al nivel de los ojos se le agarrotaban. Sofi lo encontró media hora después, quieto como una estatua, en esa misma posición y con la boca seca.

También Sofi vio a Esperanza en aquel mismo sitio. Y una vez, aunque al principio creyó que se trataba de un sueño, Esperanza se acercó a su madre, se tendió a su lado y se arrimó a ella igual que cuando era pequeña y tenía pesadillas iba en su busca para que la consolase.

Y, por supuesto, entonces Caridad, allí en el cámping de caravanas del South Valley, ya había tenido largas discusiones con Esperanza, aunque casi todas desiguales, sobre la guerra, sobre la política desencaminada del presidente: sobre cómo se había engañado al público acerca del montón de cosas que se ocultaban bajo aquel asunto de la guerra, sobre cómo la gente podía conseguir algún resultado si tomaba medidas, por ejemplo la de negarse a pagar los impuestos. Pero Caridad no entendía de política y tenía verdaderas dificultades para seguir a su hermana, así que, por lo general, se limitaba a asentir con la cabeza para no ofender a Esperanza con una actitud indiferente.

Ambas hablaban mientras Caridad «meditaba» en su cuarto. Doña Felicia, desde el vano de la puerta, no veía más que los labios de Caridad, que se movían de vez en cuando mientras mantenía la mirada fija en una jarra de agua.

—¿Por qué tu hermana no viene a hablar conmigo? —le preguntó doña Felicia a Caridad una mañana durante el desayuno—. ¡Qué sabelotodo era esa hermana tuya... y lo es todavía! ¡Sólo Dios sabe todo lo que yo podría contarle sobre las guerras y las injusticias que he presenciado!

Caridad no era la única que tenía un don singular que le permitía hacer de médium (o de transmisora, como la llamaban en Santa Fe). Era indiscutible que

185

también la Loca poseía algunas habilidades naturales casi tan notables como las de su hermana. Por ejemplo, ¿quién le había enseñado a adiestrar caballos? Había que admitir que parecía existir una conexión intuitiva entre la Loca y los animales, pero aun así, ninguna de las otras mujeres de la familia, ni siquiera su propia madre, montaba tan bien como ella.

¿Y quién demonios le había enseñado a tocar el violín?

Por no hablar de sus conocimientos acerca del cuerpo femenino. Nunca había traído al mundo a una criatura humana, pero lo sabía todo sobre el período de embarazo de una mujer. Tampoco tenía ningún libro cerca en donde pudiera haber aprendido de las fotografías, además de que no sabía leer demasiado bien y ni siquiera le gustaba. Y sin embargo había sido ella quien, en otros tiempos se había encargado de aliviar a Caridad de la carga de sus embarazos inoportunos.

Entre otras habilidades domésticas cultivadas por la Loca como, por ejemplo, el bordado, que le permitía regalar para Navidad unas fundas de almohada o unas ruanas preciosas, se encontraba la de la cocina, hasta el punto de que se había convertido en toda una manitas. Ya desde pequeña era la que se encargaba de ayudar a la madre a preparar el cerdo para la matanza, a desollarlo, destriparlo y asarlo al aire libre.

También era ella, entre las hermanas, la que se dedicaba a ayudar a la madre a preparar las conservas al final del verano. Juntas envasaban maíz, chiles, melocotones, grosellas, calabazas y tomates y ponían todo a hervir en una olla enorme sobre una cocina de leña que hacía muchos años la madre de Sofi había colocado precisamente para eso, ahí fuera, porque daba mucho calor.

Dado que la Loca no iba a la escuela y por lo tanto no tenía deberes ni por qué levantarse temprano, ni plancharse el uniforme para plisarlo, ni buscar una blusa limpia y blanca y unos calcetines que hicieran juego, cosas que sí tenían que hacer sus hermanas, se quedaba con su madre hasta que se ponía el sol, y dormía por las mañanas.

Por sobre todas las cosas, la Loca sabía cocinar. De hecho, era mejor cocinera que su madre, aunque casi todo lo que sabía lo había aprendido de Sofi, quien a su vez había aprendido todo lo que sabía de su madre, y así generación tras generación. De vez en cuando ocurre que un hijo supera el conocimiento y la destreza de un padre para hacer según qué cosas que le ha enseñado el propio padre. Ése era el caso de la Loca.

Lo que es verdad es verdad, y hay que creérselo. Y Fe finalmente recibió instrucciones culinarias de su hermana menor, la antisocial y permanentemente escrutadora Loca.

TRES DE LAS RECETAS FAVORITAS DE LA LOCA
SÓLO PARA ABRIRLES EL APETITO

—Si quieres ser una buena cocinera —dijo la Loca con tono solemne a su hermana (para quien, estaba segura, debía de haber resultado más que difícil reconocer no sólo que había algo en el mundo que ella no supiera hacer perfectamente, sino, lo que aún era peor, que hubiera una sola cosa que la Loca supiera hacer mejor que ella)—, lo primero que tienes que aprender es a ser paciente. —La Loca era de la idea de que siempre había que comenzar por el principio.

La mayor parte de las comidas contenía maíz, así que en primer lugar era necesario preparar el nistal, tras hervirlo en agua de cal hasta que se le saliera la piel. Luego se lavaba dos o tres veces; y si uno quería convertirse en un preparador meticuloso del maíz, debía proseguir con la siempre tediosa tarea de ir quitándole lo

187

negro con un cortaplumas, de ese modo, si uno iba a hacer tamales saldrían bonitos, limpios y pulidos.

Puesto que la Loca no poseía nada excepto tiempo, después de haberse ocupado de los animales se dedicaba a menudo a esta tarea, y por eso a la larga se ganó la reputación, en época de Navidades, de ser quien preparaba los mejores tamales en todo el condado de Valencia. Pero lo que la gente prefería sobre todas las cosas eran sus tamales especiales, que daban más trabajo aún, porque el maíz debía molerse en un metate de piedra.

—Ahora, otro gran secreto de nuestra cocina está, naturalmente, en la salsa de chile —dijo la Loca, la siguiente vez que Fe acudió a recibir su clase. La Loca había asumido en cierto modo una especie de actitud medio estudiada respecto a las clases de cocina y Fe no estaba segura de que le gustara aquel toque de engreimiento que la Loca combinaba con sus enseñanzas.

La mejor, o al menos la más sabrosa de las salsas de chile no se prepara con ají molido sino con ajíes enteros y secos, aunque la primera alternativa era también bastante aceptable y mucho más rápida, especialmente cuando alguien no tenía tiempo o paciencia para hacerlo bien desde el principio.

Después de elegir con atención los chiles (y dado que Sofía los cultivaba, la Loca tenía la suerte de poder hacerlo ella misma y no necesitaba ir al mercado a comprarlos), se quitaban el rabillo y las semillas y se raspaban los nervios. Luego, se desmenuzaban en una padilla, alguna sartén de hierro resistente, y se los cubría con agua. Se dejaban entonces empapar durante unos cuantos minutos y luego se trabajaban con las manos hasta que toda la pulpa carnosa quedara deshecha. A continuación, se tamizaban en un escurridor y se echaban en una padilla más grande que contuviera manteca de cerdo, un poco de harina ligeramente dorada, una taza de caldo de carne, un diente de ajo rallado, sal y una pizca de orégano.

Entonces ya se tenía todo lo necesario para hacer la carne adobada de la Loca Santa: durante dos días había que dejar que la carne de cerdo se empapara en la salsa mencionada (sólo había que añadir unos cuantos dientes de ajo), y al tercer día se cortaba la carne en trozos pequeños y se freía.

Otro plato que Fe tenía que aprender a preparar, sobre todo después de enterarse de que era el favorito de Casimiro, era el pozole. Primero, según le indicó la Loca, debía preparar el maíz de la misma forma que el nistal que le había enseñado a hacer para los tamales, ¡pero no debía molerlo! Por cada libra de cerdo estofado, había que hervir una taza de nistal hasta que el maíz estuviera medio hecho, y luego añadir la carne y el agua suficiente para que quedara todo cubierto. Entonces se dejaba cocer hasta que estuviese tierno. Entretanto se añadía sal, cebollita picada y dos chiles rojos enteros, sin olvidar haberles quitado el rabillo y las semillas, por supuesto.

Por entonces, una tarde, ambas hermanas y la madre hicieron una bandeja de bizcochitos, que aunque se estilaban más bien para las fechas navideñas, también eran una delicia para las bodas y demás fiestas. Los bizcochitos pueden ser galletitas españolas o galletitas mexicanas, depende de con quién se hable. Doña Felicia, por ejemplo, diría que se las inventaron las monjas mexicanas para complacer a algún oficial de la Iglesia, como había ocurrido con el mole. Sofía, por otra parte, creía en lo que le había dicho su abuela sobre su procedencia española. En cualquier caso, están hechas de sabrosa masa de pastelería, a la que debe añadirse polvo de hornear, azúcar para endulzarlo y —aquí está el truco, siempre hay algún truco, «ya lo sabes, Fe»—, un chorrito de anís.

Luego, se la coloca en una bandeja hasta que tiene un grosor aproximado de un centímetro. (La Loca no precisó tanto, por supuesto, pero me parece apropiado incluir las medidas específicas.) A continuación se corta en largas tiras horizontales de unos dos centímetros de ancho, y luego, en vertical, en piezas de seis centímetros de alto. Finalmente, se cortan unas tiritas finas, de más o menos tres centímetros de largo, y se enrolla cada una de las tiritas en forma de voluta; se cubre de azúcar y se hornea. (Doña Felicia diría que en México Viejo, esos pastelitos también se cortaban en forma de corazones y estrellas.)

Y mientras amasaban y horneaban, las tres hablaban como si fueran viejas comadres, y se reían de la harina que llevaban en la nariz y de la masa que se les había pegado en el pelo. Fue entonces cuando Fe habló realmente acerca de su nueva, veloz y seria historia de amor.

—¿Y cómo es posible que yo no supiera que el hijo de mi cuñado había regresado?

Fe se encogió de hombros. Estaba concentrada y procuraba formar con la masa una voluta perfecta. Su madre insistió:

—¿No le gustaba Phoenix, a Casimiro? Prácticamente se ha criado allí. ¿Habéis planeado volver los dos juntos pa' allá, 'jita?

—Mamá, aún no hemos hablado____ —dijo Fe, y se enjugó la frente con una manga, porque tenía las manos llenas de masa—. Casey dice que___ ____pelea con su padre y que _____trabajar más con él, así ____ decidió_____ aquí. Tiene ____de su familia, ____lo sé.

—Sí, yo también lo sé —dijo Sofi—. Y ahora que lo pienso tu padre siempre fue considerado la oveja negra de la familia, así que ya entiendo por qué perdimos el contacto con ellos después del funeral de la Loca. Fue todo un detalle que aparecieran, al menos mi cuñada lo hizo, con dos de sus hijitos, aunque no con su marido. ¡Sí, ahora me acuerdo! El pequeño Casimiro se pasó todo el sermón del padre Jerome fastidiándote con sus continuos pellizcos. ¿Te acuerdas, Fe? —Sofi hablaba con bastante alegría porque, desde luego, quería mostrarse contenta por la nueva relación de su hija, y sin pensarlo en absoluto, le dijo también a la Loca—: ¿Te acuerdas, 'jita?

La Loca no contestó sino que metió una bandeja llena de bizcochitos en el horno, y Fe le propinó a la madre un violento codazo, además de decirle mediante el movimiento de los labios algo que sólo Sofi podía captar: «La Loca estaba muerta. ¿No te acuerdas, mamá?» Sofi cazó el mensaje y de inmediato se sintió fatal por haber sido tan insensible con su hija. A continuación preguntó a Fe:

—¿Y cómo ha conseguido dar contigo?

—Pues bueno, entró _____banco un día para abrir___cuenta y ___estaba yo. Y allí ___él. Y el ___de la historia... pues que ___felices y _____perdices! —respondió Fe.

Y ojalá que ___sido verdad.

11.   Del casamiento de la leal hija de Sofía con su primo Casimiro, descendiente de pastores y contable prometedor, quien, según el decir general, era su verdadero amor predestinado; y de su muerte, que permanece entre todos nosotros con más peso que el aire.

En el «País del Encantamiento» corría el mes en que por todas partes huele a chiles asados. De todas las vigas de los portales colgaban ristras rojas y verdes, las había por los caminos polvorientos y en las entradas de las tiendas y los restaurantes, para dar la bienvenida a las visitas y para ahuyentar a los enemigos. Algunos muchachitos callejeros se colocaban a la puerta de los supermercados de la zona y hacían rodar a mano unos asadores de chiles que funcionaban con propano, y toda la gente que no poseía su propia cosecha hacía cola allí delante para conseguir chiles. Las mujeres los empaquetaban, secos, enteros y aderezados, para enviárselos a los muchachos destinados en Panamá, que añorarían su casa, y para los parientes viajeros en Wyoming y Washington, D.C., pero, sobre todo, para dar de comer a sus familias y congelarlos para el invierno.

Aquel mes del chile asado era también, precisamente, el mes que Fe había elegido para casarse —sí, casarse al fin—, no con ese cobarde de corazón marchito que había sido su primer novio, sino con su propio primo, Casimiro.

En los siguientes años, cada vez que el aire se llenaba del aroma penetrante y nostálgico de los chiles asados, no había nadie, entre todos aquellos que habían conocido a Fe, que no recordara que aquél era, por encima de cualquier otra cosa, el mes en que ella había muerto, justo después de su primer aniversario.

Sin embargo, eso no fue antes de que Fe consiguiera su largamente soñado lavavajillas automático, el microondas y el vídeo, que no habían sido regalos de boda (puesto que nadie pareció haber captado ninguna de sus insinuaciones... ni siquiera ésa, o tal vez era que no podían gastarse tanto), sino que se los había comprado ella misma, con el dinero que tanto le había costado ahorrar de todas las bonificaciones que había ganado en su nuevo trabajo.

Y fue precisamente ese trabajo lo que la mató.

Un año después de la boda todo había acabado, tanto los sueños como las pesadillas. Todo había terminado para aquella hija de Sofi que toda la vida había querido escapar de la casa deprimente de su madre, con ese olor a orina y aliento caliente de animal, y con esas cobijas y esos sofás que picaban porque estaban llenos de garrapatas y pulgas; esa casa donde la entrada y la salida de vecinos se había convertido en pura rutina desde que su madre fuera nombrada alcaldesa (lo cual, de paso, envió a la Loca a un exilio permanente, ya que se metía durante horas en los roperos y debajo de las camas o se iba a montar a *Gato Negro*, o a la acequia con su amigo el pavo real y en ocasiones a lugares que nadie conocía), y donde su manirroto padre, aunque en general era un cielo, nunca tenía un chavo y siempre intentaba convencer a Fe de que le extendiera un cheque o le diera su reloj, o el anillo de su graduación en el instituto, lo que fuera que tuviere encima que pudiera salvarlo de alguna deuda acuciante. A pesar de todo esto y de más aún, Fe no deseó ir a ninguna parte más que a casa de su madre, con la Loca e incluso con los animales, para morir justo antes de que cumpliese veintisiete años. El caótico hogar de Sofía se convirtió en santuario de ese mundo aún más incomprensible que Fe encontró el último año de su patética vida.

Y entretanto, la mayoría de quienes rodeaban a Fe no comprendían qué era lo que también a ellos estaba matándolos, lentamente, o no querían pensar en ello o, si lo hacían, de todos modos no sabían qué hacer al respecto y seguían tal cual, a pesar de las vacas muertas en los prados, o de las ovejas enfermas, y de que durante una semana, al final del invierno, cada mañana, al despertar, vieron que llovían estorninos. Los pajaritos caían muertos en pleno vuelo, y golpeaban los tejados como si fueran piedras de granizo gigantescas, se amontonaban en los patios y en las calles y a poco que uno se descuidara, le caían en la cabeza. Al contrario que en el caso de los abuelos y los bisabuelos, quienes creían que, a pesar de que la vida en el «País del Encantamiento» era dura, siempre tenía sus compensaciones, la realidad era que todo el mundo estaba atrapado en aquello en lo que se había convertido: el País del Atascamiento.

Pero ese mismo mes, un año antes, cuando todo el mundo asaba chiles y Fe tenía aún aquellos sueños de novia, de felicidad eterna y hacía planes diferentes de los que había hecho para esa otra boda en que iba a casarse con ya se sabe quién, el director del supermercado que todavía dirigía el mismo comercio a la salida de la autopista 25, la prensa local publicó una foto de compromiso en la que Fe salía en los brazos de su nuevo prometido, su primo Casey el Contable, y donde se anunciaba su boda inminente.

También tenía que verla ya se sabe quién, como a Fe le habría encantado, y fue gracias a la cajera, o por culpa de ella (eso depende de con cuál de los dos se hablase), que llevaba unos cuantos años con él y por lo tanto se acordaba de aquella ex novia suya, quien, en su opinión, había sido herida en lo más profundo.

Ya se sabe quién estaba ocupado con la máquina de granizados, que se había pasado el día repartiendo hielo sin sabor ninguno. El técnico no se había presentado ni siquiera después del tercer aviso. Entretanto, Tom, nuestro hábil y diligente director del establecimiento, no hacía más que perder dinero, así que decidió encargarse personalmente del trabajo. De pronto Luella, que estaba rodeada de clientes, levantó la vista del periódico que estaba leyendo, y dijo:

—Mira, Tom, fíjate en esto. Tu ex novia se casa el próximo sábado. —Y acto seguido añadió, porque no pudo resistir la tentación de importunar a su contrariado jefe—: ¿Estás invitado?

Tom abandonó la máquina para ver si lo que decía la cajera, que no llegaba ni a cortita, era o no verdad. Desde luego que sí, allí estaba la que una vez había sido su Fe, tan adorable como entonces, el cabello bien peinado, junto a un tipo del que el periódico decía que se había graduado en la Universidad de Arizona e iba a convertirse en su marido, y entretanto la máquina de granizados iba desparramando el almíbar de fresa y el hielo por el suelo, así que la Luella no pudo disfrutar demasiado de la expresión contrita de Tom, porque él la envió al cuartito trasero a buscar la fregona para que limpiara todo aquello mientras él se hacía cargo de la caja.

No dijo nada acerca del asunto, y marcó una caja de botellas y un ejemplar de la edición dominical del *Daily* en absoluto silencio, y cuando Luella acabó con la tarea asignada, él se puso otra vez a arreglar la máquina de granizados. Pasó el resto del día sin pronunciar una sola

palabra, y Luella se mantuvo alejada de él y recibió con
alegría la hora en que acababa su turno para poder así
marcharse de allí en busca de un ambiente más agradable, como el de la caravana en que vivía, con los gemelos,
a quienes les estaban saliendo los dientes, y su insoportable marido.

Luella no volvió a mencionar el tema pero ella sabía y
Tom sabía. Se acabó. Era oficial. Estaba en los periódicos.
Fe ya no volvería a ser suya jamás, ni aun cuando soñase
con ella, como solía hacer después de llorar hasta que el
sueño lo vencía, por lo general los sábados por la noche,
tras un par de turnos en la tienda y unos cuantos whiskies
en una partida de póquer con los amigos.

De vuelta en Tome, entretanto, Tom no habría podido estar más lejos de la mente de Fe. Y desde luego, si se
tenía en cuenta lo que había sufrido por culpa de ese
chasco de novio, Sofi no podía por menos que sentirse
absolutamente feliz por su hija, y eso a pesar de que
casarse con un primo no era la opción más acertada. Sin
embargo, por otra parte, entre los chicos del norte, de allí
de donde Casimiro venía, casarse entre primos constituía una auténtica tradición. En algunos pueblos era casi
una costumbre. Tenía que ser cosa del destino, en efecto,
se resignó Sofi después de pensar fugazmente en el
modo en que Fe y Casey se habían reunido de nuevo. Por
fin decidió que, puesto que se trataba de la vida de Fe, lo
único que quedaba por hacer era desearle toda la felicidad del mundo y unos hijos sanos.

Completamente opuesta a la Fe que había pertenecí-
do a Tom, desde su... llamémosla enfermedad, esta Fe ya
no se mostraba tan altiva respecto a sus hermanas y tal
vez, si hubiese podido tenerlas a las tres juntas el día de
su boda —eso sí, vestidas para la ocasión— tanto a
Esperanza, que había recibido una condecoración de
honor póstuma como heroína nacional, como a la Loca,

que le había enseñado a cocinar, como a Caridad, que se había convertido en médium, les habría pedido que asistieran como damas de honor.

Pero ¿de dónde iba a sacar Fe un acompañante para una hermana traslúcida (y no hablo metafóricamente)? Además, era imposible que en la vida llegara a ver a su hermana la Loca tocar siquiera a un ser humano (aparte de su madre), y menos aún verla caminar del brazo de un hombre por el pasillo de la iglesia. Y por lo que se refería a Caridad, nunca se quitaba esas túnicas blancas que doña Felicia confeccionaba especialmente para ella a fin de realzar su papel de transmisora. Estaba claro, concluyó Fe, que, pensándolo con bastante objetividad, ninguna de sus hermanas era apropiada para tules de color pastel. Ni tampoco para un fuerte tafetán. Y del lamé dorado mejor olvidarse.

Bueno, tal vez lamé dorado...

Sin embargo, Fe decidió renunciar a todo el asunto de las damas de honor por un pequeño problemita que tenía que ver con su primo-novio, Casimiro. Casimiro, como todo el mundo sabía muy bien, descendía de una antigua y prestigiosa familia de pastores. En el último medio siglo, no obstante, y como la mayoría de los rancheros de la zona que poseían ganado vacuno y lanar, su familia había perdido sus ganancias, había abandonado grandes extensiones de tierra y finalmente había emigrado en busca de otros medios de vida. Así fue como Casey acabó por estudiar contabilidad. Su padre estableció a la familia en un nuevo lugar y montó una cementera en Phoenix, con su hermano; como Casey era el hijo mayor, estudió una carrera que les sería de gran utilidad.

Todo iba bien y era perfecto, y a Fe le parecía maravilloso. Seguro que aquello, en el banco, impresionaba más que un prometido que dirigía un supermercado en una estación de servicio. Casey era un gran trabajador y tenía un buen sueldo. Ambos querían comprarse una casa tan pronto como les fuera posible, y cualquiera podía ver que los primos estaban hechos el uno para el otro.

Pero por las venas de Casey corría la sangre de siete generaciones de pastores, y aunque nadie quisiera reconocerlo, y por duro que resultara probarlo —ya que Casey, para empezar, era demasiado afable—, Fe estaba segura de que su prometido había adquirido, de algún modo, la extraña enfermedad de balar.

La cosa se descubrió así: a veces, por la noche, él estaba trabajando en su despacho, y si ella rondaba por allí (lo cual no significa que estuviera por allí antes de la boda ni nada de eso) y pensaba que quizá le apeteciera una una taza de *oshá*, pues sabía cuánto sufría de mala digestión, justo antes de abrir la puerta oía el sonido suave pero perceptible de un balido: beeeee. Quizá sea la acidez, se dijo o quizás esté cansado, como si un balido fuese un sonido tan normal como un bostezo o un eructo.

Pero a la larga, empezó a darse cuenta de que lo hacía incluso en la calle, a plena luz del día, en público, aunque no en su presencia pues cada vez que ocurría iba unos dos o tres pasos por delante. En el Broadway, mientras escogían ropa interior, pongamos por caso, cuando, por pura modestia, Fe se quedaba a propósito un poco más atrás que él. Estaba segura de haber oído un balido. Miraba alrededor rápidamente para ver si alguien más se había dado cuenta también. Pero cuando ocurría, nunca nadie estaba lo bastante cerca para oírlo, si es que en efecto era lo que ella creía.

Pasados algunos meses ya no cabía la menor duda de que su prometido sufría de esta innata particularidad, imposible de curar, como ya he señalado antes, después de más de trescientos años de pastoreo y una larga estirpe de antepasados que se habían pasado la vida, con sus largos y fríos inviernos, cuidando de sus rebaños.

Se sentía tan avergonzada, no obstante, que ni siquiera se atrevía a hablar de ello con su madre. En lugar de eso, anunció a su familia y amistades (sin consultar el asunto con Casey, cuya psique también estaba algo afectada por diversas generaciones de hombres aislados, de modo que no se opondría a una celebración íntima) que la suya iba a ser una boda tan sencilla y privada como fuera posible. Y estaba en lo cierto, desde luego.

Pasado el Gran Día de Fe, que consistió en poco más que una misa y una comida compuesta de enchilada y pozole que se sirvió en una sala de la iglesia para todos los parientes cercanos del novio (nadie por quien ella tuviera que inquietarse respecto al problemilla de Casey, puesto que para entonces ya imaginaba que, si no se trataba de algo genético, a buen seguro que formaba parte de la idiosincrasia de la familia) y para los allegados de la novia que asistieron al evento. Sus padres estaban allí. La Loca observó la ceremonia desde fuera de la iglesia, mirando con curiosidad por la puerta entreabierta. Caridad no estaba físicamente presente, pero digamos que conectó con todo aquello gracias a su aura. Y hubo algunos, aunque no todos, que vieron a Esperanza por allí.

Después de la comida y para los que se quedaron, hubo baile, con la música en vivo del sexteto los Hermanos de Chilili. La banda de música tex-mex no era algo a lo que ella estuviese dispuesta a renunciar, ni aun cuando la sala estuviese llena de parientes políticos introvertidos y dedicados a balar. Y no es que a Fe le gustaran en especial los músicos, pero desde los tiempos del instituto había sentido una secreta pasión por el más joven de los hermanos Chilili, el que tocaba el acordeón. Algunas de sus amigas de aquella época habían tenido la suerte de celebrar sus quinceañeras y contratar a los Hermanos de Chilili para los bailes. Pero la madre de Fe no había podido permitirse una fiesta de presentación en sociedad para ninguna de sus hijas, de modo que Fe, la única en disgustarse por aquella contrariedad, tuvo que esperar hasta el día de su propia boda para que aquel músico acordeonista de diente de oro refulgente y hoyuelo en la barbilla cantara precisamente para ella, aun cuando para entonces ya hacía tiempo que se había casado y había ganado unos cuantos kilitos, que se le habían acumulado alrededor de la cintura.

Fe y Casey se instalaron en Río Rancho, en una casa con opción a compra que contaba con tres habitaciones y un garaje con espacio para dos coches. La amueblaron de arriba abajo, vendieron el cochecito de Fe y se compraron un flamante sedán, último modelo de una exposición, para las ocasiones en que salían juntos a lugares bonitos como, por ejemplo, a bailar al hotel de Las Cuatro Estaciones los sábados por la noche.

Aparte del matrimonio en sí mismo, tal vez el cambio más grande que Fe tuvo que asumir en ese momento fue dejar su puesto en la Caja de Ahorros de Tome, donde había trabajado desde que saliera del instituto.

Bueno, Fe se consideraba la clase de empleada dedicada y formal, que siempre rendía el ciento por ciento en su trabajo, a pesar incluso del par de veces que no la tuvieron en cuenta para un ascenso y la dejaron en el departamento de Cuentas Nuevas sin la esperanza siquiera de conseguir un aumento. La explicación que finalmente le dieron fue que, aunque la empresa no deseaba discriminarla por su nuevo... llamémosle impedimento, lo cierto era que la irregularidad que sufría su habla no le permitía mantener trato directo con los clientes.

—¿Qué quiere de____, con lo de impe____? —preguntó Fe al director, pero todo lo que consiguió fue el consejo de que visitara a un logoterapeuta.

Nadie antes se había quejado de que no comprendía lo que decía, al menos delante de ella. Su madre y sus hermanas siempre la entendían. A su padre no parecía preocuparle en absoluto si en ocasiones, alguna palabra le resultaba incomprensible. Casey..., en fin, Casey nunca decía nada acerca del modo en que hablaba, porque para él Fe era la esposa más perfecta que un hombre podía tener.

Entonces una chica (en realidad no era una chica, sino que ése era el modo en que Fe se refería a la mayoría de sus compañeras de trabajo) que había trabajado hacía tiempo en el banco, le dijo a Fe que en la Acme International estaban contratando montadores. La Acme era una empresa nueva, enorme, y aunque el trabajo era, digámoslo claro, una verdadera mierda, según la misma chica le dijo a Fe, lo cierto era que pagaban muy bien.

—¡Diantre! ¡Te puedes sacar el doble de lo que ganas en el banco! Y depende de lo buena que seas en el trabajo, puedes conseguir interesantes aumentos.

Lo que no le dijo a Fe, porque ella misma aún no había caído en la cuenta, era que, además de obtener aumentos de salario, también había conseguido tener náuseas y dolores de cabeza, que eran cada día más graves. Y lo que tampoco le dijo, porque aquellas bonificaciones la ayudaban a pagar sus facturas, o tal vez porque las migrañas le nublaban por completo la razón, era que muchas de sus compañeras de trabajo en Acme International, sufrían los síntomas parecidos a los suyos.

Todas, en algún momento, habían ido a quejarse a la enfermera, porque al fin y al cabo el dinero no era tan importante como para que no se atrevieran a decir que se sentían demasiado indispuestas para acabar el turno. Y la enfermera les daba a todas un comprimido de ibuprofen, les informaba acerca de la pre-menopausia y la caída de los niveles del estrógeno en las mujeres que habían superado la treintena, y les decía que en general aquello se debía a que eran mujeres y no tenía nada que ver con productos químicos.

Pero Fe no había cumplido todavía treinta años y la revisión ginecológica previa a la boda había dado unos resultados inmejorables. Aún no había tenido ningún hijo, pero ella y Casey deseaban formar una gran familia.

—Vamos a tener todos varones —dijo ella, pensando en la cantidad de niñas que había dado a luz su madre. Luego, al acordarse de los balidos de Casey y la sangre de pastor que corría por sus venas, añadió—: Bueno, ya veremos. A lo mejor son niñas. También estaría bien. Con suerte, se parecerán a mí.

Y Casey no decía nada, como de costumbre, pero sonreía, porque para él, como ya he dicho, su Fe era perfecta.

Entretanto, Fe estaba resuelta a ascender rápidamente en Acme International, y por eso, desde el principio, se ofreció para cualquier trabajo duro disponible, a fin de demostrar a la compañía que era una excelente trabajadora. Pero además, tal y como le había dicho su amiga, a la gente le aumentaban el sueldo basándose en los conceptos de «aprovechamiento y eficacia». Sí, eso fue exactamente lo que le dijo un día un supervisor, «aprovechamiento y eficacia», y seguro que citaba el manual del empleado o algo parecido.

Y aunque no estaba demasiado claro en qué consistía ese «aprovechamiento», nos consta que nadie podía ser tan absolutamente eficiente, en lo que fuese, como Fe. Si incluso cuando perdió el juicio después de que Tom rompiese con ella, lo hizo sin vacilar ni un segundo; y del mismo modo resuelto dejó de mortificarse por ello, si bien después de que transcurriese todo un año.

Por consiguiente, en unos cuantos meses pasó de ser montadora a trabajar como aprendiz en la sección de remesa de productos. Algunas de las mujeres que trabajaban allí, al contrario que Fe, no tenían siquiera el diploma del instituto, y muchas hablaban español, tewa, tiwa o cualquier otro dialecto pueblo como primera lengua, y ninguna (excepto su amiga) había pasado por la prestigiosa experiencia de ser una oficinista profesional. Además, casi todas tenían hijos, y los hijos acababan con sus energías antes y después del trabajo, de modo que no tenían tantas fuerzas como Fe para dejárselas en Acme International.

Por regla general, Casey la llevaba al trabajo y la recogía a la salida, y era él quien se encargaba de preparar la cena casi todas las noches. Casey estaba enamorado. Y como ocurre con todos los recién casados, para ellos cada noche era especial por algo, a veces por comer una pizza entre semana, otras por pasar, al volver del trabajo, por el restaurante chino de la Central Avenue y comprar comida para llevarse a casa. Y así fueron las cosas hasta que Fe empezó a notar lo que, en opinión de ambos, eran claros síntomas de embarazo, de modo que Fe sacó de ello el mayor partido y se concentró tanto como pudo en el trabajo.

De hecho, Fe ya estaba embarazada antes de que la ascendieran a la nueva sección de remesa, pero no lo supo hasta que perdió a la criatura. Cuando después de unos días regresó al trabajo, se lo contó todo a algunas de las mujeres con quienes solía almorzar.

—Bueno, tú al menos aún puedes tener hijos —le dijo una de las mujeres—. A mí me hicieron una histerectomía el verano pasado.

Antes que Fe atinase a contestar nada, aunque en realidad no sabía qué podía decirse ante algo así, otras dos mujeres contaron otro tanto de sí mismas.

—¿Sabes una cosa? —dijo una de ellas—, mi madre tuvo a su último hijo cuando tenía cuarenta y cuatro años. Todavía trabajaba en el campo, y allí estaba ella, grande como una casa, con mi hermanita Concepción. Mi hermana mayor ya estaba casada para entonces, y se quedó embarazada al mismo tiempo. Y ya ves yo, recién voy a cumplir treinta años y ya no puedo tener más hijos.

—Bueno, pero al menos tienes al pequeño Joshua —le dijo otra mujer para consolarla haciendo referencia a su primer y único hijito.

—Es cierto... Pero por desgracia ya no tengo al hombre que hizo posible que lo tuviera...

Entonces todas guardaron silencio, concentradas en los bocadillos de mortadela con queso que habían sacado de la máquina automática, porque, en realidad, ¿quién era capaz de dar una respuesta a eso?

En la mente de Fe todo aquel asunto cobraba un aspecto misterioso y lleno de coincidencias, pero continuó trabajando duro a pesar de los dolores de cabeza, que para entonces ya se habían convertido en algo cotidiano.

Durante los primeros seis meses, cada mañana se limitó a hacer lo siguiente: se dirigía a un mostradorcito al que llamaban «estación», lo cual le daba una cierta categoría oficial, aunque se tratara sencillamente de un mostradorcito. Ocupaba cada día la misma estación. Probablemente otra mujer lo hiciese por las noches, pero a Fe le gustaba pensar que era sólo suya, como el escritorio que había tenido en el banco (aunque no tan fino) y al que nunca dejó que se acercara nadie.

Todas las estaciones se hallaban en una enorme área común de manufactura. Cada mañana se entregaba a todas las trabajadoras una batea de una medida aproximada de treinta por treinta centímetros, llena de algún apestoso producto químico con el que deberían limpiar lo que, según le habían dicho a Fe, constituían piezas de armas de alta tecnología.

La Acme International se dedicaba a subcontratar estos trabajos de compañías más grandes que tenían trato directo con el Pentágono. De modo pues que allí se limpiaban a fondo esas piezas que, por sí solas, no parecían tan peligrosas, luego se enviaban de nuevo a la compañía que había contratado los servicios de la Acme, y esa compañía, a su vez, reunía todas las piezas y las montaba. En definitiva, por lo que Fe consiguió deducir, ése era el modo como se fabricaban las armas para las fuerzas armadas. Se manufacturaban como cualquier otra cosa, y lo hacía gente como ella misma, con piezas de plástico o metal de forma indescifrables, en cadenas de montaje y un día, en algún lugar, las completaban y salían de allí con el fin de que se utilizaran para lo que se habían concebido.

Un trabajo muy importante, a poco que se pensara en ello.

Era tal su nivel en aprovechamiento y eficacia —podría decirse incluso que en este sentido era la reina de Acme International—, que en un dos por tres consiguió trabajos más importantes y mejor remunerados. Trabajaba duro en lo que fuera, aunque, por ejemplo, no le gustaba la última tarea de limpieza que le habían asignado. No es que se quejara ni nada parecido, pero tres meses de trabajo en un cubículo oscuro acababan por afectar a cualquiera. Las secuelas de trabajar con un producto químico que brillaba en la oscuridad, razón por la cual se podría trabajar sin luz alguna, con unos guantes y una gorra especiales (y esto, según le explicó el supervisor, para detectar cualquier huella digital o cualquier pelo que pudiera quedar pegado en las piezas) eran, por una parte, ese anillo rojo alrededor de la nariz, y, por la otra, su aliento, que olía sospechosamente a pegamento.

En realidad, el olor de todos los productos químicos de la planta, así como el de toda la fábrica en general, era suficiente para causarle náuseas a cualquiera, pero cuando uno llevaba allí una hora aproximadamente, podía jurar que no olía absolutamente a nada. De modo que Fe no tenía ni idea de que su cuerpo, en efecto, había absorbido aquel olor, hasta que una noche Casey le preguntó, con todo el tacto del mundo, por supuesto, si acaso a la hora del almuerzo estaba haciendo algo que no debía.

—¿Qué _____ decir con eso? —preguntó ella, cansada y comprensiblemente irritada, ya que era el resultado lógico de tener cada poro del cuerpo lleno de esos mortíferos productos químicos.

Entonces él se lo explicó. Durante las últimas semanas su aliento despedía un olor peculiar... como de pegamento. Casey sabía que a los adolescentes les gustaban esa clase de estimulantes, pero nunca había creído que Fe fuese de las que buscasen emociones fáciles. Fe corrió al cuarto de baño y se enjuagó a fondo la boca con Listerine pero, al igual que los balidos de Casey, el enjuague bucal no iba a eliminar lo que ya habían absorbido tanto sus pulmones, como su hígado y sus riñones.

Ocurrió que una mañana, como una especie de recompensa por ser una trabajadora de aprovechamiento y eficacia superiores, fue la primera a quien uno de los supervisores más importantes se dirigió para preguntarle si quería hacerse cargo de un trabajo especialmente arduo. Al parecer, tenían cientos de ejemplares de una cierta pieza que no habían conseguido limpiar como era debido en lo que ellos llamaban el «tren de lavado», que era su modo de referirse al trabajo en cadena. Nada de lo que habían intentado había funcionado con esas piezas dificultosas, pero ahora disponían de algo «nuevo», y estaban bastante seguros de que funcionaría.

Pero para entonces, con todo el asunto del aliento, el anillo en la nariz y los malditos dolores de cabeza que no habían desaparecido ni siquiera después de mil comprimidos de ibuprofen, Fe ya no se sentía tan entusiasmada por su nuevo trabajo, de modo que le pidió al capataz de turno de la planta, quien, por supuesto, no se turnaba con nadie, pero al que llamaban así porque por regla general los capataces se turnaban de manera regular entre los distintos departamentos, que fuera tan amable de decirle qué había en ese frasco marrón sin etiqueta con cuyo contenido le proponía que limpiase aquellas grandes piezas.

—Éter —respondió él con indiferencia, al tiempo que le tendía la primera de las diez piezas de ocho kilos de peso que debería limpiar aquel día—. Éter —repitió, como lo que se usa para anestesiar a los pacientes que van a someterse a una operación. El éter lo aturde a uno. Así que Fe preguntó si eso era lo que le sucedería a ella—. ¡Oh, no! —dijo el capataz de turno en cuestión, con algo parecido a una sonrisa, puesto que como de costumbre, aquella era una pregunta estúpida propia de un subordinado—. No vas a sentirte aturdida por inhalarlo así. Bueno, puede que te dé sueño, pero eso es todo.

Entonces Fe recibió la siguiente orden respecto al trabajo, que le pareció algo turbia, ya que se trataba de llevar todas aquellas pesadas piezas al sótano y trabajar allí, aislada de los demás.

—¿Por el éter? —preguntó ella.

Sí, fue la respuesta que le llegó. No querían que hubiera nadie más en contacto con el producto. Así que allá fue. Abajo, al sótano; primero llevó las piezas que tenía que limpiar ese día, una por una, y luego el gran frasco marrón de éter, inocuo y somnífero, con el que debía mantener llena la batea. Sumergió y sacó las piezas dos o tres veces, hasta que el trabajo quedó terminado. Limpio y reluciente, como una patena. No había nada nocivo en todo eso. El trabajo de una jornada, se repetía durante todo el día. No parar de bostezar nunca ha matado a nadie, se repetía también mientras estaba sola allí abajo.

Tras el primer día de lo que ella llamó el Infierno del Éter, se acostumbró al constante letargo, hasta el punto de familiarizarse con él. También obtenía bonificaciones más sustanciosas. Aunque la verdad es que era mucho trabajo, incluso para alguien como Fe, así que se las ganaba bien ganadas. Cuando pusieron a otra chica a hacer el mismo trabajo, tuvo que volver a la cadena de montaje al cabo de pocos días, porque era incapaz de aguantar aquel olor y pasarse el día cargando con esas piezas pesadísimas.

Pero eso no quiere decir que a Fe aquello le gustara más, ni que le agradara la miserable muestra de ventilación que había en un extremo de la pared. Aquel primer día intentó taparla, con el pañuelo, pero éste cayó enseguida al suelo. Ninguno de aquellos capataces inútiles e ineficaces le había proporcionado una máscara, de modo que utilizaba una del mismo tipo de las que se usaban arriba, y aunque se daba cuenta de que no servía para nada, se la ponía igualmente porque, al menos de un modo simbólico, hacía que se sintiese mejor. También llevaba los mismos guantes anaranjados que usaban arriba, pero aquel producto químico acababa con ellos, y no sólo eso, sino que también le disolvía el esmalte de las uñas, y no sólo el esmalte, sino las mismísimas uñas.

—¡Hijola! —exclamó Fe, y otras expresiones selectas que no dudó en soltar a voz en cuello, puesto que se pasaba todo el día sola y el único momento en que alguien bajaba era cuando el supervisor le pedía que se detuviese durante apenas un par de minutos para inspeccionar su progreso en la limpieza de aquellas piezas problemáticas. Después de que hubo perdido casi todas las uñas, se le proporcionaron unos guantes especiales para trabajar con éter, o eso fue lo que le dijeron. Ahora bien, no le dieron ninguna clase de máscara para realizar ese trabajo, y al cabo de tres meses sucedió lo que tenía que suceder.

Al principio, y dado que el producto químico con que trabajaba era supuestamente inocuo, al final del día tiraba por el desagüe lo que le había sobrado, igual que hacía en la planta superior. Una mañana uno de los supervisores se enteró y le echó una reprimenda. Luego le dio instrucciones, como si fuera estúpida por haber seguido las órdenes señaladas por todos los otros supervisores, de que a partir de entonces no tirase por el desagüe lo que sobrara sino que lo dejase en la batea para que se evaporara. Pero Fe no comprendía por qué, si de veras era tan inocuo, no podía tirarlo como al resto de los productos químicos, pero hizo rechinar los dientes, dijo que haría lo que se le decía y una vez que el supervisor se hubo marchado gritó de pura rabia, puesto que nunca en su vida le habían levantado la voz de esa manera.

Al cabo de tres meses había acabado con la tarea, y le concedieron otro aumento.

Se consideraba a sí misma como una especie de caso singular en Acme International, y, de hecho, así era exactamente como la catalogaban oficialmente. De modo que, tal y como se hace con un caso singular, que se reserva sólo para los trabajos más difíciles, volvió a la sección de remesa, a la espera del siguiente encargo de importancia.

Pero el siguiente encargo de importancia no llegó. En su lugar, un día se presentaron dos hombres que pertenecían al Departamento del Fiscal General de Estados

Unidos, se dirigieron directamente a Fe y le dijeron que recibiría una citación.

—¿Una citación? —repitió Fe, y miró con expresión de sorpresa a aquellos dos hombres vestidos con traje y corbata, de aspecto tan oficial y amenazador, que habían abandonado sus muchas ocupaciones sólo para ir a decirle eso a Fe—. ¿He hecho _____ malo? —preguntó.

No contestaron a la pregunta de si había hecho algo malo o no pero, en cambio, le dijeron que Acme International iba a designar a un abogado para que actuara en su nombre y, por otra parte, le indicaron que no debía hablar de aquel asunto con nadie, ni siquiera con los capataces de turno ni los supervisores.

—Si alguien tiene algún problema porque hayamos venido a hablar con usted, dígale que nos llame —dijo uno de ellos, y luego se marcharon como un par de polis sacados de una serie televisiva.

Nadie en Acme International le preguntó nada sobre el asunto, puesto que los del gobierno federal le habían dicho a Fe que no hablara con nadie de su citación. Durante las siguientes semanas, Fe se sentía tan trastornada que apenas si era capaz de no quedarse atrás con sus cupos de trabajo, y ni hablar ya de obtener bonificaciones. Entretanto, el anillo rojo alrededor de la nariz, así como el aliento a pegamento, las grandes manchas en las piernas y aquella especie de taladro que le perforaba constantemente la cabeza no le hacían ningún bien a su matrimonio, que tiempo atrás había sido un verdadero cuento de hadas.

Una noche, después del trabajo, fue a casa de Sofi.

—Mamá, ¡voy a echar a perder mi carrera y no sé _____ qué!

—A ver, 'jita, no me parece a mí que puedas llamar carrera a ese trabajo...

—¿Ah, no? Para ti es fácil decirlo, mi madre... ¡la

alcaldesa! ¡Desde_____ te has convertido en alcal__de
Tome, es____si el futu___ de tu hija no te impor_____en
absoluto!

—Cuidadito cómo le hablas a tu mamá —intervino don Domingo, y le dirigió a Fe una mirada amones-
tadora.

—Eso no es cierto —le dijo Sofi a Fe—. Ocurre sencillamente que me preocupo más por ti que por cualquier clase de carrera. ¡Mírate! ¡Fíjate lo trastornada que estás por todo este asunto! Y por cierto, ¿qué es
eso que no paras de mascar?

—Tabletas —respondió Fe—. Para mi_____.

—Las toma una tras otra, para el ardor de estómago,
tía, como si fuesen caramelos —le dijo Casey a Sofía, al
tiempo que sopesaba la posibilidad de encontrar en su tía
a una aliada para esa misteriosa lucha que mantenía con
Fe y su lealtad hacia Acme International. Por mucho
que le costara admitirlo, estaba claro que había algo en su
queridísima Fe que ya no funcionaba. Sofía y él intercambiaron una mirada.

Por un instante a Casey le pareció oír un ligero ruido
en la ventana, parecido al que producen los movimientos
furtivos de los ratones, y enseguida se dio cuenta, al
advertir que no se trataba de ningún ratón sino de la
Loca, cuyos pies descalzos sobresalían por debajo de
la cortina, que la hermana de Fe se aseguraba de permanecer fuera de la vista pero aun así en un lugar desde el
que enterarse de todo lo que se decía.

—Mañana por la mañana te llevas a Fe al hospital
para que le hagan una revisión completa, y luego iremos a
ver a un abogado —le dijo Sofi a Casey.

Y eso fue lo que hicieron.

Y así fue como averiguaron que Fe tenía cáncer. El
cáncer había avanzado por todo el cuerpo de una manera
tal que ya no había quién lo parara. Al mismo tiempo, no

obstante, se enteraron de que, antes de entrar a trabajar en la Acme International, Fe ya padecía un cáncer de piel. Y puesto que ya tenía un melanoma, según les informó el abogado, no podría demandar a Acme International por los otros tumores que indudablemente había contraído por culpa de los productos químicos que manipulaba en su trabajo, los cuales le habían comido las entrañas como habría hecho un ácido, y le habían causado un mal imposible de aliviar por más tabletas que tomara para el ardor.

El resto de esta historia es duro de contar.

Porque Fe, después de morir, no resucitó como la Loca cuando tenía tres años. Tampoco se volvió ectoplasmática, como le había sucedido a su hermana Esperanza, tan tenazmente ligada a la tierra. Muy poco después de aquel primer diagnóstico, Fe murió, ni más ni menos. Y cuando alguien muere así, de manera tan terminante, cuesta mucho hablar de ello.

En Tome se celebró una misa por Fe, en la que el padre Jerome dijo que la Iglesia había aprobado su incineración (con cuyos gastos había corrido Acme International) porque, de todos modos, en el momento de su muerte no había quedado de Fe casi nada que pudiera enterrarse.

Y en ello había tenido mucho que ver lo que Fe llamaba «la tortura», nombre con el que se refería al tratamiento médico que recibía por parte del personal hospitalario. Primero se dedicaron a extirpar los lunares cancerosos que al principio tenía en las piernas y en los brazos, luego también en el pecho y la espalda, y finalmente ya por todo el cuerpo, de manera que, de repente, Fe estaba casi toda cubierta de heridas profundas. Tener el cuerpo entero lleno de costuras ya era angustia suficiente, pero entonces, por si eso fuera poco, el estrés que le producía la misteriosa citación hizo que todas aquellas heridas se hincharan a causa de la urticaria, y entonces Fe ni siquiera podía caminar, y menos aún ir al trabajo, cosa que hizo mientras se encontró con ánimos suficientes, puesto que Casey y ella habían comprado un montón de cosas a crédito y las deudas contraídas eran muchas.

El siguiente y asombroso error, por llamarlo de alguna manera, cometido por el equipo médico fue que, al colocarle por la clavícula el catéter que debía servir para suministrar la quimioterapia a la parte inferior del cuerpo, la sonda, por el contrario, quedó dirigida hacia la cabeza. Creyeron haberla quitado cuando ella dejó el hospital, pero no lo habían hecho. Y aunque acabó por descubrirse, porque se produjo una infección que finalmente salió a la luz, Fe estuvo setenta y un días con sus setenta y dos noches como si el cerebro quisiera salírsele del cráneo y nadie conseguía imaginar siquiera el porqué, y sólo se les ocurría atribuirlo a la tensión a que estaba sometida.

Entretanto, los hombres del FBI habían hecho unas cuantas visitas a Fe. Le dijeron que la razón por la que Acme International debería asignarle un abogado era que el producto químico que había empleado para limpiar aquellas piezas grandes y despreciables era ilegal; y dado que solamente ella lo había usado, era la única responsable de la utilización de lo que ya para entonces se sabía que, obviamente, no era éter (tal y como Fe había dicho a los del FBI que le habían dicho a ella), sino algo que a esas alturas se había prohibido en México y en algunos otros estados, pero no en el estado donde Acme lo había conseguido.

Fe no entendía nada de nada. Lo que desde luego le resultaba inconcebible era que al Departamento del Fiscal General le preocupara tanto quién debía ser culpado del uso del producto químico prohibido y que permaneciera absolutamente impasible ante el hecho de que ella estaba muriéndose por haber estado en contacto con aquella sustancia.

Pero Fe ya no fue mucho más allá con todo ese drama, porque después de toda la angustia posible y de no trabajar más para Acme (que la había relegado a una especie de período de suspensión sin sueldo), todo quedó en nada con la misma velocidad inexplicable con que había comenzado.

El abogado de Fe le dijo que obtuviera información de la empresa sobre el verdadero producto químico que había estado utilizando para limpiar aquellas piezas y debido a lo cual el gobierno había estado a punto de enviarle una citación. Esto desempeñó un papel decisivo en el final de Fe, pues continuamente llamaba y perseguía a cada uno de los capataces de turno, que se escondían y pedían a las chicas que le dijeran a Fe que habían salido a almorzar, hasta que finalmente dejó a uno de los capataces de turno el recado de dar al supervisor el siguiente mensaje: que ella sabía que ellos sabían que el FBI se ocupaba del caso, así que mejor que no le dijeran más disparates respecto al producto químico ése, como lo de que era éter, por ejemplo, o en caso contrario ella misma y su abogado demandarían a cada uno de esos idiotas de turno, y además, si le daba la gana, en cuanto tuviera oportunidad de charlar un momento con los del FBI, les daría los nombres de todos los que alguna vez hubiesen estado a cargo del asunto. (Fe, como es de suponer, ya no estaba de humor para representar el papel de trabajadora estrella de Acme).

La siguiente vez que se pasó por allí, el capataz de turno de aquella semana dejó finalmente que leyera los informes pertinentes, a pesar de que no iba a permitirle que se los llevara consigo ni que los fotocopiara para su abogado. Así que Fe tomó asiento, llena de costuras y dolorida como siempre, con el informe entre las manos, en la estación separada por un tabique del capataz, que él llamaba su despacho. Y empezó a leer —y la que leía era una Fe distinta de la de unos meses atrás, distinta de aquella novia maquillada y de manicura impecable, porque era una Fe a quien ni siquiera le quedaban las entrañas saludables que tenía cuando entrara a trabajar en Acme International—, acerca del producto químico que en más de una ocasión había tirado por el desagüe al acabar la jornada, que se colaba en el sistema de aguas y alcantarillado y viajaba, imparable, hacia los pozos sépticos de la gente, hacia sus huertos, hacia los grifos de las cocinas, hacia el té.

Había que precintar siempre el producto; la palabra que empleaba el informe era «recuperarlo». No había que dejar que se evaporara, decía también, porque era (y esta última parte afectó profundamente a Fe) *más pesado que el aire.*

Y si ella había dejado supuestamente que se evaporara durante todos aquellos meses que se había pasado ahí abajo sola con su trabajo, pero resultaba que pesaba más que el aire, entonces, ¿adónde había ido a parar?

—¡No salí____sótano! —Fe se levantó de un salto y se puso a gritarle al capataz, quien, en cualquier caso, ya no era nadie para hacerse cargo de nada relacionado con su vida, sino que era nomás un cholo que no sabía lo suficiente para abrir un informe con el fin de poder orientar de manera adecuada a una chica que lo único que quería era ganar puntos en la compañía y obtener así algunas bonificaciones para comprarse una casa, pagar el coche, tener un niño y, en otras palabras, llevar una vida como la que llevaba la gente de la tele—. ¡No sub___ al techo, y ____ tanto tampo___ salía que ese miser____ respiradero sin tapa que había ____ sótano! Así que, ¿adónde demo____ iba a par____? —dijo a gritos, al tiempo que con sus manos llenas de cicatrices cogía por el cuello de la camisa a ese antiguo e inútil capataz al que todas las chicas que allí trabajaban consideraban atractivo (pero no tan atractivo como él mismo creía ser) y que en ese momento tenía para Fe ni más ni menos que el rostro de una de las parcas con barba de chivo—. ¿Adónde diantre____ a parar, pendejo hijo de____? —volvió a gritar Fe—. ¿Adónde si no ____ mí?

Entonces fue cuando Fe miró alrededor y de repente se dio cuenta de todo por vez primera y soltó al tipo, que la miraba lleno de compasión, aunque ¿quién podría decir si de veras sentía compasión? En el poco tiempo que había transcurrido desde su partida, toda la planta había sido remodelada por completo, incluso habían reemplazado los tabiques. Y todas las estaciones, no sólo las de los capataces, que normalmente estaban abiertas a todo el mundo y a cualquier cosa, habían quedado separadas unas de otras. Absolutamente nadie sabía ya qué ocurría alrededor. Y todo el mundo, entretanto, trabajaba en silencio, como de costumbre.

12.   *Del espantoso crimen de Francisco el Penitente, y sus patéticos gritos, que se oyeron de un extremo al otro de los campos del lugar mientras su cuerpo pendía de un pino como una pera picada por una urraca; y el final de Caridad y su amada Esmeralda, que nosotros, con todo, nos guardaremos mucho de llamar trágico.*

—No lo entiendo —dijo Loretta, con un suspiro, y salió de la cocina sacudiendo la cabeza.

Francisco el Penitente, o Franky, como lo había llamado ella toda la vida, no levantó la vista del desayuno, que consistía en atole de maíz con un plato de pozole y huevos. Lo que Loretta desaprobaba, sin embargo, no era la comida, que ella misma había preparado. Era buena y era, además, lo que su marido, el tío de Franky, había tomado esa mañana. No, lo que había hecho salir de allí a Loretta era que había pillado a Franky mientras hacía algo realmente extraño con la comida.

Bueno, había que admitirlo, se dijo al tiempo que se ponía los guantes de jardinería y se dirigía hacia el huerto a trabajar un poco, Franky había sido toda la santa vida un poquito raro; pero mezclar las cenizas de la chimenea con la comida era algo sin precedentes. Era ir demasiado lejos. Ella sabía perfectamente bien a qué se debía todo aquello, pero aun así, ¿qué podía decir? Llevaba más de un cuarto de siglo en la familia, desde que se había casado con uno de los suyos, y de sobra sabía que no sentaba nada bien que alguien riera o llorase ante lo que ella había visto hacer en nombre de Dios a los hombres de la familia de su marido.

Francisco acabó de comer el insípido y ceniciento desayuno y se fue a empezar el bulto de san Isidro que le había encargado un ranchero que vivía cerca de ellos. Era el santo patrón de los granjeros, y no venerarlo podía acarrear el peor de todos los castigos: malos vecinos. Un granjero podía sobrevivir a las sequías y las malas cosechas, pero no a un vecino de mala voluntad.

El santero Francisco el Penitente llevaba días sin decir ni una sola palabra, pues estaba decidido a introducirse en sí mismo como una Serpiente Apostólica, a mudar la vieja piel para vestir su desnudez de mortificación y arrepentimiento, como el santo Buenaventura había enseñado en sus doctrinas a los frailes novicios que tres siglos atrás habían invadido ese territorio rodeado de tierra que era el reino de Francisco.

Y puesto que Caridad se afianzaba cada día con mayor firmeza en su conciencia, con más fuerza que cualquiera de las astillas de pino que se le quedaban clavadas en las palmas de las manos, Francisco el Penitente decidió al fin expulsarla de su alma y de su cuerpo costara lo que costase. «Y hallé que es más amarga la mujer; la cual es un lazo de cazar, y una red su corazón, y sus manos unos grillos», recitó para sí Francisco el Penitente. «Quien es grato a Dios huirá de ella; pero el pecador quedará preso.» Mientras citaba aquellos versículos del Eclesiastés, movía los labios, pero no dejaba salir un solo sonido de su garganta.

Y aun así, a pesar de que había decidido expulsar de su mente a Caridad el Lazo de Cazar, no estaba seguro de que su obsesión por Caridad la Ermitaña Santa tuviera algo que ver con el deseo carnal. Si no hubiese temido cometer con ello una herejía, se habría atrevido a afirmar que la miraba tal y como se mira a la Virgen María. Después de ese año de vida ascética que ella misma se había impuesto, Caridad se había convertido, a los ojos de Francisco, en el epítome de la castidad y la humildad.

Incluso cuando la vio por primera vez quedó desconcertado por el resplandor que emanaba su cuerpo. A pesar del azote del sol ardiente sobre la frente y del peso de la cruz sobre la espalda curvada y desnuda en aquel Viernes Santo, sabía que no deliraba. Alguien con menos fe habría confundido lo que él vio con un espejismo producido por el dolor que había decidido soportar para emular la pasión de Cristo. Pero Francisco el Penitente sabía que lo que veía en Caridad no era sino una bendición, una recompensa inmerecida por el sufrimiento físico que se imponía a sí mismo como penitencia.

Cuando vio a la mujer joven que seguía en silencio los pasos de su madrina, él ya sabía quién era Caridad. Todo el mundo conocía a la familia de la Loca Santa de Tome. Y al margen de todo lo que la gente quisiera decir de la más joven de las hijas, la escurridiza Loca, era imposible que perteneciera a este mundo, puesto que había regresado de la muerte ante un centenar de testigos.

Lo recordaba porque él y su madrina habían estado allí, frente a la iglesia. Doña Felicia se había enterado de la tragedia de la pequeña y, aunque no conociera a la familia personalmente, tenía por costumbre unirse a los miembros de la comitiva fúnebre de la comunidad. Y cuando el pequeño Franky, que en realidad ya no era tan pequeño, vio a la niña volar hacia el tejado de la iglesia... ¡lo que habría dado por conocer el secreto de aquel truco! Porque para el pequeño era un truco, y es que para todos los niños la magia lo era, y quedaba siempre dentro del reino de lo posible.

Francisco se mantuvo indiferente a la esposa del tío, que estaba en el jardín cuidando sus calabazas, que seguramente ganarían otra vez el primer premio en la feria estatal porque nadie en todo el estado cultivaba unas calabazas tan grandes, sabrosas y de un color tan encendido como las de Loretta y, además, sin ninguna clase de pesticidas. (Con decir que Loretta y tres de sus hijos posaron sentados en lo alto de la calabaza ganadora del gran premio del año anterior, ya está todo dicho.) No, no era cierto lo que decían los envidiosos contrincantes de Loretta sobre el modo en que ésta cultivaba sus calabazas:

—¡Les inyecta un crece-milagroso, señor juez!

—¡Hay un brujo que va a su jardín y realiza un ritual, señor juez! ¡Es imposible que una calabaza normal se haga tan grande!

Sin embargo, todos esos pobres aprendices de hortelanos y granjeros estaban absolutamente equivocados, porque el secreto de la destreza de Loretta era tan antiguo como la agricultura misma, pero llevaba tanto tiempo olvidado que cualquiera que lo supiese habría resultado sospechoso de practicar la brujería: se trataba de que Loretta plantaba y cosechaba de acuerdo con los ciclos de la luna, y no con los del sol. (Ahora bien, cómo había dado Loretta con ese antiguo conocimiento, ya es otro secreto y, además, forma parte de otra historia.)

Francisco el Penitente se dirigió a su lugar favorito para trabajar, a la sombra de un viejo cedro donde, mientras meditaba acerca de la salvación de su alma —y para ello no dejaba de santiguarse todo el día, y repetía una y otra vez el Credo, el Padre Nuestro, el Ave María, el Salve Regina, se aprendía de memoria los catorce artículos de la fe, y los mandamientos de Dios, recitaba la lista de los pecados mortales y de los veniales, las virtudes cardinales, las obras de la misericordia, y los poderes del alma y sus enemigos, a saber, el mundo, el diablo, que acechaba tras cada arbusto y cada árbol y la pérfida carne— se sosegaba gracias a la fragancia del cedro y se mantenía a salvo del sol abrasador.

Pero aun así, seguía siendo extremadamente indigno. ¿Quién le había dicho a él que merecía aliviarse del calor del sol o halagar su lujurioso olfato con la fragancia del cedro? ¡Ah! Ese pobre Franky, de tan humana flaqueza, debería recorrer un largo camino antes de tener la osadía de mostrarse tan vanidoso como para imitar, aunque fuera de la manera más imperfecta, la vida del santo al que debía su nombre.

Entretanto, el tío Pedro estaba al otro lado del campo, reparando el corral con su amigo Sullivan, que había acudido desde Isleta Pueblo para echarle una mano.

—¿Tu sobrino habla solo a menudo? —preguntó Sullivan, que parecía disfrutar de una vista con rayos láser, dado que la distancia de aproximadamente un kilómetro que lo separaba de Francisco no le había impedido ver que éste último, mientras tallaba, movía los labios. Sullivan sacó un pañuelo usado del bolsillo trasero y se enjugó la frente.

Pedro no interrumpió la tarea para mirar a Francisco, puesto que ya estaba enterado del asunto. Desde hacía algún tiempo se había vuelto cada vez más difícil mantener una conversación con el Franky, por simple que fuera. Ya ni siquiera se molestaba en contestar a preguntas directas. Todo lo que hacía aquel hombre era dedicarse a sus santos y a la oración. Sí, era bueno rezar mientras se trabajaba en los bultos, ¡pero es que Francisco movía los labios incluso cuando estaba dormido!

Y para peor, el muchacho ya nunca iba a la casa, ¡era el colmo! Pedro le había dejado claro a su sobrino que allí tenía un lugar siempre que lo necesitara, pero después de unos cuantos días de trabajo intenso en un bulto o en un retablo, Francisco solía regresar al pequeño estudio que alquilaba en el barrio estudiantil próximo a la universidad. No obstante, algo anidaba dentro de él como la fiebre, algo que muy pronto iba a abrirse camino o, de lo contrario, todo el mundo —tanto él, como Loretta, como el Franky—, acabaría por explotar; eso, seguro.

—Yo creo que necesita una mujer —dijo Pedro, y le sorprendió el haberlo dicho, puesto que en realidad nunca había querido pensar en aquel aspecto inexistente de la vida de su sobrino. Después de todo, un hombre tenía todo el derecho a disfrutar de un poco de intimidad, ¿qué no? Pero bueno, ya lo había dicho. Año tras año, Loretta había repetido lo mismo sobre Francisco, el más joven de la morada:

—¿Cuándo se va a buscar Francisco una novia?

Y ahora, a pesar de que Francisco había decidido convertirse en monje, su tío Pedro tenía el mismo pensamiento. Ya era hora de que su sobrino y miembro penitente de la morada hiciera algo con su vida. En otras palabras, de que se buscara una mujer. Pero ya. Lo había dicho, y después de hacerlo se sentó a horcajadas en lo alto de la cerca y prosiguió con su trabajo.

Sullivan sonrió con expresión irónica y, sin apartar la vista de Francisco el Penitente, soltó las herramientas. Antes de que pudiera reaccionar para impedírselo, Pedro vio que Sullivan avanzaba en línea recta hacia Francisco y oyó que ya desde lejos le gritaba:

—¡Eh, manito! ¿Cómo va eso?

Francisco, levantó la cabeza para ver quién perturbaba su arrobamiento religioso, y al advertir que el amigo de su tío se aproximaba a él, una sonrisa exaltada se dibujó en su rostro, como si en vez de un resuelto vaquero se tratara de una aparición. Sullivan se sentó en el tocón de un árbol, encendió un Camel y actuó como si estuviera allí para tomarse un breve descanso, no para tratar sobre algún asunto personal ni nada parecido. De modo que Francisco volvió a su trabajo, sin que la presencia de Sullivan le inquietase en absoluto, aunque se preguntó si aquel sentimiento era, como la sombra del cedro, de excesiva indulgencia para consigo mismo.

Al darse cuenta de que Francisco trabajaba en un bulto de san Isidro, Sullivan empezó a desafinar una canción pueblo que estaba dedicada al santo:

Cuando el Señor nos castiga
con una pobre cosecha,
con tu generoso manto
de lo demás protégenos.

Entretanto, con disimuladas miradas de soslayo, hacía una valoración cabal de Francisco. Evidentemente, Francisco no era Mister América, pero no había ninguna razón de peso, nada especial, para que alguna señorita de las que andaban por el mundo no pudiera tomarle cariño. A menos, por supuesto, que en Vietnam le hubiese ocurrido algo de lo que nadie quería hablar.

—¿Algún baile, últimamente? —preguntó de repente. Al ver que Francisco sacudía la cabeza sin levantar la vista del trabajo, prosiguió—: Pues hubo uno realmente sensacional en Albuquerque la semana pasada, había chicas bonitas a montones.

Francisco paró por un instante y, rompiendo sin ceremonias sus tres días de silencio, dijo:

—¿No estás casado, Sullivan?

—Sí, ¿por qué?

—Dios hará que te caigas muerto si cometes adulterio. Supongo que lo sabes, ¿verdad? —Francisco escuchó sus propias palabras.

—No, estás muy equivocado, hermano —dijo Sullivan. Sullivan era de esa clase de gente, de esas almas, por decirlo con otras palabras, que para abatirla hace falta al menos un regimiento, y ni así—. Si me alcanza un rayo y me muero, me convertiré en un Espíritu de la Nube, sagrado, y alimentaré esta tierra y a la gente de mi pueblo. Así que no me preocupa en absoluto —informó a Francisco, que no acertó si no a mirarlo con mayor dureza.

Ambos hombres permanecieron en silencio. Sullivan observaba una mosca revolotear alrededor del rostro de Francisco, posarse en su nariz o en su frente, y luego otra vez en la nariz, y otra vez en la frente, sin que al parecer Francisco se diera cuenta de ello. Sullivan resistió a la tentación de aplastarla de un palmetazo. En lugar de eso, dio una calada innecesariamente larga al cigarrillo, con lo que de pronto cobró cierto parecido con el hombre Marlboro, casi profundo, o al menos con la intención de aparentar profundidad, y volvió la cabeza.

Pedro, a quien Sullivan había abandonado en plena tarea, continuaba con su trabajo y se limitaba a levantar la vista de vez en cuando para ver cómo se las arreglaban Francisco y Sullivan con el delicado tema sobre el que, éste, como muy bien lo sabía, había ido a conversar.

—Sullivan —dijo Francisco al cabo de un largo minuto, como si fuera la primera vez que pronunciaba ese nombre, lo cual, de hecho, así era—. ¿Por qué te pusieron el nombre de Sullivan? ¿Por algún explorador? —Estaba a punto de coger uno de los Camel de Sullivan pero, para su propia satisfacción, consiguió triunfar sobre la tentación y retiró la mano.

—¡Qué va! —dijo Sullivan con una sonrisa. No le avergonzaba sonreír sino que, por el contrario, le gustaba mucho, a pesar de que le quedaban muy pocos dientes y éstos estaban todos amarillentos.

—¿No había un compositor que se llamaba así, Gilbert y Sullivan? ¿O eso eran dos tipos? ¿Le gustaba la música a tu madre, hermano?

—Qué va. Le gustaba la televisión —respondió Sullivan, con una enorme sonrisa—. Nuestra familia fue la primera del pueblo en tener televisor. Y lo del nombre fue por mi abuela. Me llamo así por el *Show de Ed Sullivan*. ¿A que es gracioso? —En ese momento sintió que había captado por completo la atención de Francisco, de modo que decidió pasar a considerar el asunto en cuestión—. Lo que tú necesitas es una mujer, Frank. —Sullivan no era hombre que se anduviera con rodeos. Cuanto mayor era la perturbación que advertía en Francisco el Penitente, el Portador de la Cruz, el Azotado, tanto más trasegador se volvía Sullivan el Guadañador.

Francisco negó con la cabeza y reanudó el trabajo con mayor diligencia aún; quitaba las virutas con la navaja igual que si despellejara a un cerdo.

—Estoy esperando una señal —confesó sin levantar la vista.

—Oye, hermano, la única señal que vas a recibir es la del bulto en tus pantalones —dijo Sullivan, y soltó una carcajada.

—¡No seas blasfemo! —A Francisco se le habían puesto rojas las orejas y tenía las venas del cuello muy hinchadas. Sullivan se preguntó entonces si ese día sería uno de esos en que habría sido mejor no levantarse de la cama.

—Oye, hermano, ¡ni tú eres un santo ni yo no soy tu feligrés! ¡Así que déjate ya de monsergas! Te conozco desde que ibas al instituto, muchacho. Solías tener a todas las chicas locas detrás de ti. La culpa de todo la tiene Vietnam y la cantidad de hierba que te has fumado. ¡Eso es lo que pasa! ¡Así que corta el rollo! Lo único que pretendía esta mañana era darte un consejo de hombre a hombre, nomás eso. —Sullivan casi había dejado de sonreír, ya que nunca en la vida se había enfadado tanto.

Se puso de pie y dirigió nuevamente sus pasos hacia donde estaba el tío de Francisco, con lo cual levantó alrededor de él una nube de polvo.

Francisco, entretanto, respondió a la impertinencia de Sullivan entonando un alabado. De todos los hermanos de la morada, él era el que mejor voz tenía, resonante pero algo amortiguada, y le permitió cantar el lamento del alabado y que sus notas llegaran a oídos de Sullivan cuando éste se acercaba a Pedro.

> El que nace desgraciado
> desde la cuna comienza
> desde la cuna comienza
> a vivir martirizado.

Pedro y Sullivan se miraron y sacudieron la cabeza, desde lejos les llegó la voz de Loretta, que gritaba:

—¡Cállate la boca, Franky! ¡Vas a hacer que se inquieten las gallinas!

Con el tiempo, el asunto se volvió más grave. Caridad se mostraba más abatida que nunca desde que había regresado a la caravana de doña Felicia. Y Francisco, que cuanto más rezaba más cerca estaba de liarse por culpa de ella igual que una enredadera, se sentía, además, desconcertado al no poder conseguir siquiera que Caridad reparase en su presencia.

Nunca olvidaba Francisco el encuentro de los hermanos penitentes con Caridad, y por eso no se atrevía a dirigirse a ella directamente, porque temía que le guardara algún rencor por haber intentado forzarla a salir de la cueva. Si hombres ya adultos no habían conseguido moverla siquiera, entonces, ¿por qué, aun cuando fuera el mayor anhelo de su corazón, iba él a albergar alguna esperanza de persuadirla de que, aunque más no fuera, le dedicase una miradita?

Francisco se sentía completamente impotente frente a su deseo; un deseo que, a pesar de todo, intentaba justificar mediante su identificación con la llamada espiritual. De modo que se metió en la cabeza que aun cuando el Lazo de Cazar no parecía reparar en él, su tormento encontraría un cierto alivio si conseguía al menos tenerla cerca. De modo que eso fue lo que hizo, convencido de que nadie se enteraría nunca de sus movimientos.

Era una tarea tediosa y, en honor a la verdad, aburrida la mayor parte del tiempo, puesto que Caridad casi nunca abandonaba su caravana y, la mayor parte de los días, la distancia más grande que recorría era la de los pocos metros que le separaban de la caravana de doña Felicia. Pero Francisco era un devoto implacable y no se quejaba, ni siquiera para sus adentros, de las interminables horas que pasaba en el suelo duro, detrás de las pitas y las bardanas que rodeaban el cámping de caravanas de doña Felicia.

Puesto que, de hecho, no hacía allí otra cosa que mantenerse cerca de su amada, trabó entretanto amistad con las lagartijas que le culebreaban por las piernas (y es que seguramente las confundían con árboles porque, tras unas cuantas horas en la misma posición, resultaba inevitable que se le hubiesen quedado entumecidas), y con las cigarras, los escarabajos y otros humildes bichos que se arrastraban alrededor de él.

Por otra parte, también estaban las urracas, que bajaban en picado para hacerse con alguna que otra colilla encendida que Francisco hubiera lanzado lejos de él, y volaban después a posarse en los cables telefónicos para fumársela, pero a éstas no las recibía bien, porque sobre todo amenazaban con delatar su escondrijo.

No obstante, una tarde Francisco recibió una señal indiscutible y fortuita que le demostró que estaba donde tenía que estar, allí detrás de los arbustos espinosos, la artemisa y el palo verde, cuando vio que dos colibríes hacían su nido justo sobre el saliente superior de la puerta de Caridad; y como todo el mundo sabe, los colibríes, al contrario que esas urracas sinvergüenzas y ladronas que no tienen ningún valor redentor, son el presagio de un amor verdadero.

Aquella noche sí fue a casa, es decir, al rancho de su tío Pedro, en estado de éxtasis, y mientras mezclaba cenizas con el estofado de cerdo, motivo por el cual Loretta hizo rechinar los dientes y el tío fijó la vista en su propio plato, pues bastante lo afligía ya la manía del joven hermano penitente por mitigar las percepciones sensuales, Frank rezaba en voz alta el Ave María. Lo inquietante del asunto es que no se limitaba a decir «Ave María» tal cual, sino que elevaba el tono en según qué palabras, unas sí y otras no, como si en cualquier momento quisiera empezar con un himno evangélico o algo parecido, o como si existiera alguna broma privada entre él mismo y Quienquiera que fuese y que realmente fastidió a Loretta hasta que ésta por fin dio un golpe en la mesa con el salero y consiguió que Francisco el Penitente abandonara su ocupación.

—¿Adónde vas? —le preguntó Pedro a Francisco una noche, poco tiempo después de aquello. Francisco no se había ausentado de casa ni una sola vez tras la puesta de sol desde que se había instalado allí. Y es que había que admitir que eso era lo que había hecho. No tenía más que una muda de ropa, y era la que llevaba puesta, claro está: tejanos negros, camisa negra, cinturón negro, botas negras, sombrero negro, abrigo negro, en fin, y para abreviar, todo negro, y no porque fuese poeta ni porque intentara parecerlo, sino debido a su antigua sangre andaluza. Su hermano James, ese pájaro que no hacía más que salir y entrar en la cárcel, también iba vestido siempre de ese modo. Y, pensándolo bien, el padre de Pedro también.

Y además de la ropa se había llevado con él los pocos libros que poseía: *El viaje del alma hacia Dios*, que había sacado de la biblioteca pública del pueblo de Las Vegas, al norte, donde nunca había regresado para devolverlo, y no porque fuera un ladrón, sino porque no podía dejar de leerlo una vez tras otra; un ejemplar quebradizo de la *Cartilla y doctrina espiritual para la crianza y educación de los novicios que toman el hábito en la orden de N.P.S. Francisco*, que había pertenecido a su bisabuelo, primer fundador de la morada, y un ejemplar de las *Leyendas y escritos de santa Clara de Asís,* que había sido de la hermana de su madre, la hermana Clara, de la Sociedad de Nuestra Señora de la Más Santa Trinidad. Su tía, la hermana Clara, aún vivía, pero había hecho voto de silencio para toda la vida, de modo que nunca había tenido trato con ella. Sólo la había visto una vez, en el funeral de su madre, donde ella aprovechó para entregarle rápidamente el libro sin, por supuesto, decirle absolutamente nada.

Aparte de estos libros, sus únicas otras posesiones eran un frasco de Old Spice para después del afeitado que alguien de su familia —probablemente Loretta— le había regalado el año anterior por Navidad, una libreta de espiral para las anotaciones, tres flamantes bolígrafos Bic, y la cinta de la primera grabación de Jimi Hendrix con su banda The Experience, que se había comprado hacía más de veinte años, durante su primer permiso en Fort Bliss. Y puesto que tenía todas esas cosas con él, Pedro supo que el Franky se había instalado allí.

—Fuera —fue todo lo que respondió Francisco el Penitente a la pregunta del tío.

¡Fantástico!, exclamó Pedro para sus adentros aunque no dejó entrever su alegría, mientras pensaba sencillamente que, tal vez, Francisco se hubiese decidido por fin a vivir la vida. Entonces su esposa dijo en voz alta (porque después de convivir cada día durante casi tres décadas completas dos personas acaban por conocerse y lo que piensa una lo dice la otra):

—¡Fantástico! Tal vez Franky se haya decidido por fin a vivir la vida.

Pero ¿cómo podían saber Loretta o el tío Pedro —ni siquiera el tío Pedro, que creía comprender en buena medida el modo de obrar de Francisco, pero que últimamente no había ganado ni un solo premio como gran conocedor del temperamento humano—, que ése no era el principio de una vida sino, en realidad, el principio del final?

Aquella noche, Francisco fue hasta la caravana de Caridad para permanecer en vela allí fuera, y cuál no fue su inquietud al percatarse de que la furgoneta de ella había desaparecido. Había aparcado su propia furgoneta al final del camino, fuera de la vista, y esperó escondido tras los arbustos de siempre hasta que poco antes del amanecer ella por fin regresó a casa. Eso lo disgustó más aún que el haber dormido en el suelo frío y despertar con el cuerpo cubierto de criaturas de Dios que lo recorrían de arriba abajo, en tal número que no tuvo ánimos siquiera de sacudírselas de encima mientras caminaba a trompicones hacia su furgoneta al final del camino.

La tarde siguiente montaba guardia en su puesto cerca de la caravana de Caridad, y no se fue con la puesta de sol sino que se quedó allí hasta que, como sospechaba que sucedería, ella salió y subió a la furgoneta.

Él corrió hacia la suya y la alcanzó en el camino que cruzaba el South Valley hasta que finalmente ella aparcó junto a la acera de enfrente de una casita blanqueada al estuco, y se quedó allí, sin salir del vehículo. En la casita había gente, lo supo por las luces y por la furgoneta y el

VW aparcados en el sendero de la entrada de coches. Pero Francisco no podía ver qué ocurría dentro, puesto que para que Caridad no advirtiera su presencia, había aparcado algo lejos. Pero nadie salió de la casa, ni ella se apeó de la furgoneta.

La noche siguiente ocurrió exactamente lo mismo. Y también la otra, y así sucesivamente. Excepto los fines de semana. Todo el mundo parecía tomarse los fines de semana libres, y abandonar sus ocupaciones detectivescas, o ésa al menos fue su conclusión, en vista de que esos días Caridad no salía de la caravana. Así que por gusto nomás, se fue hasta la casita blanqueada donde vio que uno de los vehículos había desaparecido y que a pesar de que era de día la luz del caminito de la entrada permanecía encendida, lo que constituía para él una prueba fehaciente de que los propietarios estaban fuera.

Pero el lunes empezó todo de nuevo. Todo el mundo volvió a sus puestos, y el martes, en lugar de seguir a Caridad hasta la casita blanqueada, Francisco fue, por decirlo de algún modo, a buscarla directamente allí, a la hora de costumbre.

Cuando llegó a la casita y le pareció que no había nadie a la vista, se tomó la libertad de apearse de la furgoneta con la intención de averiguar quiénes habitaban aquella casa. En el buzón leyó los nombres de dos mujeres. Para Francisco el Penitente todo aquello constituía un misterio enorme, de modo que decidió que no podía seguir sin saber por qué su Caridad, su dulce más dulce que el néctar del jazmín, montaba guardia allí todas las noches, así que se fue a preguntarle a doña Felicia, quien, por ser la persona que al parecer mejor conocía a Caridad, seguramente sabría algo al respecto.

Sería, desde luego, muy discreto. Lo último que deseaba en este mundo era que su madrina Felicia sospechara que estaba enamorado de Caridad, no porque no fuese verdad, sino porque no era verdad. Al menos, él no estaba enamorado en el sentido humano que se le daba a aquella palabra. Pero después de un par de tacos de papita frita con chiles de los de doña Felicia, se oyó a sí mismo soltar de buenas a primeras la pregunta que lo había llevado a visitar a la madrina:

—¿Quiénes son María y Esmeralda, madrina?

Doña Felicia se quedó paralizada y miró hacia arriba, examinó las manchas de las goteras en el techo de la misma manera que una adivina serbia lo haría con los posos del café, como si la respuesta pudiera estar allí.

—Esmeralda... María... ¡Ah, sí!

—¿Quiénes son, madrina? —volvió a preguntar Francisco, consciente de la tensión que le producía estar a la espera de la respuesta. Aquella misma mañana las había visto de refilón. Las dos parecían indígenas, o quizá mestizas, o incluso hispanas. Se había pasado el rato allí fuera con la esperanza de verlas, y eso fue lo que ocurrió, ya que ambas salieron juntas de la casa, supuso él que para ir a sus respectivos lugares de trabajo. Iban de la mano y reían y, antes de meterse la una en la furgoneta y la otra en el VW, se dieron unos besitos en la mejilla.

¿Quiénes eran, y por qué Caridad montaba guardia frente a su casa una noche tras otra? Y ¿por qué, oh, por qué, no podía olvidarse de todo aquello e irse a casa a dormir, en lugar de observar a Caridad que observaba la casita blanqueada desde la noche hasta el amanecer?

—Esmeralda es algo así como una amiga de Caridad —dijo doña Felicia, como si escogiera con cuidado las palabras para revelar esa información tan claramente importante para Francisco. Pero lo cierto era que la anciana no estaba demasiado segura de quiénes eran en realidad Esmeralda y María. Recordó los nombres de inmediato. Sabía que habían ido a verlas, a ella y a Caridad. María padecía de dolores crónicos en el cuello y había ido para que doña Felicia le administrara unos sobajeos. Las dos parecían tener en gran estima a Caridad pero, como solía hacer con la mayoría de la gente, Caridad se retiró y apenas si les dirigió la palabra. Por otra parte, y según las impresiones de doña Felicia, la que había iniciado el contacto con Caridad era la que se llamaba Esmeralda, aunque Caridad nunca le contó a doña Felicia cómo había llegado a conocerla.

—¿Esmeralda? —dijo Francisco el Penitente con dificultad, como si pronunciara una palabra desconocida.

—Sí, *mon cher.* ¿Bonito nombre, verdad?

—¿Viene a ver a Caridad muy a menudo? —preguntó él, y parpadeó como si fuera a ponerse a llorar de un momento a otro.

—Ambas han estado aquí unas tres o cuatro veces, tal vez cinco. Y mientras yo le daba a María su sobajeo, Esmeralda la esperaba en la caravana de Caridad. ¡Pero ya sabes tú lo tímida que es Caridad! Resulta que le servía a la joven mujer una taza de té y luego corría a esconderse a su habitación. Al menos eso es lo que creo, porque en una ocasión en que Caridad no había salido en todo el día de la caravana, le pregunté a Esmeralda cómo estaba y me dijo: «Pues no estoy muy segura, señora, porque lo cierto es que no me habla».

Francisco bajó la cabeza. Después de aquello no tardó mucho en marcharse, y supo que ya nunca podría poner los ojos sobre Caridad. Ése era el modo algo confuso en que trabajaba la cabeza de Francisco el Penitente, pues todo el rato creía haber hecho astutas conexiones cuando en realidad ni siquiera estaba enchufado.

Doña Felicia lo observó marcharse desde la ventana. ¡Ay, ay, ay! se dijo para sí a modo de lamento, y luego se santiguó. Su ahijado estaba más delgado de lo normal, y con toda esa vestimenta negra que siempre llevaba parecía cada vez más un zopilote, a punto de remontarse hacia el cielo y volar en círculos sobre presas moribundas. Lo vio titubear frente a la puerta de Caridad, antes de regresar a su furgoneta y marcharse como lo haría un adolescente irresponsable, con un acelerón que levantó una gran polvareda.

Entretanto, la obsesión particular de Caridad era, por supuesto la Mujer-de-la-tapia-luego-ayudanta-en-Ojo-Caliente, que de manera involuntaria se había apoderado de su corazón-lazo y quien finalmente tuvo un nombre. Pero Caridad apenas si se atrevía a pronunciarlo, y mucho menos se permitía amar a Esmeralda abiertamente, por un sinfín de razones. La primera, porque, tal y como supo aquel mismo día en los baños termales, Esmeralda ya amaba a alguien, y el nombre de ese alguien era María.

Pero también, porque todo y todos a los que Caridad había entregado su corazón, habían desaparecido. No había de ello más que dos ejemplos, Memo y *Corazón*, pero con dos era más que suficiente. Y luego, evidentemente, había perdido a sus dos hermanas, a Fe por un lado y por otro, en cierto modo, también a la mayor, Esperanza.

A Esperanza sólo hasta cierto punto, porque todo el mundo sabía que, gracias a lo tozuda que había sido toda la vida, aún andaba por ahí. Y no sólo se le aparecía de vez en cuando a la Loca, junto a la acequia, y a otra gente en sus sueños, como a Sofía o doña Felicia, sino que realmente hablaba bien clarito con Caridad. De modo que le resultaba difícil echar de menos a su hermana mayor, porque la tenía más cerca ahora, después de muerta, que en vida.

Pero Fe, esa Fe que con tanta ternura le había acariciado la frente a Caridad la noche aquella de la recuperación, cuando había vuelto al mundo de los vivos después de su encuentro con la malogra, esa Fe estaba muerta de verdad. Y nadie puede traer de regreso algo que ha muerto tan de veras, de ninguna de las maneras, lo mismo da cuánto tiempo pase de rodillas frente a las velas y el incienso, y cuánto rece por una palabra o una señal, todo lo que haga será inútil.

No, no iba a correr el riesgo de que la preciosa Esmeralda muriera por culpa de ese contacto suyo, aparentemente fatal. Doña Felicia siempre le tomaba el pelo a Caridad y le decía que cada vez se parecía más a su hermana la Loca, temerosa de la gente, pero era posible que la Loca se hubiera dado cuenta de todo desde el principio.

Así que cada noche, Caridad —cuyas pautas de sueño se movían siempre en los extremos, es decir que o bien no dormía en absoluto o bien dormía durante unos cuantos días seguidos y a veces durante semanas, por lo general antes o justo después de hacer una profecía— aplacaba su ardiente deseo mediante un único consuelo: el de vigilar la casita de María y Esmeralda. No se trataba de que creyese que fuera a ocurrirles nada malo. No, no era esa la razón por la que montaba guardia. Era sólo que permanecer cerca de ella hacía que se sintiese bien, del mismo modo que Francisco el Penitente se sentía bien cuando permanecía cerca de la propia Caridad. Sí, ella siempre había sabido que él estaba ahí. ¿Cómo no iba a percatarse de ese cercano anhelo de lo imposible, tan parecido al que sentía ella misma?

En cuanto a Esmeralda, no dejó de ver a Caridad como a aquella prima lejana suya a quien creyó reconocer en un principio. Podría decirse que sentía por ella un amor natural, que se vio incrementado de inmediato en cuanto se enteró de que era una especie de hechicera. La palabra «hechicera», por supuesto, nunca salió de los labios de Caridad. Esmeralda sabía que ella era aún demasiado joven para comprender sus dones, de modo que no le importaba que Caridad huyese de ella cuando iba a visitarla mientras María recibía los masajes de doña Felicia.

Caridad siempre la hacía pasar a su pequeña caravana sin decir más que:

—Hola, ¿qué tal?

Luego servía una sabrosa infusión de alguna de sus hierbas y un trocito de pan dulce, si lo tenía, todo ello también sin mediar casi palabra.

Las dos mujeres nunca se dijeron demasiado la una a la otra, aunque sin duda se comunicaban a un nivel menos prosaico que el de las meras palabras. En cualquier caso, Caridad nunca conoció acerca de Esmeralda los detalles que Francisco el Penitente logró averiguar muy pronto gracias a sus investigaciones como, por ejemplo, que era una extraña asistente social y durante los últimos meses había trabajado también como subdirectora del nuevo Centro de Ayuda contra la Violencia Sexual en Albuquerque.

Aunque Caridad no le hablara, Esmeralda se sentía reconfortada por el mero hecho de estar allí, sentada frente a la mesita de madera de la cocina, y porque Caridad se encontrase en la habitación contigua rezando por ella, y es que Esmeralda, a pesar de que Caridad nunca lo dijera, estaba convencida de que era eso y no otra cosa a lo que se dedicaba allí, en la habitacioncita donde hacía arder el incienso.

Rezaba por Esmeralda sin saber por qué, aunque tal vez ésta habría podido figurárselo sólo con que Caridad hubiese manifestado lo que le rondaba por la cabeza, pero nadie hablaba con nadie de nada y todos, entretanto, vivían en un constante estado de inquietud, con la sensación de que alguien los perseguía todo el tiempo y es que, evidentemente, eso era lo que ocurría. De manera que el día en que Francisco dejó ver que la había seguido hasta el trabajo, en lugar de ponerse en guardia y seguir al pie de la letra todos los consejos que ella misma daba a las mujeres que acudían al centro, Esmeralda, la subdirectora del Centro de Ayuda contra la Violencia Sexual se detuvo a hablar con Francisco el Penitente para averiguar de una vez por todas qué ocurría.

Aquel hombre alto vestido de negro que aseguraba ser el ahijado de doña Felicia se había pasado todo el día aparcado frente a su oficina. Esmeralda había reparado en él durante la comida, cuando al salir a comprar un burrito de carne adobada al puesto de venta ambulante que se instalaba justo allí fuera, había visto a aquella especie de hombre de sombra apoyado en el capó de su furgoneta, con un montón de colillas alrededor de los pies (lo cual indicaba que hacía rato que estaba allí), y que sacaba de su envoltorio un burrito para comérselo. En ese momento él no le dijo nada, pero ambos intercambiaron una mirada larga y severa, antes de que Esmeralda volviera a entrar.

Acabada la jornada de trabajo, Esmeralda lo vio nuevamente allí fuera, rodeado de más colillas aún y bebiendo de un enorme termo de café. Entonces se encaminó directamente hacia la furgoneta. Sin embargo, fue él quien inició la conversación. Le hizo unas cuantas preguntas sobre Caridad, y Esmeralda enseguida se dio cuenta de que a él le obsesionaba ese tema, lo que no acababa de comprender era por qué hablaba con ella y mucho menos por qué había ido a buscarla a su lugar de trabajo, y antes de que ella pudiera darse cuenta, Francisco se la había llevado por la fuerza.

Sí, la había secuestrado, precisamente frente al Centro de Ayuda contra la Violencia Sexual. La mayoría de las voluntarias y profesionales del centro se habían marchado ya, habían desaparecido en sus coches y furgonetas o habían caminado hasta la parada del autobús, de manera que no había ningún testigo presencial cuando él, tan escuálido, tan desnutrido, tan desquiciado por querer alimentarse únicamente de oraciones y cigarrillos, consiguió subirla a su furgoneta.

No por la fuerza física, ya se entiende. Nunca habría vencido a Esmeralda en una pelea, ya que ella no era una mujer débil. Además, su cinturón pardo en judo y su primer puesto en la Competición Anual de Artes Marciales de Mujeres del Suroeste, le habrían asegurado una victoria fácil contra aquel espantapájaros, al que habría dejado hecho un amasijo de huesos rotos. No, no fue la fuerza de los músculos, sino el poder de las palabras lo que pudo con ella. Ahora bien, nadie sabrá jamás cuáles fueron esas palabras.

—Vamos a llamar a la policía —le dijo María a Esmeralda aquella noche cuando Francisco soltó a esta última delante de su casa. María, que había caminado arriba y abajo por la sala, se había fumado un porro y se había vuelto medio loca porque su amiga no le había telefoneado para decirle que llegaría tarde, sospechaba lo peor, y lo peor era, en efecto, lo que había ocurrido. Bueno, tal vez no lo peor, que habría sido que en lugar de descargar a Esmeralda Francisco el Penitente hubiese descargado un cadáver.

María nunca había visto a Francisco el Penitente. Ni siquiera había podido echarle un vistazo para barruntar qué era capaz de hacer. Sólo sabía que Esmeralda no debería haber confiado en él. O bueno, al fin y al cabo tal vez no había confiado en él, quizá la había obligado a subir a la furgoneta, aunque se resistiera y gritase. Esmeralda no decía nada, no hacía nada excepto mirarla de vez en cuando con una expresión en el rostro que tampoco decía absolutamente nada.

Por eso, al día siguiente, María no intentó retener a su amiga sino que dejó que se marchara, y aunque su corazón quisiera envolverla toda, se limitó a darle un besito acompañado de unas palabras:

—Os esperaré para la hora de la cena, ¿de acuerdo?

Y luego contempló la vieja furgoneta de Caridad alejarse por el camino que conducía a la autopista 40.

Entonces María arrojó bajo el asiento el tubo de plomo que empleaba como arma de defensa y se dijo que iría a darse un masaje, pero en realidad lo hacía porque sabía que nunca más volvería a ver a Esmeralda y deseaba ir a lo de doña Felicia para que ella le dijese qué debía decir cuando llegara el momento de decirlo.

Aquella tarde el tiempo era tan seco como siempre. Caridad y Esmeralda llegaron a Acoma Pueblo y se dirigieron hacia Sky City, la población más antigua de toda América que en ningún momento había dejado de estar habitada. Se les había permitido llegar hasta arriba porque la abuela de Esmeralda vivía allí. La hermana menor de Esmeralda heredaría un día la casita de adobe que su abuela había ayudado a reconstruir, pues tenía de ello la misma necesidad urgente que habría tenido una casa de por lo menos mil años. Esos días, la hermana menor de Esmeralda se dedicaba también a revocarla con barro.

A pesar de que la hermana más joven no estaba allí el día en que las dos mujeres llegaron, en cambio sí estaba su hijito, jugando ante la puerta de la casa con una bicicleta sin pedales. Después de que le presentasen a la abuela, Caridad se quedó fuera a esperar a Esmeralda, de modo que pudiera disfrutar de cierta intimidad para hablar, que era lo que ella suponía que iba a hacer.

Caridad, por lo pronto, ya se había percatado de que Francisco la seguía en su furgoneta —de hecho, en los últimos meses se había convertido en una compañía constante— cuando se dirigían hacia Acoma. Sin embargo, él no había podido acceder a la altiplanicie como habían hecho ellas, porque a la gente de fuera no le estaba permitido llegar hasta allí sin invitación.

Miró alrededor. No resultaba fácil esconderse allí arriba. Por lo que ella alcanzaba a ver, no había más que un sólo árbol insignificante bajo el que estaba aparcada una furgoneta destartalada, probablemente el único vehículo que aquel día no quedara asado por el sol. El autocar de Sky City se había detenido delante de la gran iglesia. Había un pequeño grupo de turistas guiado por una joven. Caridad entrecerró los ojos para ver si Francisco se encontraba entre ellos, pero no pudo localizarlo. Al fin y al cabo, era como un espectro, y más escurridizo que una anguila.

Había cosas que ni siquiera una clarividente como ella podía ver, cosas que, como si dijéramos, ni siquiera su dedo de percepción extraordinaria podía señalar. Caridad había rezado por la claridad. Se había pasado horas mirando fijamente una jarra transparente, tal y como le había indicado doña Felicia que hiciera cuando se encontrase en situaciones difíciles como aquélla. Había caído en trance gracias a las hierbas, pero aun así, cuando llegaba a Francisco siempre topaba con algo opaco.

Incluso había ido a consultar con una famosa transmisora que vivía en Santa Fe, una mujer anglosajona de Nueva York, quien declaraba que mantenía conversaciones con un espíritu de dos mil años, pero ni la neoyorquina ni el espíritu de dos mil años habían oído hablar jamás de Francisco el Penitente. De hecho, ninguno de los dos sabía qué era un penitente.

—¿De dónde ha dicho que viene? —preguntó Caridad a la transmisora.

—¿A quién de nosotros te refieres? —inquirió a su vez la transmisora.

—A ambos —dijo Caridad.

—De Long Island y de Egipto, respectivamente

—contestó la mujer con una voz que tenía un extraño sonido estereofónico. Caridad dio un respingo. No sabía casi nada de ninguno de aquellos dos lugares, pero de lo que sí se sintió bastante segura era de que en ese mismo momento acababa de malgastar setenta y cinco dólares ganados con el sudor de su frente; regresó a casa para consultar con sus propias voces interiores.

Pero seguía sin haber ninguna pista que permitiese conocer los verdaderos motivos de Francisco, y por eso precisamente aquel día, mientras estaba allí sentada y espantaba las moscas con las manos al tiempo que comía un trocito de pan recién salido del horno de la abuela que el sobrinito de Esmeralda le había ofrecido, y algunas pipas de girasol de una cesta que la abuela había dejado también para ella allí fuera, se sintió herida como del rayo cuando, de modo involuntario, alcanzó a oír lo que Esmeralda y la abuela hablaban justo al otro lado de la puerta abierta. Siendo, como era, una clarividente humilde, todo lo que pudo pensar fue: «¿Cómo he podido estar tan ciega?»

Y si al menos hubiese sido un rayo verdadero y no una mera expresión, tal vez nuestra Caridad se hubiera convertido en un Espíritu de la Nube, como con toda seguridad le ocurriría a Sullivan, el de Isleta, cualquier día de verano. Pero no, esa expresión no era más que para mostrar lo mucho que aquello afectó a Caridad. Y cuando oyó lo que oyó, todo lo que pudo hacer fue encoger las rodillas, apretárselas contra el pecho, y plegarse sobre sí misma como una cajita mágica china, con el rostro húmedo de lágrimas escondido en su interior.

—¿Qué ocurre? —preguntó Esmeralda cuando oyó los fuertes sollozos de Caridad y salió a ver qué ocurría, pero Caridad no pudo contestar. De modo que Esmeralda se agachó y, sencillamente, abrazó a su amiga con la intención de consolarla—. ¡Venga, vamos, que ya está!

—le dijo, algo sofocada ella también por lo que acababa de referirle a la vieja abuela.

Y entonces, como si las pesadillas, una vez que han comenzado, fuesen el inevitable y largo camino hacia el mismísimo infierno, Esmeralda levantó la vista y murmuró:

—¡Oh, santo cielo!

Acababa de reconocer, entre el pequeño grupo de turistas, a un tipo alto, enjuto y solitario, que trataba de pasar inadvertido. Y aunque sabemos que Esmeralda no tenía miedo, sencillamente porque no lo tenía, no sabemos por qué a continuación hizo lo que hizo, es decir, empezar a correr.

Y tras ella, además, empezó a correr Caridad, que gritaba:

—¡Para!

Y también el niño, que decía:

—Tía, ¿adónde vas, tía? —hasta que la vocecita dejó de oírse y Esmeralda volaba, abandonaba la altiplanicie como una mariposa nocturna de débiles alas, y llevaba asida de la mano a Caridad, que en lugar de una mujer parecía una cometa que traza piruetas en el aire.

¡Era la llamada de Tsichtinako! La abuela de Esmeralda, que apretaba con fuerza la manita de su nietecito, lo oyó y asintió. La guía turística pueblo lo oyó, y aguzó el oído en un intento por comprender las palabras. El cura de la iglesia, que aquella misma mañana oficiaba precisamente algunos bautizos, salió y se llevó las manos a las sienes. Dos o tres perros empezaron a ladrar. La gente de Acoma lo oyó y supo que se trataba de la voz del Invisible, el que había alimentado a los dos primeros seres humanos, que habían sido también dos mujeres, a pesar de que hacía mucho tiempo que nadie lo oía y algunos todavía no lo habían oído nunca. Pero todos, sin embargo, sabían de Quien se trataba.

Entretanto, Francisco había visto que Esmeralda y Caridad se echaban a correr y luego había observado, atónito, que se lanzaban juntas al vacío. Una vez repuesto, se adelantó hasta el borde de la altiplanicie con el resto de turistas de Sky City, algunos totalmente escépticos, otros que, presa del pánico, lloraban y gritaban, y por último, uno o dos que se limitaban a caminar con calma por allí para ver, por pura curiosidad, qué había quedado allá abajo. Pero, para gran sorpresa de todos, allí no había resto mórbido alguno de ningún cuerpo astillado que se hubiera estrellado contra el suelo, en lo más hondo, igual que vajilla barata, vidrio o pan duro. Tampoco estaban allí los cuerpos enteros tendidos apaciblemente. No había nada de nada.

Sólo el espíritu del dios Tsichtinako que daba voces a través del viento para guiar a las dos mujeres, pero no hacia los rayos del sol, ni tampoco hacia las nubes, sino hacia abajo, hacia lo más profundo, suave y húmedo de la tierra oscura, donde Esmeralda y Caridad estarían a salvo y vivirían para siempre.

El tío Pedro y Loretta tardaron mucho tiempo en enterarse de toda la historia. Pero Felicia supo de ella aquella misma noche, porque María le contó lo que sabía cuando la policía llegó a la caravana de Caridad. Luego, un poco más tarde, acudió más policía aún para ver a doña Felicia y decirle que aquella noche habían encontrado a su ahijado, justo después de la puesta de sol, al final de las tierras de su tío, con expresión de desconsuelo y colgado de un alto pino como una pera picada por una urraca, que fue el modo en que alguien lo describió y el modo también como se lo recordó desde entonces.

Lo descubrió su tío Pedro, que había pasado el rato con su esposa, Loretta, y su amigo Sullivan, mirando un vídeo de Charles Bronson, después de un duro día de trabajo dedicado a instalar un molino en el rancho, cuando de pronto Sullivan dijo:

—¡Chsss, chsss! ¿Habéis oído eso?

Loretta le dio rápidamente al botón de pausa del mando a distancia, y entonces lo oyeron los tres, un lamento contenido que resonaba claramente y viajaba a través de los campos de trigo, el huerto de Loretta donde las calabazas se cultivaban según los ciclos de la luna, el corral y el aire espeso de la noche y finalmente a través de la puerta mosquitera.

—¡Caridad! —decía la voz de Francisco, débil y lastimera—. ¡Caridad!

Después de aquello sólo quedó el coro discordante de las cigarras.

13.   Del último adiós de don Domingo, sin gran mito-
te; y del Encuentro con un doctor invisible, más conoci-
do en estas tierras como Cirujano psíquico, quien, en
cualquier caso, no tiene remedio para la muerte.

Tras la incineración de Fe, su padre recuperó una antigua
costumbre de juventud y se metió de lleno en las peleas
de gallos que cada sábado por la noche, por lo menos desde
que Domingo tenía diez años —que fue cuando apostó
por primera vez en su vida—, los compadres organizaban
en el South Valley. Los domingos don Domingo iba a
misa con Sofía —lo cual no constituía en absoluto una
costumbre antigua— pero al igual que la creciente fiebre
por las peleas de gallos, aquello tal vez hubiese sido una
especie de camino para aliviar el dolor de la brutal
muerte de Fe.

No es que a don Domingo le resultara menos dolo-
roso pensar en la muerte de sus otras dos hijas. El se-
cuestro y muerte de una de ellas en el desierto, y el salto
desde una altiplanicie de la otra, como si fuera uno de
esos zambullidores de los riscos de Acapulco, pero sin
océano debajo, constituían ambos recuerdos espantosos
de las partidas de las dos hijas mayores, tanto para don
Domingo como para la alcaldesa Sofía. Pero, en cierto
modo, la muerte de Fe los había golpeado con mayor
fuerza aún, no porque la prefirieran a las demás, sino

porque los dos habían combatido personalmente contra la devastadora destrucción de la vida y el espíritu de Fe, y habían perdido.

En la población extraoficial de Tome, la cooperativa de cría de ovejas y fabricación de lana iba viento en popa, del mismo modo que la Cooperativa de Alimentación de Tome (que antes había sido la carnicería Buena Carne, de Sofi), y Sofía, al menos por lo que a sus propios medios de vida se refería, experimentó un breve período de equilibrio económico por primera vez en su vida adulta. Pero esto, desgraciadamente, no iba a durar demasiado.

La tierra de Sofía, que por su verdadera naturaleza era seca y sedienta, era tierra de empresas ingeniosas; los primeros españoles aprendieron de los nativos los métodos de regadío, tanto para mantener las cosechas como para alimentar a los animales, y a arreglárselas con útiles toscos, a hablar con el cielo y a honrar a las montañas y los ríos, pero a pesar de esa fe constante e implacable, y de los agotadores trabajos diarios, y de los siglos que pasaban, y del mundo que cambiaba alrededor, las cosas nunca habían sido fáciles.

Entretanto, las apuestas de Domingo eran cada vez más cuantiosas y no tardó en llegar el día —puesto que al jugador que está en plena fiebre no le lleva demasiado tiempo perder todas sus posesiones y luego las de otra persona si están a su alcance— en que Sofía se hartó y dijo:

—¡Ya!

Otra vez...

De repente, como si le diesen un golpe en la cabeza con un palo, todos los recuerdos acudieron a su mente con claridad absoluta.

—¡Igual que si hubiese sido ayer, comadre! —dijo en voz alta. A medida que recordaba, Sofi la alcaldesa le iba relatando toda la historia completita a la comadre doña Rita de Belén, una mañana mientras estaban en la cooperativa de alimentación. Le contó que en aquellos días pasados Domingo había apostado poco a poco las tierras que ella había heredado de su padre, y cómo finalmente ya no pudo aguantar más y le dio la carta de despido. Tal que así, fue hasta él y le dijo:

—¡Lárgate, hombre, vete antes de dejarnos de patitas en la calle! —Pues sí. Había sido Sofía quien había echado a Domingo.

Lo crea o no, comadre.

Pero durante veinte años todos (empezando por la propia Sofía) se habían olvidado de aquel pequeño detalle y habían llamado a Sofía la Pobre Sofi y la Abandonada, y eso resultaba bastante desagradable, porque para ella no había nada más lastimoso en el mundo que el que la considerasen una mujer abandonada.

Y lo que la llevó a sacar a Domingo de su vida una vez más fue el darse cuenta un día de que él había cedido la escritura de la casa. No pudo entregar también la carnicería (cosa que probablemente habría hecho de haber tenido la oportunidad), porque ya no pertenecía solamente a Sofi sino que estaba vendida en partes a la comunidad.

Pero la casa, esa casa de adobe, paja, estuco y ladrillo en algunas partes, esa casa que había pertenecido a su madre y a su padre, y también a sus abuelos, si es por eso, y donde habían nacido y se habían criado ella y su hermana, le pertenecía. Sin embargo, la ley, basada en los bienes comunales, establecía que la casa pertenecía por igual a su marido legal, que seguía siendo, incluso después de veinte años de que la llamaran la Abandonada, Domingo.

Un día, esa mismísima mujer, quien, al contrario de lo que susurraban algunos vecinos, nunca debería haber permitido, para empezar, que ese haragán y sinvergüenza regresase a su lado, recibió una notificación del banco según la cual su casa, junto con el miserable acre anexo a la misma, que ella no había vendido a la comunidad de Tome con el único propósito de tener un lugar para los caballos de la Loca, había pasado a ser propiedad de un cierto juez Fulano.

Sofía supo de inmediato lo que había sucedido, y le pareció, todo hay que decirlo, simple y llanamente fraudulento el que fuera precisamente un juez, un servidor del pueblo, quien hubiera ganado a Domingo una apuesta como aquélla. ¡Por todos los santos! Pero Sofía no tenía ninguna intención de resignarse sin más, así que una mañana se levantó y fue a ver al criador de pavos reales que, entre otras cosas, era abogado de profesión. Puesto que había demostrado ser un buen vecino, Sofi lo veía, antes que como abogado, como gente y nada más, de modo que tenía la sensación de que podía confiar en él, y gracias a sus esfuerzos al final consiguió que el juez contestara a su demanda.

Sí, en efecto, el juez Fulano había ganado la casa en una pelea de gallos, «de manera honrada y limpia», según dijo a Sofi con ese tono que la gente de leyes emplea para hablar con quienes no lo son, ese tono que hace creer que tienen la ley de su parte, sea cierto o no.

—Pero ¿cómo va a ser de manera limpia y honrada, si esas peleas de gallos son ilegales? —dijo Sofi, exasperada.

—Bueno, señora, lo siento mucho —se disculpó el juez a la manera del gran hipócrita que era—. Pero tampoco es que sea demasiado limpio no mandar a prisión a su marido y al resto de los tipos que estaban metidos en el asunto, ¿no le parece?

Sabía que las alternativas de Domingo eran pocas y realmente no deseaba verlo sufrir en prisión, con su reumatismo y los malos días que le daba, ya que tras la muerte de sus niñas, una tras otra, le afectó todas las articulaciones, y cuando no salía a jugar se quedaba allí desmoralizado, sentado en la mecedora, delante del televisor, y veía las telenovelas, o las predicciones de Walter, el místico puertorriqueño, o programas de polémica como el *Cara a Cara*, donde solían llevar a expertos en el tema de la adoración del demonio en la zona este de Los Ángeles, o gente para discutir sobre la infidelidad conyugal o, por ejemplo, aquel extraño caso de la vez en que invitaron a la madre de una mujer cuya hija muerta, de diecisiete años y virgen, había sido desenterrada y violada por los hombres que cuidaban el cementerio, en Miami, ¡hijola!, y luego también los programas de cocina de quince minutos de Alimentación Goya... De modo pues que Sofi dejó de protestar, que era lo mismo exactamente que renunciar a su amada ranchería.

El juez, sin embargo, y puesto que no necesitaba la casa en absoluto, vio la posibilidad de ofrecerle a Sofi que mantuviera allí su residencia, en su propia casa, siempre y cuando aceptara pagarle un modesto alquiler, algo que nadie había hecho jamás, dado que los abuelos la habían construido con sus propias manos.

—¿Qué te parece? —dijo ella a la comadre—. ¡Me he quedado sin tierra y, para colmo, tengo que alquilar una propiedad que construyeron mis propios abuelos!

—Te entiendo muy bien, comadre —dijo la Rita de Belén—. Yo estoy igual. Como sabes, mis tatarabuelos eran los donatarios directos de la tierra otorgada por el rey Felipe II, la tierra donde crecí, donde me crié. Sólo que lo que creció allí fue un poco de maíz, algunas calabazas, chiles, y nomás pudieron criarse unas cuantas cabras y ovejas; apenas lo imprescindible para mantenernos con vida.

»Al principio los gringos se quedaron con la mayor parte de nuestras tierras, cuando ocuparon el territorio de

México, inmediatamente después de que México le fuera quitado a España, y como solía decir mi abuelo: "¡Ni no' habíamo' dado cuenta!" Y es que fue muy rápido. Luego, poco a poco, mi familia tuvo que cederlo todo, porque como los negocios de lanas y ganado habían ido a la ruina, ya no podían mantenerlo.

»Todo lo que me queda es la casita. Ahora que mis hijos ya están criados y han tenido que marcharse de la ranchería para buscar trabajo por ahí, no me preocupo demasiado. Sólo somos yo y mi marido, ya sabes. Y bueno, supongo que saldremos adelante con lo poquito que percibimos de la pensión.

Sofía dio unas palmaditas en la mano a la comadre. La Rita era una magnífica tejedora y la cooperativa le debía mucho por las preciosas mantas que vendía en beneficio de todos. Las dos mujeres, cansadas, se miraron, esbozaron una sonrisa triste y siguieron apilando las latitas de salsa de tomate en los estantes, con tanta precisión y paciencia como si en realidad estuvieran colocando en el telar los lazos para tejer una nueva cobija.

Quien más, quien menos, todo el mundo tenía problemas. Al menos para comer no tenían que depender del Estado, ni la doña Rita ni tampoco Sofi. Pero Sofía no quería recordarle a la comadre que cuando le llegara el momento de retirarse, ella, Sofía, ya no tendría ni siquiera la satisfacción de saber que iba a morir en su propia casa. Y ésa era, para Sofi, la gota que colmaba el vaso.

De modo que, sin cruzar siquiera dos palabras con Domingo acerca de su decisión —de todos modos y a buen seguro él ya lo vería venir—, Sofía hizo que su abogado criador de pavos reales arreglase los papeles que deberían haberse arreglado veinte años atrás, y le dijo a Domingo que se marchara.

Y es que en aquella época, veinte años atrás, Sofía temía más ser excomulgada que caer en la indigencia, por no hablar de su madre, que entonces estaba todavía con vida, y que para su hija era como la mismísima encarnación de la conciencia de la Iglesia. Si algo acercaba a Sofía el temor de Dios, más aún que la idea de la excomunión, era, precisamente, la desaprobación de su madre, de modo que el divorcio había quedado totalmente descartado.

Sofi había dedicado su vida a ser una buena hija, una buena esposa, una buena madre, o al menos había puesto en ello todo su empeño, y ahora se preguntaba a sí misma:

—¿Y pá' qué? ¡Chingao!

Lo decía en voz alta y luego se santiguaba. Ahora ya no había madre a la que venerar, ni padre al que respetar, ni 'jitas por las que sacrificarse, ni rancho que mantener, ni tierras para trabajarlas. Nada ya por lo que preocuparse, excepto la Loquita, su eterno bebé.

Y puesto que la carnicería ya no le pertenecía sólo a ella, tampoco tenía que ser la única en preocuparse de que funcionara. No le quedaban tierras para criar su propio ganado y, por lo tanto, llevar una carnicería quedaba fuera de sus posibilidades. Después de todo, era imposible mantener un negocio así con unos cuantos pollos miserables y algún que otro cerdo para sacrificar muy de tarde en tarde.

Después de recibir los papeles de divorcio, Domingo se marchó sin organizar un gran mitote por ello. ¿Por qué ser un hipócrita más hipócrita aún que el juez Fulano, y comportarse como si estuviera arrepentido y jurar que no volvería a hacerlo?

El corazón de Sofía, no obstante, no le permitía ponerlo de patitas en la calle sin más. Así que, con su permiso, Domingo se trasladó a Chimayo, a vivir en la casita de adobe que él mismo había construido con sus propias manos para Caridad, pero a la que ella, la pobrecita, nunca había ido a vivir. Sofi lo dejó estar allí por la misma cantidad, aproximadamente, que ella tenía que pagar de alquiler al juez Fulano. De manera que, por lo que se refería al triste asunto del alquiler, y según lo que pudieron averiguar las comadres, Sofía al menos cubría gastos, o sea, que ni ganaba ni perdía. Pero nosotros sabemos perfectamente que Domingo, sin un trabajo fijo y aficionado al juego como era, conseguiría que la mayor parte de los meses la balanza se inclinara claramente a su favor.

En el reparto del divorcio, Sofi se había quedado con la casita de una habitación de Caridad, pues de esa forma, pensaba, después de su muerte la Loca tendría un lugar donde ir. Y Domingo, que se conocía demasiado bien, renunció a su parte en favor de la Loca. Y eso fue todo.

Pero tampoco la Loca estaba destinada a vivir en aquella casita de adobe de una habitación.

Tras la muerte de todas sus hijas, Sofi se dio cuenta de que la Loca estaba más descentrada que de costumbre. Cada vez pasaba más tiempo al lado de la acequia, descuidaba a los animales, apenas tocaba el violín, al parecer perdía interés por la vida en general, y cuando se marchó su padre, adoptó la estúpida costumbre de éste de mirar todo el rato y de manera indiscriminada la televisión.

A pesar de que a nadie se le hubiese ocurrido jamás que la tele podía ser una especie de vía psíquica, un domingo por la tarde, mientras la Loca miraba fijamente un programa de esos de noticias, Sofi tuvo, gracias al aparato, una premonición, y con un profundo suspiro se resignó al hecho de que iba a morir completamente sola.

—Mira, mamá, ven un momento —la llamó la Loca. Sofía estaba sentada a la mesa del comedor rellenando los papeles de los impuestos en el momento en que su hija vio algo que le llamó la atención.

El reportaje trataba de una mujer cuyo nombre era Vicka, de un lugar llamado Medjugorje, que años atrás, cuando era una adolescente, había tenido una visión de la Virgen María.

—¡Chsss! ¡Oye lo que dicen! —la interrumpió la Loca justo cuando Sofi empezaba a hacerle una pregunta. Vicka le decía al reportero que no mucho tiempo atrás la Virgen María la había llevado a hacer un viaje por el cielo, el infierno y el purgatorio.

—Pos, ¡chingao! —exclamó Sofi, y se olvidó de besar el escapulario por haber blasfemado, tan desconcertada se quedó al enterarse de un caso que guardaba un parecido extraordinario con el de su hija. La mujer siguió con el relato y contó lo que había visto, pero mientras lo hacía, la Loca empezó a fruncir el entrecejo. Vicka contó que el viaje había durado unos veinte minutos, pues de hecho no se necesitaba más tiempo que ése. Relató la historia al reportero tal y como la había repetido casi a diario en su tierra natal a las multitudes de creyentes que viajaban hasta allí desde distintas partes del mundo para verla y rezar en el lugar donde la Virgen hizo su aparición por primera vez.

El infierno, según dijo, era un pozo de fuego en el que hombres y mujeres se convertían en bestias y blasfemaban contra Dios; el purgatorio estaba hecho de cenizas (una especie de aperitivo del infierno, pensó Sofi después de la breve explicación que oyó), y el cielo... bueno, el cielo era un lugar feliz donde la gente flotaba por las nubes, con angelitos en los hombros, y donde se vestían túnicas de color amarillo, rosado o gris (que, al parecer, eran los colores del cielo, según Vicka). Oh, sí, añadió, algo también muy importante acerca de aquellos que habitan de un modo permanente en el cielo: todos los que están en el cielo tienen treinta y tres años, para siempre.

En cuanto pusieron los anuncios Sofi miró a su hija en busca de alguna clase de asentimiento. Pero, con su actitud taciturna de siempre, la Loca se levantó sin decir palabra, cogió el violín, abrió la puerta mosquitera y salió. Largarse así, sin hacer comentario alguno, era típico de aquella hija suya, pensó Sofi, decepcionada, pero no intentó detenerla.

Por el contrario, observó a la Loca a través de la ventana, la vio dirigirse a la acequia, abandonar el violín a sus pies, y sentarse, apoyada contra el álamo, con la mirada perdida en el infinito, y se dio cuenta de que su hija estaba perdiendo peso, porque los vaqueros le hacían unas bolsas enormes en el trasero (más bolsas que de costumbre, porque la verdad es que apenas si podía hablarse de trasero alguno en su caso), donde, además, lucía un desgarrón indecente por haber arrancado la etiqueta de los pantalones.

Sofi desconocía un sinfín de cómos y porqués respecto a la Loca, aun cuando desde que tenía tres años, es decir, desde su muerte y posterior resurrección durante la misa del funeral, la Loca nunca se había marchado de casa y su madre era la única persona a la que permitía acercársele. Lo máximo que se había alejado la Loca era a los establos, o cuando montaba a caballo, sin apartarse de la acequia, o cuando paseaba por allí a pie. Eso era todo.

Nunca había ido a la escuela. Nunca había ido a ningún baile. Nunca había asistido a misa. (Esto, al principio sobre todo, había afectado a Sofi a causa de la presión ejercida por el padre Jerome, pero no hubo súplicas ni amenazas de castigo en esta vida o en la otra que consiguieran inquietar a la Loca quien, cuando el cura habló con ella por teléfono para decirle que si no honraba el día del Señor en Su casa ardería eternamente en el infierno, contestó: «Ya he estado allí». Y luego, para mayor turbación de su madre, añadió algo que sin duda había aprendido de su otra hermana malcriada, Esperanza: «Y la verdad es que se le da demasiada importancia».

No tomó la primera comunión, como cada una de sus hermanas hizo en su momento, ni el santo sacramento de la confirmación. Y no porque el padre Jerome no procurara adaptar las circunstancias a la singular enfermedad de la Loca, ya que le ofreció la posibilidad de darle clases privadas, sino porque ella se negó en redondo. La Loca habría estado verdaderamente cerca de la excomunión, con esa insistencia suya en decirle al padre Jerome que ella podía enseñarle una o dos cositas respecto a los deseos de Dios, pero el padre Jerome se compadeció y, tras considerar que se trataba de alguien que no estaba en su sano juicio, la dispensó.

Para sus hermanas, lo más triste de todo era que la Loca nunca había tenido ninguna clase de vida social. Su cuerpo, flexible de tanto montar a caballo, jamás había experimentado el placer de cubrirse con un vestido. ¡Ni que decir tiene ya de un sostén! No, la Loca no había hecho ninguna de las cosas que las jovencitas hacen, o que al menos desean hacer.

Se había vuelto experta en cocina y en costura, pero sólo para ayudar a su madre y a sus hermanas en la casa. Se encargaba del cuidado de los animales; sólo tenía cinco o seis años cuando comenzó a domar caballos, convirtiéndose en una experta.

La Loca, además, tocaba el violín mejor que nadie, a pesar de que nunca le habían dado ni una sola clase y de que en aquella casa difícilmente podía encontrarse a alguien capaz siquiera de entonar una canción. Se trataba del mismo violín que había pertenecido al abuelo y que un día, de pequeña, había encontrado en el armario de su madre.

Podría decirse, por lo tanto, que tenía una vida plena. Tal vez no la que se reservaba a una señorita, pero bueno, tampoco la tenían el resto de las mujeres de la familia.

—¿Cómo es que esos vaqueros te quedan así, y qué pasó con la etiqueta y el bolsillo de atrás? —preguntó al fin Sofi un día, irritada al ver que su hija casi perdía los pantalones. Y es que la Loca, que usaba los vaqueros hasta que prácticamente se decidían a ir solos a la lavadora, llevaba puestos los mismos desde hacía una semana. Incluso dormía sin cambiarse la ropa, pero, dado que la mitad de las veces no lo hacía en la cama sino en el establo, con los caballos, ya estaba bien así.

—Eran de Caridad. Era más grande que yo, ¿te acuerdas? —dijo la Loca respondiendo a la primera parte de la pregunta de Sofi. En cuanto a la segunda parte, dijo—: He visto en la tele que alguna gente de la fábrica boicotea a la empresa que confecciona estos vaqueros... —Antes que Sofi pudiera decir nada respecto a la repentina conciencia social de la Loca, ella prosiguió con su discurso—: Ya sabes a qué me refiero, una fábrica que se porta mal con sus trabajadores, como el sitio donde estaba empleada Fe. La mujer de la tele que hablaba de todo esto me recordaba a Esperanza, por el modo en que le quitaba el micrófono a la señora que le hacía las preguntas.

Sofía miró a la Loca con asombro, aunque esto resulte difícil de creer, después de todas las cosas que Sofi había pasado con la más joven de sus hijas. Pero bueno, de hecho era posible que, aun cuando la Loca jamás hubiera abandonado su casa y aparentemente no le gustara en absoluto la sociedad, algunas de las experiencias de sus propias hermanas la hubiesen afectado.

—Entonces, ¿por qué has arrancado la etiqueta? ¿Porque adorabas a tus hermanas? —preguntó Sofi, que en ese momento subestimaba a la Loca igual que solía hacer todo el mundo.

—¡Oh, no! Dijeron en la tele que si uno tenía unos vaqueros de estos, había que quitarle la etiqueta a modo de protesta. Dijeron que eso haría que la gente preguntara el porqué.

—Pero ¿a ti quién te ve con tus vaqueros, eh? —preguntó Sofi.

—Tú, mamá. Tú preguntaste. Y tú se lo contarás a alguien. ¿Qué no? —contestó la Loca, y desde luego tenía toda la razón, porque esa misma noche, en su incansable campaña por convencer al mundo (o tal vez a sí misma) de que su hija no era una «pobre criatura», como muchas veces la llamaban a sus espaldas, sino una mujer joven verdaderamente responsable, aunque a su manera, Sofi relató con orgullo, durante el encuentro organizado en el instituto de la población para discutir acerca del ruido contaminante que provenía de la base aérea de Kirtland, todo lo referente a la Loca y al asunto del boicoteo.

Pero antes de que los vaqueros boicoteados se ensuciaran lo suficiente para que ella considerase que debía quitárselos, se le marcaron aún más bolsas, y Sofi, más preocupada por la salud de la Loca que por los vaqueros boicoteados, llamó al médico de la familia.

El doctor Tolentino era uno de esos médicos de familia a la antigua usanza, la clase de doctores que hoy en día sólo pueden encontrarse en zonas rurales, y no siempre, porque a las mujeres que se ponen de parto en lugares como ése se las puede trasladar en helicóptero a los hospitales durante las tormentas de nieve, y las personas muy enfermas ya no mueren pacíficamente en casa, sino que se las obliga a estar en la cama extraña de un hospital días e incluso semanas antes de que llegue su hora.

Bueno, dejando todo esto aparte, el doctor Tolentino había ejercido su profesión en la zona de Río Abajo desde antes incluso de la época de Lorenzo de Isleta, y el tal Lorenzo, que aparentaba noventa años o más, era la persona viva más vieja del lugar que viene a la memoria. El doctor Tolentino no sólo había asistido al parto de todas las hijas de Sofi, sino también al de la madre de la propia Sofi, en esa misma casa. De modo que, gracias a esa familiaridad, la Loca no se negó a verlo (o tal vez lo hiciera porque ya no se sentía capaz de lo contrario).

El doctor Tolentino acudió a la casa con su esposa anglosajona el mismo día en que Sofi lo llamó. En realidad, el doctor Tolentino no era nativo de aquella zona, pero dado que su esposa, que era hija de un misionero protestante que se había instalado en Tome hacía mucho, muchísimo tiempo, insistió en la idea de quedarse allí, él se decidió a establecerse lejos de su verdadero hogar que, de hecho, estaba ni más ni menos que en las Filipinas.

Tanto el doctor Tolentino como su esposa gringa hablaban muy bien el español, en realidad mejor que cualquiera de los que vivían por allí (y es que, además, ellos lo habían estudiado en el instituto, en el este, que fue donde se conocieron), de modo que todas las familias del lugar los habían aceptado sin problema y los consideraban igual que si fueran de allí.

Ahora bien, aparte de esto, nadie sabía mucho más respecto al doctor Tolentino y su esposa. Ni siquiera sabían si habían tenido hijos, sin ir más lejos. Al parecer no, puesto que nunca se los había visto con ninguno ni se había hecho mención de ellos. Tampoco sabía nadie qué comían en su casa. Por ejemplo, ¿comían chiles o preparaba pozole la esposa del doctor? Bien es verdad que nunca rechazaban los regalitos o la comida que ellos les ofrecían además del pago por sus visitas, o muchas veces en lugar de éste.

Aunque nunca nadie lo había visto, no sabían con

seguridad si el doctor iba o no a misa (tampoco si lo hacía su esposa protestante). Nadie conocía esos detalles personales y nadie hacía preguntas al respecto. La gente, sencillamente, estaba contenta de tener un doctor y una ayudante tan buenos, que jamás se quejaban de que se los llamara a cualquier hora del día o de la noche y que se presentaban para administrar inyecciones contra la gripe y vendajes tan rápido como se lo permitía su furgoneta del 53, modelo de lujo.

Es cierto, no obstante, que para cuando acudió a visitar a la Loca, a quien no había vuelto a ver desde que la madre la trajera al mundo, sus ojos ya no eran lo que solían ser. Y había algo particularmente inquietante en su tos, sobre todo si se tenía en cuenta que no paraba de fumar esos cigarrillos tan sumamente aromáticos. Pero al margen de esas flaquezas, el doctor Tolentino parecía tan capaz como cuando treinta años atrás había ido a decirle al fornido padre de Sofi que sería mejor que se tomara las cosas con calma, si no quería forzar en exceso el corazón, un buen consejo al que, por desgracia, el padre de Sofi, tozudo y orgulloso, no prestó la menor atención.

Ahora bien, la Loca nunca había estado enferma hasta entonces, y aparte de aquella vez en que padeciera una muerte repentina, no había vuelto a recibir atención médica. Dado que aquella noche el doctor Tolentino estaba en un rancho de las afueras, ocupado con un parto, Sofi llevó deprisa a la niña a la clínica del lugar, donde un joven interno a quien nadie conocía, diagnosticó la muerte de la Loca.

Y aunque pareciera sorprendente, a medida que las niñas se hacían mayores, la Loca fue la única de sus hijas en librarse de todas las enfermedades de la infancia y todos los resfriados y gripes que las otras se contagiaban mutuamente con tanta facilidad, lo que conseguía acabar casi con la pobre Sofi, que tenía que atenderlas día y noche hasta que estaban todas curadas.

Y aunque se hubiera puesto enferma, nunca habría dejado que se le acercara nadie para examinarla. Pero ahora, como reconoció ante Sofi, además de la súbita e inexplicable pérdida de peso, la Loca tenía un dolor de garganta continuo, por no hablar de que no podía mantenerse despierta ni hacer nada de lo que antes hacía. Parecía que nada le importase demasiado, de modo que, como ya he dicho, no se sintió capaz siquiera de rechazar la visita del doctor Tolentino y su esposa, con su rostro arrugadito y blanco y empolvado y siempre sonriente.

Después de que revisaran a la Loca en su dormitorio, el doctor Tolentino encendió un cigarrillo en la sala y le pidió a Sofi que se sentara. La esposa del doctor se sentó cerca de Sofi y la cogió de la mano.

—Señora, Sofi, hija mía —dijo el doctor Tolentino, casi como si le doliera hablar, y entonces, como si acabara de ocurrírsele algo, miró alrededor y preguntó—: ¿Dónde está su marido? Me había parecido oír que Domingo había vuelto a casa.

—Ahora estamos divorciados —contestó Sofi, sin deseos de andarse con rodeos. Además, puesto que ya no pensaba que su matrimonio o su divorcio fueran asunto de nadie, quería ir al grano y saber qué pasaba con la salud de la Loca—: Doctor, ¿qué tiene mi hija? ¿Una depresión? Como puede imaginar, la pérdida de las hermanas...

—No, no se trata únicamente de una depresión —dijo la señora del doctor—. Aunque, desde luego, Sofi, estoy convencida de que la muerte de las hermanas debe de haberla destrozado, como, por otra parte, ocurrió con todos nosotros, como bien sabe.

Sofi bajó la cabeza y se preparó para lo peor. Fijó la vista en el dibujo de huellas de leopardo de sus mallas.

Desde que había empezado con las clases de gimnasia en la Asociación de Mujeres Cristianas, en parte a causa del deseo de poner en forma su cuerpo y en parte por eliminar esa energía nerviosa con la que ya no sabía qué hacer, se había acostumbrado a usar mallas.

(«¡Ay, comadre! —le tomaban el pelo las comadres—. ¿Quién te crees que eres? ¿Una adolescente?» Pero Sofi hacía caso omiso de ellas, porque sabía que, en el fondo, todas deseaban tener su figura, pequeña y bien proporcionada por naturaleza.)

—Su hija está muy, muy enferma —declaró al fin el doctor Tolentino, después de respirar hondo. Esperó para ver si Sofi estaba preparada para oír lo demás, y al advertir que estaba más o menos sosegada, prosiguió—: Sólo un veinte por ciento de mis pacientes sobrevive gracias a mi tratamiento, señora Sofi, pero me gustaría intentarlo, si usted y su hija quieren que yo...

—Pero, ¿qué está diciendo? ¡Hable claro, por favor, doctor! ¿Qué clase... de enfermedad tiene mi hija? ¿Qué le pasa?

—¿Ha oído hablar del virus de la inmunodeficiencia humana? —preguntó la esposa del doctor.

Sofi clavó la mirada en la señora y luego en el doctor. Desde luego que había oído hablar de eso. Y sólo sabía dos cosas al respecto: que no había remedio conocido para esa epidemia alarmante y que... no había modo posible de que la Loca la hubiese contraído. Pero el doctor Tolentino era el médico, de manera que no podía estar equivocado, así que no dijo nada. Aunque para sus adentros se dijo que al día siguiente llamarían a doña Felicia, y que luego irían al hospital para hacerse el análisis, y luego...

—Sofi —dijo el doctor, interrumpiendo sus pensamientos—. Antes de hacer ninguna otra cosa respecto al estado de su hija... ¿confía en mí lo suficiente para dejar que lo intente con mi propio tratamiento? No puedo prometer nada, Sofi, pero si tiene fe, todos juntos lo intentaremos. Es la única hija que le queda, y me duele mucho pensar que también a ella pueda perderla. Si usted lo prefiere, antes de empezar hablaremos con el padre.

Sofi sacudió la cabeza, pero no apartó la vista de sus mallas fosforescentes.

—Sabe que soy una gran devota de nuestro Señor, de Su Hijo y de la Virgen, doctor, y que me resigno a Su voluntad. Lo conozco a usted de toda la vida y confío en sus conocimientos.

—En ese caso, Sofía, debe depositar toda su fe en el Espíritu Santo. No puedo prometerle, y no voy a hacerlo, que su hija se recuperará. Si es la voluntad de Dios, no hay nada que pueda hacerse por ella...

—Pero rece, querida —añadió la esposa del doctor, y Sofi vio que la ligera sonrisa que le dirigía cuarteaba un poco el maquillaje de sus mejillas.

El doctor, a quien recién entonces Sofi conocía un poco más, pues siempre había sido demasiado discreta como para hacerle cualquier pregunta de carácter personal, había nacido al pie de una colina, en un lugar llamado Mount Banahaw, y a pesar de que había seguido los pasos de su padre en la elección de su profesión y que, como él, había asistido a la facultad de medicina de la Universidad del Noroeste, en la ciudad más fría del mundo, era de su madre de quien había aprendido el tratamiento que dio esa noche a la Loca.

—Todos estamos ahora en la era del Espíritu —dijo el doctor Tolentino, con el mismo tono confiado que en años pasados había empleado para indicar cómo curarle a Esperanza la rodilla dislocada, cómo aliviar a Fe de los sarpullidos o a Caridad de sus problemas de ovarios—. Si no unimos nuestra fe, no habrá esperanza para ninguno de nosotros en el mundo entero, así que empezaremos el tratamiento con nuestras oraciones.

El doctor Tolentino se hincó de rodillas junto al lecho de la Loca, donde ésta permanecía tendida, tan quieta como lo había estado en el pequeño ataúd cuando era pequeña y a sus hermanas les parecía una muñequita de Navidad arropada. Le tomó la mano entre las suyas, con la otra cogió la de su esposa, y Sofi a su vez tomó la mano a la Loca y a la esposa de doctor, y así quedaron todos unidos. Entonces cerraron los ojos y rezaron un Padre Nuestro.

Sin explicar en ningún momento qué se proponían hacer, el doctor Tolentino y su esposa empezaron a ocuparse de la Loca. La esposa del doctor sacó del maletín negro un frasco de aceite santificado y una bolsita de plástico de la que extrajo unas bolitas de algodón. El doctor Tolentino dio unas friegas a la barriguita descubierta de la Loca con el aceite santificado. Sofi seguía cogida de la mano de su hija. El doctor Tolentino le colocó las manos sobre el vientre y le pidió que respirara hondo, y la Loca obedeció. Sonó una especie de chasquido, y Sofi se desmayó.

La esposa del doctor cogió un puñado de bolitas de algodón, las empapó en el aceite santificado y las apretó contra la barriga de la Loca. El doctor Tolentino sumergió una bolita de algodón en un azafate de agua templada y mientras vertía agua sobre el vientre de la Loca con la mano derecha, con la izquierda le hizo una abertura en la carne y la metió hasta la muñeca dentro del estómago.

No interrumpieron la cirugía psíquica para atender a Sofi, y la Loca ni siquiera pareció darse cuenta de que su madre se había desmayado, tan fascinada estaba al ver que la mano del doctor desaparecía en el interior de su cuerpo. No sintió dolor alguno, aunque le costaba mucho respirar hondo cuando el doctor le pedía que lo hiciera mientras mantenía la mano derecha dentro de su estómago a la vez que con la izquierda sostenía abierta la hendidura. Al cabo de unos cuantos segundos sacó la mano derecha, en la que sostenía un coágulo sanguinolento que levantó para que la Loca pudiera verlo, al tiempo que le explicaba que se trataba de un cuajarón de sangre y lo arrojaba al bol lleno de agua que la esposa le tendía.

Practicó el tratamiento un par de veces más, y mantuvo su mano izquierda, la material, en la abertura, mientras que con la derecha, la espiritual, extraía, tras rebuscar, todo lo malo. Lo siguiente que sacó fueron algunos fibromas císticos y finalmente un tumor que se había adueñado de uno de los ovarios de la Loca.

Para entonces, Sofi ya se había recuperado y, aunque mantenía firmemente cogida la mano de la Loca, era evidente que aquello le servía más a ella que a su hija quien, a pesar de que tenía los ojos más vidriosos que de costumbre, se mostraba aparentemente tranquila.

Cuando el doctor extrajo por fin la mano, su esposa enjugó la delgada línea de sangre que le había quedado a la Loca sobre el vientre y que constituía la única señal de que se había practicado la cirugía.

El doctor se secó las manos con una toalla, encendió la colilla de uno de sus cigarrillos y preguntó a la Loca:

—¿Cómo te sientes, hija?

La Loca hizo una mueca por primera vez desde que había comenzado todo aquello, tal vez porque le molestaba el humo del tabaco o quizá porque la alergia que le producía la gente reaparecía y ella comenzaba a reaccionar de nuevo ante la presencia del doctor y su esposa. Sea como fuere, la Loca ya no era la misma Loca de antes, así que se limitó a decir con toda educación:

—Me encuentro bien. Un poco cansada nomás, como siempre. —Y acto seguido se incorporó.

Sofi no había dicho una sola palabra desde el

«Amén» al finalizar la oración que habían rezado todos juntos. Pero poco a poco, a medida que advertía que su hija se encontraba efectivamente bien, se convenció a sí misma, por el momento, de que lo que había presenciado no era más que una alucinación. Entonces, como si le hubiera metido la mano en la cabeza y hubiese sacado de allí sus pensamientos, el doctor Tolentino le advirtió:

—No olvide su fe, señora...

Pero tal y como le había dicho el médico a Sofi antes de su tratamiento, no existía ninguna garantía de que fueran a salvar a la Loca del sida, porque vivíamos en una época en que la curación era aún tan misteriosa para la sociedad como la propia enfermedad. Incluso un doctor tan sabio como el doctor Tolentino sabía que aunque a veces puede detenerse una enfermedad, es imposible hacer lo mismo con la muerte.

14. *Donde doña Felicia llama a las tropas que dan a conocer aquí algunos de sus propios remedios, probados y comprobados; y otros consejos médicos variados que se ofrecen al querido doctor Tolentino.*

Doña Felicia acudió también a curar a la Loquita, como le gustaba llamarla cariñosamente, y alternaba sus visitas con las del doctor Tolentino. Hablamos de curar cuando una mujer padece un aborto o cuando da a luz a una criatura, es decir, de aliviarla. En este caso, la verdad, doña Felicia sabía y Sofi sabía y, antes que nada, la Loca sabía que no existía curación posible —y no sólo por el sida, sino por la total y absoluta soledad que la asediaba, por sus hermanas, que habían constituido, junto con Sofía y los animales, el auténtico sentido de su existencia.

El doctor Tolentino se acercó tanto a los tratamientos médicos modernos como Sofi a comprender la enfermedad que padecía su hija. La Loca vio las atrocidades que Fe debió sufrir durante los últimos días de su vida a manos de los médicos del Acme International, y fueron suficientes para mantenerla alejada de cualquiera que llevase puesto algo que se pareciera a una bata blanca.

De todos modos, fuera por la razón que fuese, la Loca jamás había aceptado trasladarse a un hospital. Si hubiese estado embarazada, desde luego que se las habría ingeniado para dar a luz ella sola, probablemente en el establo, sobre el heno suave, en el mismo lugar donde había ayudado a traer potrillos al mundo, o junto a la acequia, en cuclillas y con los brazos alrededor del álamo, sin nadie a la vista. Y no, no tenía ningún deseo de ir a un hospital a morirse, que era, precisamente, según ella pensaba, para lo que servían los hospitales.

De todos modos, Sofi sintió cierto alivio al ver que en los últimos meses de su vida la Loca permitía que la atendiese alguien de fuera, no cualquiera, desde luego, sino gente como el doctor Tolentino, el cirujano psíquico filipino, y su esposa de rostro arrugadito, blanco y siempre sonriente, y también doña Felicia, que le gustaba, y que nunca le había importado que se le acercara, tanto es así que cuando Caridad se fue a vivir con ella incluso le había dado algún que otro sobajeo para la espalda.

Aunque la Loca no iba a dejar que todas las curanderas de la región de Río Abajo acudieran a visitarla, a veces hacía una excepción con según cuáles, además de doña Felicia, que en cuanto se enteró de la terrible enfermedad que padecía la Loca Santa decidió ir a verla para darle un sobajeo o una limpia, tratamientos cuyos resultados, como muy bien sabemos, dependen tanto del poder de las manos que los administran como de los tratamientos en sí mismos.

Habían pasado más de veinte años desde el día en que la niña se había hecho famosa por resucitar en la iglesia de Tome. A pesar de que una vez que su madre la hubo llevado de regreso a casa ya no había querido ver a nadie, y, por lo tanto, nadie había podido comprobar las historias sobre sus milagros (la Loca no era el Niño Fidencio, eso seguro), mucha gente aún creía en ella. Una enorme ola de tristeza, como la crecida de la marea en el océano, invadió la región entera cuando empezó a difundirse la noticia de que la Loquita Santa estaba muriéndose otra vez. ¡Ayyyy!

Y cuando, en efecto, murió, joven y vieja, pobre y no tan pobre, católica o lo que fuera, los creyentes y los no creyentes, «indios» y «españoles», unos cuantos gringos y algunos más, incluso seres no humanos (pues no constituía ningún secreto que durante toda su vida los animales habían estado más cerca de la Loca que las personas) asistieron a este segundo funeral. Quizás algunos, especialmente quienes se lo perdieron en la primera ocasión, esperaban verla levitar nuevamente. Y luego había quienes creían que sus verdaderos poderes se revelarían después de su muerte definitiva.

Alguien había trazado un esbozo de la Loca Santa tal y como se la había visto montada en *Gato Negro*, en el camino de la procesión de La Cruz, aquel memorable Viernes Santo (que también veremos en el siguiente relato) vestida con la bata azul de su hermana, y la reproducía tal cual, salvo que en el dibujo la ropa ondeaba y se parecía más a la capa del caballero san Martín que a una bata de baño de felpilla. Una fábrica de San Antonio sacó de inmediato provecho de la oportunidad que se presentaba y se puso a hacer velas votivas con la imagen de la Loca Santa a caballo, para pedir la ayuda de esa nueva emisaria de los cielos. En la parte inferior de la imagen aparecía dibujada una cintita que rezaba: «Patrona de todas las criaturas, tanto de los seres humanos como de los animales». En la parte de atrás iba una oración especial dirigida a la Loca y las instrucciones necesarias para aquellos que quisieran dedicarle una novena.

Los altares no tardaron en estar adornados con la imagen de la Santita, además de velas, súplicas y flores y a pesar de que nadie sabía realmente qué clase de comida le gustaba más, corría el rumor de que eran los bizcochitos, así que, por lo general, en los altares de los verdaderamente devotos había, a modo de ofrenda, un platito con galletitas nupciales.

Entretanto, mientras la Loca estaba todavía entre los vivos, doña Felicia, temerosa de que todos estos años o, mejor dicho, su buen siglo de prácticas no la hubiesen ayudado ni pizca para hacer frente a aquella espantosa enfermedad, dejó a un lado el orgullo con respecto a sus conocimientos y aceptó la idea de probar con todos y cada uno de los tratamientos conocidos por las curanderas de Río Abajo, las médicas de los montes, las yerberas de los llanos, las brujas de las sierras, las guías de los pueblos e incluso por los hombres que ejercían esa misma profesión.

De modo que, cucharada tras cucharada, le daban a la Loca ahora esta solución, después aquel aceite, y ella, que se mostraba cada vez más indiferente a todo, se limitaba a abrir la boca, tragar y hacer después una mueca de disgusto. Aceite de comer mezclado con agua caliente y azúcar para la garganta dolorida de la Loca. No, no, decía Teresa de Isleta, para la garganta, una o dos gotas de queroseno en una cucharilla de azúcar. ¡Para las bocas inflamadas, agua de poleo!

Té de ajo para el estómago y los intestinos.

—Pero ¿qué dice usted? —decía doña Berna—. Todo el mundo sabe que el agua de maíz limpia a fondo los riñones.

—¡No tiene que ser agua de maíz hervido, sino de maíz maduro! —insistía otra.

Y, sin embargo, otra recomendaba agua de mezquite para los riñones y los problemas de orina, y afirmaba que lo demás era perder el tiempo tontamente.

En fin, aquellas curanderas habían vivido alejadas de todo el mundo durante un montón de tiempo, en la región de Río Abajo, es decir, en Los Lunas, Belén, Tome, en Isleta Pueblo, y sus pequeñas rancherías sin nombre estaban desperdigadas desde Alameda hasta Socorro, o arriba en las montañas Manzano, y la mayoría de ellas había aprendido aquellos remedios de sus abuelas, que a su vez los habían aprendido de sus abuelas. Y todo aquel que hubiese vivido en aquella tierra de cardos y plantas rodadoras, sabía que cada cacto y cada espino, una vez puesto a hervir en un cazo, servía para algo y tenía una razón de ser.

Y si esto fallaba, había pocas cosas que una aspirina no pudiera quitar durante la noche para que así uno, al día siguiente y con el canto del gallo, despertase como nuevo y no tuviera que volver a empezar con los dolores, los malestares y demás.

Había otros remedios que no crecían en la tierra sino que eran producto de una inventiva brillante, pero que aun así estaban relacionados de algún modo con ella, de manera que si uno se sentía verdaderamente mal, estaba dispuesto a probarlos, como por ejemplo los de doña Fermina. Doña Fermina tenía una fe absoluta en su remedio de las «estampas de tabaco». Aunque cada vez se hacía más difícil encontrarlas, las estampas oficiales empleadas para sellar las tapas de los envases de tabaco —sólo las timbradas, naturalmente— curaban el dolor de cabeza si se las colocaba en las sienes.

Y hablando de severidad, doña Severa, la sobajeadora de Belén, pidió insistentemente a doña Felicia que le hiciera a la Loca unas fricciones con lardo y sal.

—Se le tiene que cubrir todo el cuerpo con la manteca y la sal para bajarle las fiebres —insistía doña Severa—. Y luego se le da té de inmortal.

El té de inmortal se usaba, por lo general, para las mujeres que estaban de parto, pero también para toda clase de fiebres y dolores de cabeza, y además no sólo para mujeres, así que, ¿por qué no?

La *oshá*, que como muchos pastores descubrieron años atrás, florece en las montañas Manzano, justo al este de Tome, se había convertido casi en un producto de primera necesidad en casa de Sofi, donde se usaba alternativamente como especie, infusión medicinal, supositorio y enema. La *oshá* de la Sierra era una planta que servía para todo, y Teresa de Isleta añadió que también podía usarse para tratar las úlceras.

Aunque doña Felicia no lo recomendaba, varias de sus colegas proponían que se utilizara una gota de mercurio para los agudos dolores de estómago de la Loca, pero sólo una gota, pues todo el mundo sabía cuán peligroso era el mercurio.

—¡Pero ése es precisamente el motivo por el que funciona! —insistía doña Severa.

Doña Severa era una gran especialista en curar la «suspensión», una dolencia desconocida entre los gringos y que no tiene siquiera traducción posible. Para explicarlo de algún modo, se trata de un estreñimiento producido por una conmoción. La causa es que el colon queda suspendido fuera de su lugar. El tratamiento era delicado, pero pocos como doña Severa sabían devolver el colon a su lugar hacia el recto.

Doña Severa también preparó sus propios supositorios. Estaban hechos de *oshá*, hierbabuena, resina de trementina y piloncillo, todo mezclado con bilis, bien de vaca o de oveja, o incluso de pollo, que también servía. La mezcla se trataba como si fuese una masa, y entonces se formaban las píldoras, de la medida de la punta de un dedo, y después se ponían en la nevera para que se endureciesen. Aunque, desde luego, la Loca estaba lejos de considerar todo aquello como un pasatiempo divertido, la postración le produjo estreñimiento, de modo que en un par de ocasiones tuvo que resignarse a que le pusieran uno de esos supositorios con la ayuda de vaselina y, como doña Severa le había prometido, fue de gran alivio para ella.

—Lo comprendo —le dijo el doctor Tolentino a

doña Felicia para mostrar así su beneplácito profesional un día en que se cruzaron en casa de Sofi, mientras ella iba a administrarle a la Loca su propio tratamiento y él se marchaba después de administrarle el suyo, sin que en ninguno de los dos casos faltaran las oraciones antes de poner manos a la obra. Al fin y al cabo, podría decirse que tenían bastante en común. También en la tierra natal de doña Felicia había «doctores invisibles», que era como se los llamaba, y ella nunca encontró nada inquietante en sus prácticas. Asimismo, en las islas de las que provenía el doctor, también se oía hablar de tratamientos como los que suministraba doña Felicia, sólo que con diferentes hierbas, propias de la zona.

Sofía ofreció una taza de café al doctor y a doña Felicia, y ambos profesionales se sentaron un ratito en el porche para bebérselo.

—Como usted recordará, doña Felicia —dijo el doctor Tolentino, mientras pensaba en lo agradable que resultaba tomarse un descanso, cosa que raramente hacía—, durante la epidemia de gripe española de 1918 murió muchísima gente. Al menos un miembro de cada familia. Más de la mitad de la población de Belén cayó víctima de ella. En Socorro, las campanas de la iglesia tocaban por un nuevo muerto cada hora; los carpinteros apenas si daban abasto para construir tantos ataúdes como les pedían...

—No, doctor, no me acuerdo —dijo doña Felicia, pero a pesar de aquella triste remembranza, también ella disfrutaba de una sensación placentera, allí sentada en el porche de Sofi, desde donde podía observar un correcaminos dirigirse hacia la acequia al tiempo que pensaba cuánto tiempo hacía que no se daba un respiro.

—¡Vamos! ¿Cómo que no? —bromeó el doctor. Si él se acordaba, era imposible que ella no, seguro que tenía...

275

—En aquella época no vivía aquí. Al igual que usted, yo tampoco he nacido aquí, ¿recuerda, *mon ami*? —dijo Felicia con la intención de refrescarle la memoria.

—¡Ah, claro! Perdone —dijo él, al tiempo que sonreía y daba un sorbito al café—. Pues murió mucha gente, como le decía. Yo era el único médico de los alrededores y me resultaba imposible atender a tantos enfermos. Y además, por supuesto, tampoco tenía suficientes vacunas como para administrárselas a todo el mundo.

Sofi salió al patio y se sentó a escuchar.

—La gente salió adelante gracias a la caña de perro —prosiguió él.

—¡Ya sé lo que es! —lo interrumpió doña Felicia—. Se mezcla un poco de agua y peloncillo con la caña de perro...

—¡Exacto! —dijo él con una sonrisa, como si acabara de hacer un examen a un interno.

Sofi se levantó para volver a entrar en la casa.

—Bueno, a mi hija no le vamos a dar cucharaditas llenas de deyecciones de perro. El queroseno vaya y pase, pero caca de perro... ¡jamás!

Dejó que la puerta mosquitera se cerrara de un golpe y el doctor Tolentino se limitó a encogerse de hombros y a decir en voz baja a doña Felicia:

—Bueno, en aquella época salvó a mucha gente que, de otro modo, habría muerto. —A pesar de esa tos suya, encendió otro cigarrillo—. Y luego también usábamos barro con agua para la tuberculosis, con muy buenos resultados...

—Sí, ya sé —dijo doña Felicia—. Y a propósito, doctor, ¿ha probado hacer inhalaciones de vahos de cachanilla para esa tos?

—Sí, la verdad es que ya las he hecho —respondió el doctor Tolentino—. Doña Jovita insistió en ello cuando fui a su casa para curar a su nieto de una infección crónica en el oído.

Por el rostro de doña Felicia cruzó un gesto imperceptible, un gesto que revelaba un ligero sentimiento de desdén por no haber sido la primera en recomendarle al doctor Tolentino aquel remedio. Luego lo miró por un instante y al fin dijo:

—¿Sabe, doctor? Existe un modo de curarle la calvicie, siempre que usted quiera, claro. Quizá se haya acostumbrado ya a tener la cabeza calva, pero el azufre conseguiría devolverle el cabello. Y por lo que recuerdo, tenía usted una buena mata...

—¿Azufre? —preguntó el doctor Tolentino.

—Sí, todo el mundo sabe que el azufre previene la calvicie y devuelve el pelo cuando ya se ha caído. —Doña Felicia se sintió algo más animada por la atención que le prestaba el Tolentino—. Lo mezcla con aceite mexicano y se lo deja durante una semana... —Al advertir la mirada de excepticismo del doctor, añadió—: ¡Bueno, probablemente tendrá que vivir en los bosques hasta que le crezca el pelo, porque estoy segura de que ni siquiera su buena esposa podrá aguantar esa peste!

Ambos rieron sólo de imaginar al doctor Tolentino con la cabeza llena de azufre, día y noche en los bosques como un coyote solitario, para conseguir que le creciera el pelo.

Mientras encendía el cigarrillo que el doctor Tolentino acababa de ofrecerle, doña Felicia pensó con pesar que tal vez la doña Jovita se le hubiese adelantado al darle al doctor un remedio especial de Río Abajo que no habría podido conseguir en ningún otro lugar.

15.   *De cómo la Loca Santa regresa al mundo vía Albuquerque antes de su partida trascendental; y unos cuantos comentarios políticos aleatorios del muy pertinaz narrador.*

Aquel año el Viernes Santo era diferente de todos los demás, tanto para la Loca como para su madre, porque desde que aquélla tenía tres años y la llevaron al hospital de Albuquerque, donde cambiaron el diagnóstico de muerte por el de epilepsia, era la primera vez que salía al mundo exterior.

Para ese estreno, la Loca se puso los tejanos del boicoteo (lavados, gracias a la insistencia de Sofi), que ahora llevaba sujetos con unos tirantes que su padre había olvidado en una percha del ropero. La Loca siempre montaba descalza, tenía la planta de los pies más gruesa que la suela de los mocasines y jamás había tenido ni un solo par de botas, pero para esa ocasión (y a fin de que no pareciese un corderito desvalido, ni un penco, como le decía su madre) Sofi insistió en que se calzara un par de sus propios zapatos.

Aquel mismo día, Rubén, el ex de Esperanza, tal vez sin demasiada discreción pero con la mejor de las intenciones, les llevó una bata de baño de felpilla de color azul que la difunta se había dejado en su casa durante aquellos días en que iban juntos al sudadero, y la Loca hizo suya de inmediato aquella prenda y se la puso encima.

Rubén, como otros que habían estado cerca de Esperanza cuando aún vivía, había tenido en ocasiones la inquietante sensación de que a partir de su muerte estaba todavía más cerca de ella. Por su parte, a él no se le había ocurrido por sí solo mirar detrás de la puerta de la habitación donde, en un colgadero, y debajo de dos camisas de franela, unos vaqueros sucios, un camisón de señora (que, dicho sea de paso, no pertenecía a Esperanza), y unos pantalones cortos de boxeo, estaba la bata de felpilla.

Aquella mañana despertó justo antes de que amaneciera y miró allí sin saber realmente por qué. Cuando encontró la bata azul, se la llevó con él a la cocina y la dejó sobre una silla mientras encendía el fuego para preparar el café. Entonces, justo como ese tipo de la canción de Rubén Blades (uno de los héroes de la cultura pop de nuestro propio Rubén), tuvo la desgraciada experiencia de pisar descalzo una meada de perro en su camino hacia el lavabo.

Rubén regresó a la cocina, cogió la bata azul de felpilla y se la llevó a la cama con él. Se metió debajo de las sábanas e hizo una bola con la bata, una especie de almohada, y se la acercó a la cara. ¡Chingao, hombre! Aún olía a Esperanza, no a un perfume ni a nada parecido, sino un aroma natural, exactamente igual al de ella. ¡Menuda sabelotodo era! ¡Y cómo le gustaba luchar a aquella mujer!

Pero para alguna gente, luchar era algo bueno, algo que conducía, además, a cosas buenas. Cuando estaban en la Universidad, de no ser por Esperanza, que dirigía las protestas, nunca habrían podido escoger una asignatura llamada Estudios Chicanos. De no ser por la Esperanza, ¿quién en la ciudad universitaria se habría enterado de la contienda de los Granjeros Unidos? ¿Quién le habría informado a él sobre algo? ¿Cómo se habría enterado de lo de Salvador Allende en Chile, eliminado por un golpe de Estado, o cómo habría oído a Víctor Jara, el cantante de protesta, o cómo habría sabido que los soldados le habían machacado sus maravillosas manos de guitarrista con las culatas de sus fusiles?

Después, justo antes de acabar la universidad, conoció a aquella jovencita blanca. Conducía un deportivo último modelo y el trauma más grande de su vida era haber llevado aparatos en los dientes cuando cursaba el instituto. Los amigos de ella pensaban que Rubén era un «joven admirable», porque estudiaba gracias a las becas y al trabajo y, además, era capaz de ayudar a su propia familia, que vivía en Los Álamos. Su padre había muerto cuando él contaba doce años y, dado que era el segundo de ocho hijos, había ayudado a su madre y a su familia desde entonces.

El padre de la chica le ofreció a Rubén un trabajo en su empresa una vez que acabase la carrera, y la Donna era bonita y fiel y, sobre todo, lo quería de veras. Pensaba que Rubén era, sencillamente... todo.

Rubén, en realidad, no tenía ni idea de qué era el amor, y eso fue lo que se dijo a sí mismo entonces, a modo de excusa, para dejar a la Esperanza tal y como lo hizo. No sabía nada sobre almas gemelas ni sobre espíritus afines, pero lo cierto es que nunca olvidó a Esperanza, nunca, ni siquiera durante el matrimonio. Y aún seguía exactamente igual, y olía su bata y se frotaba con ella el rostro todavía hinchado de haber dormido, mientras el café hervía en el fuego y él lloraba como no había llorado nunca en la vida, ni siquiera cuando su padre murió en el accidente de tractor, y le hablaba a la ropa suavemente, y le decía:

—¡Oh, nena! ¿Por qué tuviste que marcharte...?

Y no había nadie para contestarle, salvo el gallo que cantaba allí fuera, que lo instaba a levantarse y empezar el día.

Aquel animado Viernes Santo, la Loca se empeñó en ponerse la bata por encima de la camisa a cuadros, en lugar de una chaqueta.

—¡Loca, por favor! —exclamó Sofi, y sacudió la cabeza ante el aspecto de su hija, pero dado que tampoco ella era esclava de la moda, no dijo nada más. Al fin y al cabo, estaba tan contenta de que la Loca se uniera a ella aquel día, que no se atrevía a desanimarla con una tonta disputa sobre el modo de vestir.

—¿Qué pasa? —dijo la Loca, al tiempo que miraba su ecléctico atuendo, y acto seguido, refiriéndose a la bata, añadió—: Es azul. El azul es perfecto.

Y no se trataba de un comentario ingenuo, pues provenía de una mujer que sabía, entre otras muchas cosas que nadie creyó nunca que supiera, que en su tierra el azul era un color sagrado y que, por lo tanto, era muy apropiado para aquella ocasión.

Y allí iba la Loca, montada en *Gato Negro* a pelo (Sofi estaba furiosa por ello, pero doña Felicia, que las acompañaba, la tranquilizó: «¡Déjala! ¡Déjala en paz! Al fin y al cabo, seguro que en el cielo también hay animales. ¡No olvides que fueron perros los que lamieron las llagas de san Lázaro!», y su madre a pie, unida a los vecinos y miembros de las distintas cooperativas, en la procesión del Camino de la Cruz, por las calles principales de los pueblos y más tarde de la ciudad.

En esa procesión —que crecía a medida que avanzaba, y que al final llegó a estar formada por unas doscientas personas— la gente no se flagelaba con zurriagos de crin de caballo. Tampoco había rogaciones ni se cantaban alabados. Sin embargo, había una especie de figura principal que se unía a la procesión: era una cantante supuestamente famosa, llamada Pastora Algo y No Sé Qué Más, que cantaba sus propias canciones acompañada de la guitarra, y a pesar de que aquella gente no tenía ni mucho menos una esencia religiosa, sino que se trataba de obreros, mujeres huelguistas y gente así, la forma en que la mujer interpretaba aquellas canciones hacía que unos suspiraran, que otros incluso sollozaran y que algunos incluso elevaran la vista al cielo y se unieran a ella.

No se había designado a ningún hermano para que cargara con la enorme cruz sobre la espalda desnuda. No había ninguna «María» que se encontrase con su hijo. Por el contrario, algunos, como Sofi, que sostenía una foto de Fe vestida de novia, llevaban colgadas del cuello, como si de escapularios se tratase, las fotografías de los seres amados que habían muerto por culpa de su exposición a elementos tóxicos; y en cada estación de la ruta, la multitud se paraba y rezaba, y la gente hablaba sobre los distintos elementos que mataban sus tierras y convertían a las gentes del lugar en especies en peligro de extinción.

No, nunca antes había habido allí una procesión como aquélla.

En el momento en que Jesús era condenado a muerte, el portavoz del comité encargado de protestar contra el vertido de residuos radioactivos en las cloacas se dirigió a la muchedumbre.

Jesús portó su cruz y un hombre declaró que la mayor parte de las familias hispanas e indígenas que habitaban en aquellas tierras vivían por debajo incluso del nivel de pobreza, que una de cada seis familias obtenía la comida a cambio de los cupones que repartía el Estado. Y lo que era aún peor, había un número creciente de familias que ni siquiera podían conseguir cupones de alimentación porque no tenían dirección alguna y apenas si podían mantenerse vivos en las calles con sus hijos.

Jesús cayó, y la gente de aquella tierra murió por la exposición a elementos tóxicos en las fábricas.

Jesús encontró a su madre, y tres mujeres navajo hablaron acerca de la contaminación de uranio en la reserva, y de que daban a luz niños que tenían el cerebro dañado o padecían de cáncer. Una de las mujeres, con un bebé de aquéllos entre los brazos, se dirigió a la multitud y dijo:

—Hemos oído hablar de los asuntos por los que se preocupan los especialistas en medio ambiente fuera de aquí. Vivimos en una tierra seca, pero nos preocupamos igualmente por las ballenas y los bosques tropicales. Desde luego que sí. Nuestro pueblo siempre ha sido consciente de las estrechas relaciones entre todas las cosas; y de la responsabilidad que tenemos respecto a «Nuestra Madre», y respecto a las siete generaciones que nos seguirán. Pero a nosotros, como pueblo, se nos está eliminando del ecosistema, igual... que a los delfines, o igual que a las águilas, y ahora intentamos salvarnos, antes de que sea demasiado tarde. ¿A nadie le preocupa esto?

Simón ayudó a Jesús y el número de los desempleados creció día a día.

Verónica enjugó la sangre y el sudor del rostro de Jesús. El ganado bebió y se bañó en aguas contaminadas.

Jesús cayó por segunda vez.

Las mujeres de Jerusalén consolaron a Jesús. Los niños jugaron también en esas mismas acequias expuestas a toda calse de enfermedades, en las que el ganado se bañó y bebió y murió a causa de ello.

Jesús cayó por tercera vez. El aire estaba contaminado por los agentes provenientes de las fábricas.

El sida era, en efecto, una plaga despiadada, dijo a la

multitud un hombre oscuro y sombrío con gafas de sol y acento del este. Empezó en África, dijo, entre la gente pobre, entre la gente negra, y a continuación avanzó por los distintos continentes, y arrasó con todo aquel que se le pusiese en el camino. Era la Matanza de los Inocentes, otra vez presente, dijo, y de nuevo había lamentos, y llantos y gran congoja, no sólo en Rama, como en los Evangelios, sino que esta vez era en el mundo entero. Jesús fue despojado de sus vestiduras.

Las centrales nucleares se asentaron entre las gentes como minas terrestres, cerca de sus ranchos y de las casas de sus antepasados. Jesús fue clavado en la cruz.

Desde los helicópteros rociaron directamente con pesticidas mortíferos las verduras y frutas e incluso a la propia gente que las cosechaba para poderosos hacendados a cambio de algunos productos para subsistir, y sus hijos habían muerto en sus vientres por culpa de aquel veneno.

¡Ayyy! Dios murió en la cruz.

Nadie había comprendido el significado de la breve guerra en el Oriente Medio, y Sofi subió al estrado portátil, algo reticente al principio, para hablar de la mayor de sus hijas, que no había regresado a casa, a pesar de que no había ido a pelear sino que estaba allí, como civil, como reportera, pues era parte de su trabajo, nada más. Era cierto que la Esperanza nunca había tenido pelos en la lengua, que había sido una mitotera. Todo el mundo lo sabía. Y ahora el ejército la daba por muerta, con seguridad, sí, pero no le había entregado ningún cuerpo que enterrar.

Cristo fue bajado de la cruz.

A la hora en que Jesús fue depositado en su tumba, el sol se puso y las temperaturas descendieron de inmediato, como ocurre en el desierto. La multitud empezó a dispersarse, lenta y silenciosa. Sofi y doña Felicia condujeron a la Loca, que sólo pesaba treinta y nueve kilos y se sentía cansadísima (aunque había sido uno de sus días de más fuerza), de vuelta a casa montada en *Gato Negro*.

No, nunca nadie había visto antes una procesión como aquélla.

Habían pasado casi seis meses y las cosas en Tome marchaban como de costumbre, salvo que en casa de Sofía había más silencio que nunca. Los animales ya no solían entrar en la casa. Y la Loca estaba demasiado débil para salir a cuidarse de ellos.

Y a pesar de que no lo hacía, no sentía demasiada nostalgia de la compañía del pavo real, ni de los perros, ni de *Gato Negro*, porque, justo hacia la época del equinoccio, empezó a visitarla la Dama de Azul. Entró un día en el cuartito de la Loca cuando no había nadie a la vista y se quedó junto a su cama, justo en el mismo lugar donde el doctor Tolentino solía ponerse para sacar del cuerpecito de la enferma aquellos bultos sanguinolentos, hasta que ella le pidió que no lo hiciera más.

Ésta, dicho sea de paso, no era la mujer a quien la Loca había conocido junto a la acequia. Esta señora parecía una monja. De hecho, se trataba de una monja. Pero no olía a nada, de modo que la Loca no estaba segura de si era una monja del presente, una monja del pasado o quién sabe si incluso una monja subjuntiva del futuro. La Loca intentó averiguarlo mediante preguntas clave acerca de la Esperanza, que también la visitaba de vez en cuando, y de la Caridad y la Fe, que jamás la visitaban, pero la Dama de Azul sólo parecía interesada en hablar de la La Loca y en hacer que se sintiera mejor cuando ya no pudo levantarse de la cama.

Aun cuando siempre la visitaba durante el día, la monja llevaba una linterna; y una tarde se quitó la capa y los hábitos para mostrar a la Loca el chaleco de crin de caballo que llevaba debajo de las vestiduras para flagelarse con él el cuerpo blanco y delicado, y entonces fue cuando la Loca determinó que, tanto si estaba viva como si no, la Dama de Azul tenía que estar a la fuerza relacionada con Francisco el Penitente. Pero cuando le preguntó a la monja si conocía al Francisco, la monja la confundió todavía más al contestarle que, en efecto, había conocido unos cuantos.

Con ocasión de otra de sus visitas jugaron a «la Lotería», una especie de bingo mexicano con el que doña Felicia se había presentado allí un día, y con el que la Loca rió a más no poder gracias a los refranes españoles que acompañaban cada carta como, por ejemplo, la del Gallo, cuyo poseedor debía decir: «¡Como el que le cantó a san Pedro!» y cosas así. Cada jugador contaba con tres cartas para aumentar su ventaja, y dos de cada tres veces la Loca vencía la monja.

Una mañana muy temprano, a la hora en que el cielo se tiñe primero de anaranjado, luego de rojo y después de morado, como el fuego, la monja entonó una suave canción para que la Loca se durmiera. A la Loca le gustó la canción —que trataba de una mujer que había sido abandonada por su amante, un soldado francés—, aunque nunca en la vida había oído un fado. La monja dijo que las canciones como aquélla provenían de un lejano país llamado Portugal.

La Loca se puso a dormir en los brazos de la Dama mientras pensaba que, para ser una persona que jamás en la vida se había alejado ni siquiera un par de kilómetros de su casa y cuyos únicos viajes habían sido los dos que había hecho a Albuquerque, desde luego sabía bastante sobre este mundo, por no hablar también del más allá, y este pensamiento provocó en ella una sonrisa; luego, cerró los ojos.

16.   *Donde Sofía funda y se convierte en la primera presidenta de la que luego sería la organización de fama mundial M.A.M.Y.S.; y donde se pone fin (así lo esperamos) a un rumor relativo a la inevitabilidad de los criterios ambiguos.*

Sofi enterró a la Loca, o más bien lo que quedó de su cuerpo (en este caso no sería exagerado hablar de «despojos»), en el camposanto de la iglesia de Nuestra Señora de Guadalupe, donde también descansaban sus padres, sus abuelos, sus bisabuelos, sus tatarabuelos, sus rebisabuelos, sus retatarabuelos, sus tataradeudos y todos sus hijos, o al menos la mayoría de ellos. La urna de Fe estaba allí, y también Esperanza y Caridad estaban allí, aunque sólo en espíritu y sin lápidas mortuorias.

En los años venideros, la pobre Sofía, a quien no sólo alentaban los vecinos y las comadres, sino también los cientos de cartas que recibía cada día y en las que la gente pedía oraciones a la madre de la Loquita Santa, que había muerto dos veces y de sus hermanas, de una esencia etérea similar, se convirtió en la fundadora y primera presidenta de lo que luego sería conocido, a lo largo y ancho de este mundo, como la prestigiosa (y puede que algo elitista) organización M.A.M.Y.S., Madres Ardientes de Mártires y Santos.

Además, para entonces resultaba suficientemente

claro que, al contrario de lo que la gente había afirmado durante los ocho años de presidencia de Sofi (los nombramientos para la junta de M.A.M.Y.S. eran vitalicios, igual que los de los jueces) respecto a que sólo podían entrar en la organización quienes fuesen madres de hijas mujeres, lo cierto es que casi la mitad lo era de varones. Es decir, había entre quienes integraban M.A.M.Y.S. igual número de representantes de santas mujeres que de santos hombres; y a mediados del nuevo siglo, hubo unas cuantas madres de varones que entraron sin ninguna dificultad.

Todas esas habladurías respecto a que M.A.M.Y.S. discriminaba a los hombres, o mejor dicho, a las madres de hombres, probablemente se habían iniciado en Belén, provocadas por la señora Torres, la madre del antiguo novio de Fe, Tom, que en no menos de doce ocasiones, en un período de veinticinco años —de hecho, hasta su muerte—, había solicitado su ingreso.

La cuestión era que, evidentemente, existía una razón primera y principal por la que nunca se la había admitido y era, sencillamente, la existencia del infortunado pero crucial criterio que afirmaba que el mártir o santo presentado para su consideración tenía que haber trascendido ya esta vida, y que en ocasiones la única prueba de calificación aducida era la forma de la muerte misma.

Todo el mundo lo sabía.

Tom Torres, entretanto, vivía muy bien, por encima de la media nacional, y permaneció al lado de la señora Torres como un hijo respetuoso hasta la muerte de ella.

—¿De qué puede quejarse entonces? —preguntaba Sofía a la junta cada vez que recibían una nueva solicitud de la señora Torres—. ¡Me parece que no soporta la idea de que su 'jito no haya pasado de ser el encargado del supermercado de una estación de servicio! —Y, por supuesto, tenía razón.

Para la mayoría de la gente, además, la decisión de nombrar santo o mártir al 'jito de una de las integrantes de la organización M.A.M.Y.S. era un asunto bastante delicado. Ser considerado mártir era, en opinión de cualquiera, mucho más fácil que ser considerado santo. Los santos poseían el indiscutible poder de operar milagros, mientras que a los mártires se los veneraba y consideraba, sencillamente, como emisarios de los santos. En muchos casos, era imposible tomar una decisión al respecto, excepción hecha en el caso de la presidenta y fundadora de la organización; nunca hubo ninguna clase de duda al respecto: Sofía había sido realmente la madre de una santa.

Antes de su última muerte, la Loca no se vio obligada a aparecer con estigmas o marcas de espinas en la frente para demostrar su santidad a nadie. Y dado que después de trascender seguía siendo tan terca como en los días en que vivía encarnada en su persona, a menudo hacía apariciones ectoplásmicas en los congresos nacionales o internacionales, aunque durante mucho tiempo en Tome la gente afirmaba haberla visto aparecer junto a su acequia favorita, allí donde don Domingo (el padre de la Santa), poco después de su muerte, había construido un altar para honrarla.

Tampoco sobresalió especialmente por dar satisfacción a las súplicas de los desesperanzados y desahuciados, como el santo Judas, por ejemplo, que es el santo patrón de los desesperados.

En otras palabras, la gente nunca consiguió averiguar realmente a quiénes protegía y vigilaba la Loca, o para qué había que rezarle. Pero de todos modos, se consideraba algo bueno tener una pequeña estatuilla de ella en la cocina y regalarla como símbolo de buena suerte a las novias y a sus prometidos.

Sin embargo, en el fondo la cuestión era que, en realidad, la Loca se había convertido en auténtica santita desde que sufriera aquella funesta experiencia a los tres años de edad, y no fue necesario que le probase nada a nadie. No lo hizo mientras estuvo más o menos entre los vivos, de modo que la gente tampoco esperaba que intentase demostrar nada después de muerta.

Más que todos aquellos títulos sin fundamento, como los de la Patroncita de Todas las Pobres Criaturas o Patrona de la Cocina y la Comida (o, más formalmente, según se hacía referencia a ella durante la misa: Patrona de los Hambrientos, Patrona de las Enfermedades Misteriosas, o cosas similares), en mi opinión ninguno le quedaba mejor que el de la Loca Santa, que fue su título primero y original.

A la larga, y como cualquiera puede fácilmente suponer, la conferencia anual de M.A.M.Y.S. llegó a convertirse en un acontecimiento de importancia mundial, al lado del cual la Liga Mundial de Béisbol e incluso los Juegos Olímpicos, de invierno o de verano, quedaban a la altura del betún. No sólo estaban presentes las Madres Benditas, sino que acudían también multitudes, a menudo con el corazón oprimido y siempre con grandes esperanzas de vislumbrar a sus mártires y santos favoritos. Aparte del grupito de los pocos que se marchaban frustrados (puesto que siempre, entre los fieles, y según informaba la prensa más tarde, había habido un buen número de ellos que habían obtenido la curación física, o la redención espiritual, o la salvación de cualquier otra flaqueza humana), existía, por desgracia, el inevitable cupo de los charlatanes.

Cada año era más grande el número de vendedores de los productos y recuerdos más inservibles que un turista podía encontrar un día cualquiera en Disney World. Por ejemplo, había las típicas camisetas estampadas con frases tan predecibles como «XXIII° Congreso

Anual de M.A.M.Y.S., Flushing, NY», o «Perros Bravos, Nuevo León», o «Las Islas Canarias», o «Mi madre es miembro de Madres Ardientes de Mártires y Santos: ¡Inclínate, por favor!». Los típicos posters, artículos de escritorio, velas que no se apagaban jamás ilustradas con la imagen del santo o mártir preferido (o la foto del propio hijo de una, si se prefería), plumas de «escritura automática» y, para acabar, no faltaba la baraja del tarot preferida por la Loca Santa y sus hermanas, diseñada por una artista magnífica y talentosa de Cerdeña, Italia.

En esta versión, Sofía, como madre, estaba igualmente representada por la carta de la Emperatriz y por la de la Reina de espadas, una mujer perspicaz, benigna y fuerte que, sin embargo, fue impotente ante su propio sufrimiento. Esperanza aparecía también como una figura, el caballo de espadas, puesto que su respuesta frente a todo aquello en que había creído había sido una mezcla a partes iguales de yin y yan.

Caridad era, al mismo tiempo, la Suma Sacerdotisa y la Sota de bastos, pues se había guiado por su espiritualidad. Fe había aspirado a ser la Reina de bastos, atender su casa y su jardín y verse a sí misma como güera. Y la Loca estaba representada por la clave 0 del Arcano Mayor: el Loco. La carta del Loco representaba a alguien que andaba sin miedos, consciente de las opciones que tomaba en el transcurso de la vida, donde ésta no se define como una descontrolada participación en la sociedad, que es como mucha gente vivía la suya, sino como un estado de valor y sabiduría.

Se trataba más o menos de una especie de «circo» sobre el que ningún mitotero dejaba de informar a su regreso a casa, puesto que, como ya dije antes, el congreso de M.A.M.Y.S. era un asunto muy serio, ¡hombre! Así fue como empezó, en tiempos de Sofía, y seguía siendo una cosa seria. Después de todo, durante esos encuentros se producía un importantísimo intercambio de información, y las Madres sacaban tiempo de sus trabajos en las ciudades, de sus ranchos, de los hijos que les quedaban, tan vulnerables, de sus seres queridos, y de todo en general, para viajar al encuentro unas de otras sin importarles el gasto que eso supusiera. Por no mencionar la importancia de la asistencia reservada, ya que en ocasiones los santitos realizaban tímidas apariciones durante los congresos.

Y no es que las Madres tuvieran que hacer sesiones de espiritismo ni nada parecido. Por lo general, después de la primera misa, porque el congreso siempre se inauguraba con una misa (y con el tiempo acabarían por decirlas no sólo hombres sino sacerdotes mujeres, incluidas algunas que estaban casadas), todos los miembros de M.A.M.Y.S. pasaban a la vicaría y allí tomaban pan dulce y bizcochitos con café; a veces también lo hacían en los prados o en la playa, en definitiva, en cualquier lugar que hubiera allí donde hubiesen elegido reunirse ese año y que les permitiera estar todas juntas. Y entre ellas, puros como un campo de caléndulas, andaban sus siempre gloriosos (aunque difíciles de situar) 'jitos: los santitos y mártires.

Acudían para platicar con sus mamás, y también entre ellos. Llegaban con toda clase de noticias y consejos que, tal y como estipulaba el reglamento, se transmitían con generosidad a los parientes, amigos, fieles suplicantes y entidades de la comunidad, así como a las administraciones de importancia local o estatal. En el caso de estas últimas, y aunque los aceptaban de la manera más amable, nunca lo hacían sin una cierta dosis de un obvio escepticismo encarnado por parte de algunos funcionarios que, según imagino, debe de ser la esencia de la política.

De todos modos, era realmente una visión maravillosa tenerlos allí a todos, en aquellas reuniones: los 'jitos provenientes de todo el mundo, algunos traslúcidos y otros que parecían encarnados, aunque era fácil descubrir que no era así mediante cualquier prueba que lo demostrara, como por ejemplo la de darles un mordisco de un taquito o de cualquier otra cosa y ver que, por supuesto, después de comportarse como si comieran, el taco seguía allí intacto. Sea como fuere, no era respetuoso poner a un santo a prueba, ¡aunque un tiempo atrás hubiese sido el propio hijito de una! Había algunos que aparecían con tan buen aspecto como cuando estaban vivos, y otros con el mismo que tenían en la hora de su muerte o, como decían las de M.A.M.Y.S., de su trascendencia, es decir, todos mutilados, o llenos de sangre, en un estado deplorable, si es que era así como habían encontrado su final. No obstante, todos parecían bastante contentos de encontrarse allí con los demás, sin importar cuál hubiese sido su historia en la vida.

Y me gustaría disipar de una vez por todas un último rumor que sobre las Madres ha circulado durante un montón de tiempo, pero que sé perfectamente que nunca fue verdad. Para ser un miembro de M.A.M.Y.S., por supuesto, el santo o el mártir declarado tenía que haber sido gestado en el vientre y parido a través de ese lugar puro al que allá por el siglo IV algún malcriado, como san Agustín, se refirió de manera ignominiosa como el ¡lugar entre las heces y la orina!

Si una madre solicitaba el ingreso y era aceptada como nuevo miembro, se le respetaba su palabra de que había parido. Se convertía entonces en Madre Bendita, en madre de una nueva santita o mártir, y ya que podía costearse sus propios gastos, debía asistir a los congresos regionales e internacionales y ya está.

Pero durante mucho tiempo hubo un chisme que persiguió a las M.A.M.Y.S. y era el que en la junta de las

Madres se utilizaban sillas como las que usaban los papas al principio de su historia, después que se eligiera Papa a una mujer que se hacía pasar por hombre. En otras palabras, sillas con una estructura que permitía demostrar que quien se sentaba en ellas era, en efecto, una «mamá», o por lo menos alguien que podía serlo. Lo que le ocurrió a la mujer papisa de aquellos tiempos, dicho sea de paso, fue que, además de despojarla del trono por no ser hombre, la arrastraron por las calles y la apedrearon hasta su muerte. Nada parecido ocurrió jamás entre las M.A.M.Y.S. ¡Hijola! ¡Imagínense a las M.A.M.Y.S. llevando las cosas así de lejos para asegurarse de que todas ellas tenían útero!

Y después de todo, el que hubiese existido un tiempo en que algunos fregados engreídos se desvivían por demostrar que ninguno de ellos tenía la capacidad de ser madre, ¿significaba acaso que debía llegar un tiempo en que se obligase a quien fuera a demostrar que sí poseía esa capacidad?

Índice

1. Relación del primer suceso asombroso en las vidas de una mujer llamada Sofía y de sus cuatro malhadadas hijas; y del igualmente asombroso retorno de su descarriado marido 15

2. Del Sagrado Restablecimiento de Caridad, de la clarividencia que le siguió, y de cómo los incrédulos habitantes de Tome pusieron en duda ambos prodigios 43

3. Acerca de la cuestión de los remedios de doña Felicia que, sin una firme fe carecen en sí mismos de todo valor; y una breve muestra de las dolencias más corrientes y de sus curas, que a nuestra curandera le han merecido el respeto y la devoción tanto en tiempos de guerra como de paz 63

4. Acerca la nueva historia de nuestra clarividente Caridad, quien después de sentirse afligida por las punzadas del amor, desaparece y tras su hallazgo se la conoce como la Ermitaña 77

5. Un intermedio: de cómo Francisco «el Penitente» se convirtió en un santero y de cómo con ello selló su destino 103

6. Del renovado galanteo de la mamá y el papá de la Loca y de cómo en 1949 Sofía perdió la cabeza por el bigote a lo Clark Gable de Domingo, a pesar de la opinión de su familia sobre el actor charlatán 113

7. De cómo Caridad regresa a casa a regañadientes y empieza una vida que el pueblo de «Fanta Se» llama vida de transmisora 125

8.   *Lo que parece ser un descarrío de nuestra historia pero donde, con un poco de paciencia, el lector descubrirá que, sea como sea, hay más de lo que puede verse a simple vista* 133

9.   *De cuando Sofía, que ya nunca iba a dejar que su marido tuviese la última palabra, anuncia, para estupefacción de la familia y los vecinos, su decisión de presentarse para alcaldesa de Tome* 145

10.   *Donde Sofía descubre que la compañera de juegos de la Loca tiene un parecido sobrenatural con la legendaria Llorona; del regreso ectoplasmático de la hija mayor de Sofi; del nuevo amor de Fe, y de algunos consejos culinarios de la Loca* 169

11.   *Del casamiento de la leal hija de Sofía con su primo Casimiro, descendiente de pastores y contable prometedor, quien, según el decir general, era su verdadero amor predestinado; y de su muerte, que permanece entre todos nosotros con más peso que el aire* 193

12.   *Del espantoso crimen de Francisco el Penitente, y de sus patéticos gritos, que se oyeron de un extremo al otro de los campos del lugar mientras su cuerpo pendía de un pino como una pera picada por una urraca; y del final de Caridad y su amada Esmeralda, que nosotros, con todo, nos guardaremos mucho de llamar trágico* 219

13.   *Del último adiós de don Domingo, sin gran mitote; y del encuentro con un doctor invisible, más conocido en estas tierras como Cirujano psíquico, quien, en cualquier caso, no tiene remedio para la muerte* 247

14.   *Donde doña Felicia llama a las tropas que dan a conocer aquí algunos de sus propios remedios, probados y comprobados; y otros consejos médicos varidos que se ofrecen al querido doctor Tolentino* 269

15.   *De cómo la Loca Santa regresa al mundo vía*

Albuquerque antes de su partida trascendental; y unos cuantos comentarios políticos aleatorios del muy pertinaz narrador 279

16.   *Donde Sofía funda y se convierte en la primera presidenta de la que luego sería la organización de fama mundial M.A.M.Y.S.; y donde se pone fin (así lo esperamos) a un rumor relativo a la inevitabilidad de los criterios ambiguos* 289